현대시에 나타난
불교

현대시에 나타난 불교

1판 1쇄 인쇄 ㅣ 2019년 5월 9일
1판 1쇄 발행 ㅣ 2019년 5월 13일

지 은 이 ㅣ 이경철
펴 낸 이 ㅣ 천봉재
펴 낸 곳 ㅣ 일송북

주 　　소 ㅣ 서울시 성북구 성북로 4길 27-19(2층)
전 　　화 ㅣ 02-2299-1290~1
팩 　　스 ㅣ 02-2299-1292
이 메 일 ㅣ minato3@hanmail.net
홈페이지 ㅣ www.ilsongbook.com
등 　　록 ㅣ 1998.8.13(제 303-3030000251002006000049호)

ISBN 978-89-5732-271-0 (03800)
값 19,000원
CIP제어번호 2019011042

※ 책값은 뒤표지에 있습니다. 잘못된 책은 구입처에서 교환해 드립니다.

이 경 철 평 론 집

현대시에 나타난 불교

詩心佛心 시 심 불 심

알토북

차례

3부
해방 후 한국현대시 지형도에 전 방위로 배어든 불교

4부
1960년대 시의 전 층위와 경향에 유전자마냥 각인된 불심

"우는 것이냐, 온몸 바스라 트리며 눈물짓는 것이냐.
울어 또 어느 생명 목 축여 염천(炎天)의 이 세상 건너라고
사막은 이리 푸르디푸른 샘 하나 파놓고 있는 것이더냐."

몇 해 전 여름 시인, 작가들과 함께 실크로드 사막을 다녀왔습니다. 그 여행 초입 둔황에서 쓴 시 「사막 눈물-명사산(鳴砂山) 월아천(月牙泉)」 전문입니다. 써놓고 보니 불교 성향이 짙더군요. 인생은 고해(苦海)며 만물은 하나로 이승저승 구분 없이 윤회한다는 도저한 불교적 세계에 나도 모르게 감화돼 터져 나온 시임을 느끼며, 불교는 우리 민족 심성을 흘러내리는 문화적 원형(原型)임을 절감했습니다.

지난 30여 년 동안 문학기자와 문예지편집자로 시단 한가운데서 현장평론해오며 우리 시와 불교는 떼려야 뗄 수 없음을 실감하고 있습니다. 특히 지난 2008년 한국현대시 100주년 기념 명시·명화 100선 시화선집 『꽃 필 차례가 그대 앞에 있다』를 펴내기 위해 좋은 시 100편을 고르며 시대와 경향을 망라해 좋은 시에는 불교가 유전자처럼 각인돼 있음을 확인했었습니다.

이런 실감을 바탕으로 이 책에서는 20세기 초 최남선과 이광수 2인 문단시대로부터 시인 2만 명에 이르는 지금까지 우리 현대시사 1백10년 주요 시인들의 시 속에 드러난 불교적 양상을 시대 순으로 쭉 살펴보려 했습니다. 오래전부터 통용되고 있는 시선일여(詩禪一如)니 시심

불심(詩心佛心)이란 말을 우리 현대시사에서 구체적, 실증적으로 확인해보고 싶었습니다.

그 결과 각 시대 정치, 사회적 흐름에 예민하게 반응하며 시와 불교는 만나고 있음은 물론 신체시, 자유시, 서사시, 산문시 등 우리 현대시 최초의 시 양식 출현도 불교와 무관치 않음이 드러났습니다. 초현실주의, 해체주의, 아방가르드 등 새로운 시적 경향도 불교의 자장권 안에 있음을 보았습니다. 알게 모르게, 직간접적인 감화는 물론 시의 새로운 경향이나 양식 출현에도 함께하고 있는 우리 현대시사의 도반(道伴)임을 다시금 확인했습니다.

21세기 들어 우리는 사이버 신유목시대로 정처 없이 접어들었습니다. 또 가상현실이나 인공지능이 세를 키우며 인간과 사회의 정체성 혼란을 가중시키고 있습니다. 이런 혼란과 혼돈의 시대일수록 사회와 인간의 정처와 정체성을 찾기 위해 불교가 더 긴요해질 것입니다. 실제로 21세기 들어 더 많은 시인들이 불교에서 더 나은 시의 길을 찾고 있고 또 신춘문예나 문예지 등단작으로 불교적 에너지가 충만한 시들이 더 많이 뽑히고 있습니다.

이러한 때 시인들과 시학도의 시 창작에 이 책이 조금이나마 도움이 되고 또 불교시 연구에도 참고가 되었으면 좋겠습니다. 이 책 엄두를 내게 한 좋은 시를 쓰신 시인들과 불교문학 선행 연구자들께 진심으로 감사 인사드립니다. 현대시 명편들을 불교적 관점에서 살핀 이 책이 독자 분들께 마음의 위로와 삶의 가없는 깊이로 가닿았으면 합니다.

2019년 5월
용인 월촌 집필실에서 이경철

불심(詩心佛心)이란 말을 우리 현대시사에서 구체적, 실증적으로 확인해보고 싶었습니다.

그 결과 각 시대 정치, 사회적 흐름에 예민하게 반응하며 시와 불교는 만나고 있음은 물론 신체시, 자유시, 서사시, 산문시 등 우리 현대시 최초의 시 양식 출현도 불교와 무관치 않음이 드러났습니다. 초현실주의, 해체주의, 아방가르드 등 새로운 시적 경향도 불교의 자장권 안에 있음을 보았습니다. 알게 모르게, 직간접적인 감화는 물론 시의 새로운 경향이나 양식 출현에도 함께하고 있는 우리 현대시사의 도반(道伴)임을 다시금 확인했습니다.

21세기 들어 우리는 사이버 신유목시대로 정처 없이 접어들었습니다. 또 가상현실이나 인공지능이 세를 키우며 인간과 사회의 정체성 혼란을 가중시키고 있습니다. 이런 혼란과 혼돈의 시대일수록 사회와 인간의 정처와 정체성을 찾기 위해 불교가 더 긴요해질 것입니다. 실제로 21세기 들어 더 많은 시인들이 불교에서 더 나은 시의 길을 찾고 있고 또 신춘문예나 문예지 등단작으로 불교적 에너지가 충만한 시들이 더 많이 뽑히고 있습니다.

이러한 때 시인들과 시학도의 시 창작에 이 책이 조금이나마 도움이 되고 또 불교시 연구에도 참고가 되었으면 좋겠습니다. 이 책 엄두를 내게 한 좋은 시를 쓰신 시인들과 불교문학 선행 연구자들께 진심으로 감사 인사드립니다. 현대시 명편들을 불교적 관점에서 살핀 이 책이 독자 분들께 마음의 위로와 삶의 가없는 깊이로 가닿았으면 합니다.

2019년 봄날
용인 월촌 집필실에서 이경철

1부

현대시
초창기를 연
'님'으로서의 불교

◆

"연꽃 같은 발꿈치로 가이없는 바다를 밟고
옥 같은 손으로 끝없는 하늘을 만지면서
떨어지는 날을 곱게 단장하는
저녁놀은 누구의 시입니까."

- 한용운 「알 수 없어요」 부분

최남선

우리 문물은 다 불교적 감화(感化)에서 비롯된 것

1

텨……ㄹ썩, 텨……ㄹ썩, 텨ㄱ, 쏴……아.

때린다, 부순다, 무너버린다.

태산 같은 높은 뫼, 집채 같은 바윗돌이나,

요것이 무어야, 요게 무어야,

나의 큰 힘, 아느냐, 모르느냐, 호통까지 하면서,

때린다, 부순다, 무너 버린다.

텨……ㄹ썩, 텨……ㄹ썩, 텨ㄱ, 튜르릉, 콱.

(중략)

3

텨……ㄹ썩, 텨……ㄹ썩, 텨ㄱ, 쏴……아.

나에게 절하지, 아니한 자가,

지금까지, 없거던, 통지하고 나서 보아라.

진시황, 나팔륜, 너희들이냐,

누구 누구 누구냐, 너의 역시 내게는 굽히도다.

나하고 겨룰 이 있건 오너라.

텨……ㄹ썩, 텨……ㄹ썩, 텨ㄱ, 튜르릉, 콱.

(중략)

6

텨……ㄹ썩, 텨……ㄹ썩, 텨ㄱ, 솨……아.

저 세상 저 사람 모두 미우나

그 중에서 똑 하나 사랑하는 일이 있으니

담 크고 순정한 소년배(少年輩)들이,

재롱처럼, 귀엽게 나의 품에 와서 안김이로다.

오나라 소년배 입 맞춰 주마

텨……ㄹ썩, 텨……ㄹ썩, 텨ㄱ, 튜르릉, 콱.

총 6장으로 이뤄진 육당 최남선의 「해(海)에게서 소년(少年)에게」 부분 부분이다. 1908년 11월, 18세의 나이로 직접 창간한 잡지 『소년』에 발표한 위 시는 소위 '신체시'로, 우리 현대시의 효시로 평가 받는 시다.

현대시 이전에는 신라 향가, 고려 속요, 조선 시조 등으로 대표되는 정형시만 쓰이고 노래 불러졌다. 그러다 이 「해에게서 소년에게」에 와서 그 정형을 벗어났다. 주제도 제목처럼 바다, 해외에서 들어오는 앞선 문물을 받아들이자는 계몽의식을 앞세워 전 시대와는 확연히 다른 시다.

육당 최남선(1890~1957)은 우리 근대 최고 지성으로 꼽힌다. 문학은 물론 역사, 출판, 언론계 등 문화와 정치, 사회 전 분야에서 붓을 휘두르며 민족 계몽과 근대화에 앞장섰다. 그런 필력을 인정받아 1919년 3.1독립선언서 초안도 33인을 대표해 육당이 맡아서 쓸 정도로 최고의 문장가였다.

일본으로 유학 갔던 육당은 1908년 도쿄에서 최신 인쇄 기구를 사와 서울에서 출판사 신문관(新文館)을 차리고 『소년』을 펴냈다. 이 잡지에 권두시로 실려 이 나라 계몽을 위한 잡지의 성격을 분명히 밝힌 시가 「해에게서 소년에게」다. 바다를 화자(話者)로 내세워 바다에서 들어오는 해외선진문물을 담 크고 순진한 어린이처럼 받아들여 새 나라를 만들자는 계몽시 계열로 보는 것이 문학계의 정설이다.

그러나 "때린다, 부순다, 무너버린다"는 막강한 힘, 진시황도 나폴레옹도 제압하는 권력, 그러면서도 담 크고 순진한 소년들은 끌어안는 자애로움 등으로 해서 바다나 큰 파도를 다른 각도에서 볼 수도 있을 것이다. 무소불위의 이 파도를 인도 불교 초창기 불경 『수타니파타』에 나오는 "매듭을 끊어 목숨을 잃어도 두려워 말고/무소의 뿔처럼 혼자서 가라"는 '무소의 뿔'처럼 봐도 될 것이다.

"조선 고금의 문물은 직간접 불교의 감화를 받지 않은 것이 거의 없다"고 육당은 말했다. 우리 민족 거개가 그렇듯 육당도 어려서부터 불교적 분위기 속에서 자랐다. 10대에 『금강경』도 읽고, 특히 일본 유학 이후 일본 불교에 잠식돼가는 우리 불교를 민족적, 사상적으로 연구해 불교연구사에 업적을 남기기도 했다.

그런 육당이었기에 「해에게서 소년에게」에도 '직간접 불교의 감화'가 들어 있지 않을 수 없다. 당나라 임제의현 선사(禪師)는 "부처를 만나면 부처를 죽이고 조사(祖師)를 만나면 조사를 죽이라"고 했다. 해탈에 이르기 위해 모든 가르침이나 권위에 구속되지 말고 무소의 뿔처럼 용맹정진 하라는 것이다.

바다가 담 크고 순정한 마음들에 하는 말 형식을 빌은 「해에게서 소년에게」도 그렇게 한번 읽어보시라. 또 바다 품에 안긴 담 크고 순정한 소년을 『화엄경』 입법계품(入法界品)에 나오는, 선지식(善知識)을 찾는 구도(求道)의 상징 인물인 선재동자로 읽어보시라. 불퇴전의 용기가 샘솟지 않은가.

불자가 아니더라도 몇 번은 들어봤을 선재동자 이야기나 선문답 이야기가 알게 모르게 「해에게서 소년에게」의 착상과 전개에 끼어든 것이다. 이렇듯 고전시의 틀을 깨고 나온 우리 현대시의 효시 「해에게서 소년에게」도 불교적 감화 속에서 비롯된 것으로 볼 수 있다.

"위하고 위한 구슬/싸고 다시 싸노매라//때 묻고 이 빠짐을/님은 아니 탓하셔도//바칠 제 성하옵도록/나는 애써 가왜라" (「궁거워 1」 전문)

"모진가 하였더니/그대로 둥그도다//부편 줄 여겼더니/또 그대로 길차도다//어떻다 말 못할 것이/님이신가 하노라" (「궁거워 4」 전문)

"열 번 옳으신 님/눈물지어 느끼면도//돌리다 못 돌리는/이 발길을 멈추고서//저녁 해 엷은 빛 아래/눈 꽉 감고 섰소라" (「떠나서 8」 전문)

"봄이 또 왔다 한다/오시기는 온 양하나//동산에 피인 꽃이/언 가슴을 못 푸나니//님 떠나 외론 적이면/겨울인가 하노라 (「떠나서 9」 전문)

육당이 1926년 펴낸 시조집 『백팔번뇌』에 실린 시편들이다. 『백팔번뇌』는 우리 현대시사에서 최초의 개인 시조집이다. 육당은 '시조는 조선인, 조선심, 조선어, 조선음률 등 조선이라는 체로 걸러진 정수'라며 민족문학으로서 시조를 부흥하자 제창하고 나섰다.

『백팔번뇌』 '자서(自書)'에서도 "시조는 조선 문학의 정화(精華)며 조선 시가의 본류입니다. 조선인이 가지는 정신적 전통의 가장 오랜 실재며, 예술적 재산의 오직 하나인 형성"이라고 밝혔다. 그런 조선 문화의 원형(原型)인 시조 정형에 담아 불교에서 말하는 108개의 번뇌를 108편의 시로 염주 알 굴리듯 굴리려한 시조집이 『백팔번뇌』다.

　　위에 인용한 「궁거워 1」에선 님을 위해 애써 구슬을 싸고 또 싸매고 있다. 때 묻고 이 빠짐 없이 구슬을 성하게 싸매 님께 바치고 있다. 「궁거워 4」에선 님을 형상화해보려 하고 있다. 모진가 했더니 둥글기도 하고 커다란 부피인가 했더니 길고 깊기도 해서 형용할 수 없는 것이 님이라 했다.

　　「떠나서 8」에서는 "열 번 옳으신 님"과의 이별 상황을 그리고 있다. 차마 발길이 떼이지 않아 돌아보고 또 돌아보며 님이 없어 박모(薄暮)의 어둠 속으로 들어갈 암담함을 떠올리고 있다. 「떠나서 9」에서는 님을 떠난 오늘의 현실을 그리고 있다. 님이 없으니 오는 봄도 봄 같지 않고 항상 언 가슴 겨울 같은 세상이란 것이다.

　　그렇다면 위 시편들에서 있을 땐 애써 위하고 또 위했으나 이젠 떠나버려 시적 화자(話者)를 궁핍하게 하는 '님'은 누구일 것인가. 『백팔번뇌』 1부 첫머리에서 님을 이렇게 말하고 있다.

　　"반생의 지낸 길에서 그래도 봄빛이 마음에 떠나지 아니하고 목마르고 다리 아픈 줄을 도무지 모르기는 진실로 진실로 내 세계의 태양이신 그이-님이라는 그이가 있기 때문이다. (중략) 그이는 이미 늙었다. 사랑의 우물이 든 그의 눈에는 뿌연 주름이 비추게 되었고, 어여쁨의 두던이던 그 두 볼은 이미 찾을 수 없는 나라로 도망가 버렸다. 그러나 그에게 대한 그리움과 애끓킴과 바르르 떨리며 사족 쓸 수 없기는 이때

더욱 용솟음하고 철철 넘친다"고.

님은 내 세계의 태양이다. 그러나 님은 이미 늙어 찾을 수 없는 나라로 가버리고 없다. 그래도 그런 님에 대한 그리움과 애끓음은 더욱 철철 넘쳐난다는 것이다.

여기서 님은 인간적인 모습을 지닌 초월자, 부처님으로도 볼 수 있다. 간절히 수행, 추구하는 불법(佛法) 혹은 궁극의 진리로서 운주운항의 도(道)로도 볼 수 있다. 민족사와 민족 불교 연구에 몰두하며 '조선심'을 찾던 육당에게 이제는 식민치하로 들어간 조선이며 조선의 얼로볼 수 있을 것이다.

최고의 민족적 지성이며 민족계몽에 온 몸을 불사르던 육당이었다. 그러나 1928년 일제가 우리 역사를 일본식으로 왜곡하려 설치한 조선사편수회에 촉탁으로 들어가고, 조선총독부 참의직을 맡아 친일(親日)의 길을 걸으며 변절자로 낙인 찍혔다. 그 친일이 육당 시에 나타난 '님'에 대한 이런 깊이 있는, 긍정적인 해석을 인색하게 하고 있는 게 우리 현대시사다.

변절자, 친일파임에도 우리 근대문화 초창기를 말할 때 모든 분야에서 최남선을 빼놓을 수는 없는 게 또 엄연한 사실이다. 불교와 불교문학을 논할 때도 제목부터 불교에서 따온 『백팔번뇌』는 물론이고 「해에게서 소년에게」 등 많은 그의 시편에 불교가 알게 모르게 끼어들고 있다. 특히 『백팔번뇌』에 드러나는 '님'은, 똑같은 해인 1926년 나온 만해 한용운 시집 『님의 침묵』에 나오는 '님'과 비교해 읽어봐도 좋을 것이다.

이광수

시, 소설로 불교를 널리 포교한 헤아릴 수 없는 공덕

춘원 이광수(1892~1950)는 열 살 때 콜레라로 부모를 잃고 고아가 됐다. 어려서부터 신동 소리를 듣던 춘원은 1905년 어린 나이에 유학생으로 선발돼 일본으로 갔다. 선교사들이 세운 메이지 중학에서 성서 공부도 열심히 하며 기독교도가 됐다. 일본에서 시와 소설을 배우고 쓰던 춘원은 1917년 현대소설의 효시로 꼽히는 장편소설 『무정』을 연재하며 육당과 함께 우리 문학 초창기 소위 '2인문단시대'를 열었다.

"관음봉이란 것은 높은 산에 있는 조그마한 봉인데, 그 봉에서 노장봉으로 나오는 중간 마루터기에 우뚝 선 바위가 있습니다. 그것을 동냥중 바위라 합니다. 그것은 노장봉을 등지고 관음봉으로 향하여 가는 것 같은데, 등에는 배낭 같은 것을 지고 허리를 좀 구부렸습니다. 천연스러운 석상(石像)이외다. 동냥중이란 뜻은 그가 배낭을 졌기 때문이외다. (중략) 나는 이를 베드로 바위라 하여 베드로가 금강산 만이천 식솔들에게 예수교를 전하러 오는 길이라 하겠습니다. 이리하여 중향성(衆香城) 담무갈보살의 반야회에 일대파란을 일으키는 것도 재미있는 일이 아니오리까."

춘원이 1921년과 1923년 두 차례에 걸쳐 금강산을 유람하며 쓴 『금강산유기』 한 대목이다. 금강산 절경을 보며 느끼고 깨달은 것을 시조 등의 시가로도 읊어가며 쓴 기행문 형식의 『금강산유기』는 우리 현대문학사에서 중요한 작품이며 지금도 금강산을 소개할 때 절절이 인용되는 명편이다.

금강산은 인연을 주관하는 법기(法紀)보살이 머무는 산으로, 수만 개의 향불 연기가 안개처럼 띠를 두른 석주들의 봉우리가 중향성이다. 일만 이천 봉에도 불교와 관련된 이름들이 많이 붙여진 그 산 곳곳에 있는 절과 암자에서 묵고 여행하면서도 예수교를 전도한 사도 베드로를 떠올리고 있을 정도로 독실한 기독교도였다. 그런 춘원도 금강산에서 이내 불교에 젖어들고 있음을 『금강산유기』는 잘 보여주고 있다.

"고(苦)도 공(空)이요, 낙(樂)도 공이라, 인생이 공화(空華)에서 나오는 것이 모두 공이라. 고는 무엇이며 낙은 무엇이뇨. 고를 피하고 낙을 축(逐)함도 모두 다 공이로다. 사생(死生)도 그와 같으니 생도 공화이며 사도 공화라. 다만 윤회 일선(一線)의 억천 겁을 관통할 뿐이로다. 무궁무제(無窮無際)한 공공(空空) 중에 신비한 겁화(劫火)만이 번뜩이니 나의 성(性)도 그를 따라 명멸하는 도다.

황혼은 더욱 깊어가고 바람과 구름은 더욱 재오치니 전신에 전율이 옵니다. 그 전율은 반드시 추운 데서만 오는 전율이 아닙니다. 아아, 인생이여!

관음보살 앞에서 그 밤을 지내고 번쩍 깨어 일기가 어떠한가 하고 창을 여니 흰 구름 한 조각이 획 날아 들어옵니다."

앞서 아내와 함께 했던 1차유람 때와는 달리 이 2차유람 때의 한 구절은 마치 스님들이 깨달은 바를 읊은 오도송(悟道頌) 같다. 2차 때는 석전 박한영 스님과 시조시인 가람 이병기와 도반이 돼 같이 오르며 많은 것을 배웠다. 또 집안 먼 형제지간인 운허스님을 우연히 만나, 산꼭대기 벼랑이라 한 여름에도 몹시 추운 암자에서 많은 이야기를 나누고 자다 온 몸에 전율이 일 듯 불교의 핵인 '공(空)'을 깨치고 있는 대목이다.

"생각하면 내게도 부모와 형제와 자매와 일체 친척이 있고 또 함께 웃고 우는 동족이 있다. 나는 무엇으로 그네 삼생(三生)의 제도(濟度)와 안락을 위하여 축원할 것이고 하고 생각하니 자기의 무위(無爲)한 반생이 부끄럽기도 그지없고 슬프기도 그지없습니다.

만일 내가 그들은 도탄의 고통 속에서 제도할 능력이 없을진대 차라리 출가입산하여 천지와 신불(神佛)에게 그들을 위한 읍혈(泣血)의 기도를 드리기로 이 값없는 일생을 바치고 싶습니다."

금강산 마하연에서 그 절의 보물인 비구 만허행운이 혈서로 쓴 『법화경』 일곱 권, 특히 맨 끝 장 '현재의 부모형제 친척 모두를 위해 혈서를 쓰다'를 보며 마음속 깊이 뜨거운 눈물이 흐름을 금할 수 없다며 쓴 글이다. 이 글을 끝으로 춘원은 금강산을 내려왔다.

1919년 2월 8일 동경에서 2.8독립선언서를 삼일 밤낮으로 쓴 사람이 춘원이다. 조국의 독립을 위해 상해로 건너가 임시정부 기관지 독립신문을 맡아 발행하며 조국독립을 위해 애썼다. 그런 춘원이었기에 일제하 도탄에 빠진 동포들을 제도할 원을 세우고 금강산을 내려왔을 것이다.

금강산에서 내려온 춘원은 운허스님이 권한 『법화경』을 읽고 감화돼 대중들에게 널리 읽히려 번역하려했다. 그런 춘원을 찾아가 많은 이야기도 나눴고, 그때부터 춘원은 불교의 독신자가 됐다고 밝히기도 한 청담 스님은 "한국 불교인으로 춘원 이 한 분이 청년 남녀에게 불교의 포교한 것이 대처승 7천명이 한 것보다도 몇 십 배나 더 된다"고 춘원을 회고했다.

"돌아보니 수미산 같은 내 죄/천만겁에도 갚을 길 없으니/땅에 엎드려 임 이름 부릅니다/나무관세음보살 마하살//(중략)//임 이름 한번 부르면 천겁의 죄/스러진다고 세존이 가르치시니/목을 놓아서 임 이름 부릅니다/나무관세음보살 마하살" (「임」 부분)

　관세음(觀世音)보살은 이름 그대로 세상의 모든 소리, 중생들이 아파하고 괴로워하는 소리를 듣고 다 들어준다는 대자대비(大慈大悲) 보살이다. 친일로 낙인 찍혀 해방 후 고통 받던 춘원은 운허스님이 머물던 봉선사에서 위 시 같은 심경으로 관세음보살을 부르며 수행정진하다 6.25때 납북돼 북한에서 숨을 거뒀다.

　　님에게 아까운 것이 없이 무엇이나 바치고 싶은 이 마음
　　거기서 나는 보시(布施)를 배웠노라.

　　님께 보이고자 애써 깨끗이 단장하는 이 마음
　　거기서 나는 지계(持戒)를 배웠노라.

　　님이 주시는 것이라면 때림이나 꾸지람이나 기쁘게 받는 이 마음
　　거기서 나는 인욕(忍辱)을 배웠노라.

　　자나 깨나 쉴 사이 없이 임을 그리워하고 임 곁으로만 도는 이 마음
　　거기서 나는 정진(精進)을 배웠노라.

　　천하에 하고 많은 사람 중에 오직 임만을 사모하는 이 마음
　　거기서 나는 선정(禪定)을 배웠노라.

　　내가 임의 품에 안길 때에 기쁨도 슬픔도 임과 나와의 존재도 잊을 때에
　　거기서 나는 지혜(知慧)를 배웠노라.

인제 알았노라. 임은 이 몸께 바라밀을 가르치려고

짐짓 애인의 몸을 나투신 부처님이시라고……

고해의 이 바다를 건너 저 열반의 세계에 이르기 위한 여섯 가지 수행방법인 육바라밀을 시로 쓴 「애인-육바라밀」이다. 춘원의 이 시는 승려는 물론 대중들에게 지금도 널리 읽히며 이 세상에서도 불국토를 이루려는 마음과 실천의 덕목을 알기 쉽게 깨우쳐주고 있다.

『원효대사』 『이차돈의 사』 등 많은 불교소설과 함께 이렇게 시로써도 불심을 일으키게 하고 있으니 청담스님은 춘원의 불교 포교의 힘을 위같이 칭송했을 것이다. 춘원 시에 드러난 '님'은 '애인으로 나타난 부처님'이다. 부처님을 실제 연인으로 구체화시키며 육바라밀을 대중에게 절절하면서도 쉽게 전하고 있는 것이다.

1920년대 동인지문단시대
시 형태와 내용에 배어든 불교

　육당과 춘원의 2인문단시대로 문을 연 한국현대문학은 1919년 3.1운동 이후 젊은이들이 끼리끼리 문예지를 창간해 시와 소설, 평론 등을 발표하며 동인지문단시대로 들어선다. 일제의 소위 '문화정책' 아래 언론, 출판의 숨통이 트이자 조선일보와 동아일보 창간과 함께 『창조』 『폐허』 『장미촌』 『백조』 『금성』 『영대』 등 문예동인지들이 잇달아 창간되며 문필가들의 계몽으로서의 문학이 아니라 문학성과 개성을 강조한 본격문학 시대로 접어들며 많은 시인, 소설가들이 나오게 된다.

　아아 날이 저문다, 서편 하늘에, 외로운 강물 우에, 스러져가는 분홍빛 놀……아아 해가 저물면 날마다, 살구나무 그늘에 혼자 우는 밤이 또 오건마는, 오늘도 사월이라 파일날 큰길을 물밀어가는 사람소리는 듣기만 하여도 흥성스러운 것을 왜 나만 혼자 가슴에 눈물에 참을 수 없는고

아아 춤을 춘다, 춤을 춘다, 시뻘건 불덩이가, 춤을 춘다. 잠잠한 성문 우에서 나려다보니, 물 냄새, 모래 냄새, 밤을 깨물고 하늘을 깨무는 횃불이 그래도 무엇이 부족하여 제 몸까지 물고 뜯을 때, 혼자서 어두운 가슴품은 젊은 사람은 과거의 퍼런 꿈을 찬 강물 우에 내어 던지나 무정한 물결이 그 그림자를 멈출 리가 있으랴?……아아 꺾어서 시들지 않는 꽃도 없건마는, 가신 님 생각에 살아도 죽은 이 마음이야, 에라 모르겠다, 저 불길로 이 가슴 태워버릴까, 이 설움 살아버릴까, 어제도 아픈 발 끌면서 무덤에 가보았더니 겨울에는 말랐던 꽃이 어느덧 피었더라마는 사랑의 봄은 또다시 안 돌아오는가,

1919년 1월에 나온 동인지 『창조』 창간호에 실린 주요한의 「불노리」 앞 부분이다. 앞에 살펴본 육당이나 춘원의 시와는 형태면에서 완전히 다른 산문 형태로 우리 현대 자유시의 출발선상에 놓인 시로 평가 받는다.

주요한(1900~1979)은 평양에서 목사 아들로 태어났다. 일본으로 유학 가 고향 친구인 소설가 김동인과 함께 『창조』를 자비로 창간하고 거기에 이 최초의 현대시를 발표한 것이다.

님이 떠났기에 상심한 가슴을 읊은 이 시의 소재는 사월초파일 평양 대동강의 관등놀이다. 석가모니 탄신을 축하하며 등을 달고 밤새도록 노는 이 행사는 신라시대부터 오늘도 연등제로 이어지고 있는 불교행사다.

소재적 차원에서 뿐 아니라 "사랑 잃은 청년의 어두운 가슴속도 너에게야 무엇이리오, 그림자 없이는 「밝음」도 있을 수 없는 것을……. 오오 다만 네 확실한 오늘을 놓치지 말라"고 희망을 불어넣는 시 끝 부분에서는 불교적 각성도 드러나고 있다.

"삼십년이나 칼을 찾아 헤매온 나그네(三十年來尋劍客) 낙엽지고 새 가지 돋아나기 몇 번이었든가(幾回落葉幾抽枝) 복사꽃 한번 본 뒤부터는

(自從一見桃花後) 즉시 깨달아 이젠 다시 의혹이 일지 않나니(直至如今
不更疑)"

　　당나라 영운지근선사가 흐드러지게 핀 복사꽃을 보고 쓴 오도송이
다. 무명과 번뇌를 검객이 칼로 베듯 한순간 싹둑 잘라버리고 즉시 여래
(如來)의 지경에 들고 있는 시다.

　　선시(禪詩) 명편으로 꼽히는 이 시의 돈오(頓悟)적 순간이자 시안(詩
眼)은 '직지여금'. 지금 눈앞에 흐드러지게 펼쳐진 현전(現前)의 이 세계
가 곧 본성이고 본질임 확연히 깨치고 있으니. 「불노리」 또한 과거의
미명을 떨쳐버리고 다만 확실한 오늘을 붙잡으라 하지 않는가. 육당이 말
한 우리 민족으로서 '직간접 불교의 감화'가 자유시의 효시인 이 「불노
리」에도 이렇게 여실히 드러나고 있다.

　　"우리 조선은 황량한 폐허의 조선이요, 우리 시대는 비통한 번민의
시대이다. 이 말은 우리 청년의 심장을 쪼개는 듯한 아픈 소리다. 그러나
나는 이 말을 아니 할 수 없다. 엄연한 사실이기 때문에. (중략) 우리 청년
은 영원한 생명을 잊어서는 안 된다. 우리의 눈은 늘 무한한 무엇을 바라
보아야 하겠다. 우리의 발은 항상 무한한 흐름 한가운데 서서 있어야 하
겠다. 이러한 태도로 우리는 또한 오해나 핍박이 있을지라도 우리는 자유
에 살고 진리에 죽고자 한다."

　　1920년 창간된 『폐허』 창간호에 실린 공초 오상순(1894~1963)의
「시대고(苦)와 그 희생」 한 대목이다. 동인지 맨 앞에 실려 당시 조선의
상황을 폐허로 보고 그런 폐허 위에서 무한한 자유와 진리를 바라보고자
하는 젊은 조선 청년으로서의 동인들의 창간의 변을 밝히고 있는 글이다.

나와 시와 담배는
이음동곡(異音同曲)의 삼위일체

나와 내 시혼은
곤곤히 샘솟는 연기

끝없는 곡선의 선율을 타고
영원히 푸른 하늘 품속으로
각각 물들어 스며든다

시 「나와 시와 담배」에서 이렇게 읊었을 정도로 공초는 담배를 피우며 담배연기처럼 세상을 떠돈 시인이다. 해서 담배 '꽁초'이면서도 불교에서 말하는 공(空)마저 초월한 '공초(空超)'라는 호를 좋아했다.

서울에서 목재상 아들로 태어난 공초는 1912년 일본으로 가 도지샤대 종교학과를 졸업하고 귀국해 한동안 교회 전도사로 일하기도 했다. 금강산 신계사와 전국 사찰을 주유하며 불교에 감화돼 1926년에는 부산 범어사에서 출가해 용맹정진 끝에 자신을 괴롭히던 허무도, 공도 없음을 깨닫고 '공초'로 자처한 것이다.

흐름 위에
보금자리 친
오— 흐름 위에 보금자리 친
나의 혼······

바다 없는 곳에서
바다를 연모한 나머지에
눈을 감고 마음속에
바다를 그려보다
가만히 앉아서 때를 잃고······

옛 성 위에 발돋움하고
들 너머 산 너머 보이는 듯 마는 듯
어린거리는 바다를 바라보다
해지는 줄도 모르고……

바다를 마음에 불러 일으켜
가만히 응시하고 있으면
깊은 바닷소리
나의 피의 조류를 통하여 오도다.

망망한 푸른 해원(海原)—
마음눈에 퍼서 열리는 때에
안개 같은 바다의 향기
코에 서리도다.

금강산과 전국 사찰을 순례하며 쓴 시 「방랑의 마음 1」 전문이다. 공초의 삶과 시세계를 잘 드러내고 있어 수유리 묘지 시비(詩碑)에 새겨진 시다.

공초는 평생 집도 절도 없이 결혼도 않고 지냈다. 인사동 인근 선학원과 역경원, 그리고 조계사 등지에서 자고 명동에 있는 청동다방에 나가 문인 및 예술인들과 담소를 나누며 6.25 직후 명동의 '청동시대'를 연 주인공이 공초다. 그런 공초를 후배 시인 이원섭은 이렇게 회고했다.

"출가하지 않았으나 누구보다도 출가해 있었으며, 무소유의 규율에 매이지 않았으나 누구보다도 무소유에 철(徹)해, 시인이면서도 시에 매이지 않았으며, 불교인이면서 불교마저도 초월했다. 차를 마시고 담소하는 일상사가 곧 신통묘용(神通妙用)일 수 있던 분이 바로 선생이다"고.

무소유로 일관해 생전에 시집 한 권도 펴내서 가지지 않았으나 공초가 남긴 50편 가량의 시는 1920년대 동인지시단 시대의 감상에서 벗어나 불교적 사유로 현대시의 깊이를 더한 것으로 평가된다. 특히 「아시아의 마지막 밤 풍경」 등 비교적 길고 서사적인 시를 많이 발표하며 현대장편서사시 형성에 도움을 준 시인이 공초다.

> 지각(地殼)이 얼기 시작하든 첫날,
> 내 집에 오는 길 전차에서 나는
> 매우 침착한 소녀를 만낫서라
> 초생달 갓흔 그의 두 눈썹은
> 가장 아름다워 그린듯 하고
> 포도주 빗 갓흔 그의 입술은
> 달콤하게도 붉엇섯다.
> 그러나 도람직하고 귀여운 그 얼골에는
> 맛지 않는 근심 빗이 떠도라 잇고,
> 웬 셈인지 힘을 일코 떠보는 두 눈가에는.
> 도홍색(桃紅色)의 어린 빗이 떠도라라.

1924년 1월에 나온 동인지 『금성』 2호에 실린 유엽 시인의 「소녀의 죽음」 앞 부분이다. 총 3연 142행에 이르는 긴 길이에다 시작부터 현대소설처럼 시간과 장소를 구체적으로 설정하고 인물을 치밀하게 묘사해나가 우리나라 최초의 현대서사시로 평가받고 있다. 전차 안에서 본 소녀와 신문에서 읽은 임산부의 죽음을 교차시키며 가부장적 제도에서 사랑을 못 이룬 소녀가 죽음을 택할 수밖에 없는 이야기로 당시 억눌린 시대상황을 떠올리게 하는 시다.

유엽(1902~1975) 시인은 전주에서 태어나 일본으로 유학 가 와세다대에서 공부하며 양주동과 만나 1923년 자비를 털어 『금성』을 창간했다. 그 잡지에 김동환 시인을 추천해 1925년 장편서사시 「국경의 밤」을 낳게 한 시인이 유엽이다.

유엽은 「사(死)의 찬미」의 윤심덕과 현해탄에서 투신자살한 연극인 김우진, 조명암 등과 1920년 한국 최초의 연극단체인 극예술협회를 조직하고 주연 배우로서 전국순회공연에 나서는 등 우리 현대연극사를 연 인물이기도 하다. 그런 유엽을 양주동은 "나와 동갑, 술과 한문은 나만 못한듯하나 미남과 멋쟁이요, 동서의 성악, 기악, 아울러 신시(新詩), 외극(外劇) 등 여러 방면에 그야말로 팔면(八面) 영롱한 재주를 가진 친구였다"고 회고했다.

유엽은 또 1925년 조선프롤레타리아예술가동맹(KAPF)이 결성돼 시가 너무 정치적 경향으로 흐르자 순수시를 옹호하기도 했다. 1927년 6월 23일자 조선일보에 기고한 「유물사관적 문예론의 근본적 모순」이란 글에서 유엽은 "리듬을 중시하고, 정확한 언어 사용과 불필요한 수식어 삭제, 그러면서도 자연의 심오한 묘리(妙理)와 우주의 진리를 천진난만하게 노래하는 철인(哲人)이요 도인(道人)"이 될 것을 시인들에게 요구했다.

실제로 유엽은 양주동이 말한 "색계(色界)를 거닐며 공(空)을 외치던 당대의 걸승"이 됐다. 만해 한용운이 주재한 잡지 『불교』에서 일하다 1925년 금강산 신계사로 출가한 후 불교 현대화와 대중화에도 앞장 선 걸승으로 불교계에서도 추앙받는 화봉선사가 유엽 시인이다.

이렇게 계몽주의의 근대시에서 벗어나 현대시에 이르는 도정에서도 불교의 역할은 컸다. 최초의 자유시, 최초의 서사시도 불교와의 직간접적 감화에서 나왔으니. 무엇보다 젊은이들의 감상에 치우친 동인지시단 시대에 시의 깊이를 담보해준 것이 불교다.

한용운

현대시에 전통과 형이상학적 깊이를 더해준 불교

남아 이르는 곳마다 다 고향인 것을 (男兒到處是故鄕)
얼마나 많은 사람들 나그네 시름 속에 머물렀나 (幾人長在客愁中)
한 소리 크게 질러 삼천세계 깨뜨리니 (一 聲喝破三千界)
눈 속에 복사꽃 조각조각 흩날리는구나 (雪裡桃花片片飛)

만해 한용운(1879~1944)이 "정사년 십이월 삼일 밤 열 시경 좌선(坐禪) 중 바람이 무슨 물건인가를 떨구는 소리를 홀연히 듣고 의정돈석(擬情頓釋)이 되어 얻은 시 한 수"라며 쓴 한시다. 1917년, 나이 39세에 내설악 오세암에서 좌선 하던 한밤중 의심스런 것들이 갑자기 풀려 썼다는 오도송이다.

선에 대한 이해가 미천할지라도 다른 고승들의 오도송에 비해 비교적 쉽게 이해되는 선시다. 언어도단(言語道斷) 지경을 어떻게든 언어로 대중들과 소통해보겠다는, 언어를 가지고 작업할 수밖에 없는 시인의 심회(心懷)를 펴려는 노력이 돋보이는 선시다. 어려서부터 한문에 통달해 천재 소리를 듣던 만해는 절에서 수행하며, 여러 절과 고승들을 찾아다니며 심회를 읊은 한시들을 많이 남겼다.

'수처작주 입처개진 (隨處作主 立處皆眞)', 머무는 곳마다 주인이며 지금 서 있는 곳이 모두 진리라는 임제선사의 말이다. 기승전결(起承轉結) 네 구에다, 각 구 7자로 이뤄진 칠언절구인 위 시에서 첫 구는 임제선사의 수처작주를 떠오르게 한다.

'고향'은 우리네 고향이면서 시공의 흐름에도 변함없이 우리 마음속에 순정하게 간직된 그 고향, 참진의 세계일 것이다. 지금 서 있는 곳이 그런 고향인 줄도 모르고 우리는 또 얼마나 그 고향을 찾아 나그네처럼 떠돌고 있는가 하며 둘째 구에서는 반성으로 나가고 있다.

그러다 셋째 구에서는 한 소식해 문득 깨쳐 온 우주 삼천세계를 깨뜨린다. 그러니 눈 속에 복사꽃 꽃잎들이 편편히 날리더라는 것이다. 한겨울에 복사꽃잎이 휘날린다는 것을 실제로 깨친 것이다. 역설법이 아니라 그런 분별을 초월한 세계를 서정적으로 표현한 것이다.

넘치는 남아의 기개와 함께 깨달음이 빛나는 이 시를 보고 만화(萬化)스님은 "한 입으로 온 바닷물을 다 길어 마셔버렸구나(一口汲盡萬海水)"라며 그 깨달음을 증명하고 가사와 발우를 전했다. 그렇게 해서 우리 민족사를 빛낸 '만해(萬海)'라는 호가 내려진 것이다. 만해는 이 오도송을 쓰고 난 후 세상으로 나와 1918년 월간지 『유심(惟心)』을 창간했다.

"심(心)은 심(心)이니라./심만 심이 아니라 비심(非心)도 심이니 심외(心外)에는 하물(何物)도 무(無)하니라./생(生)도 심이오 사(死)도 심이니라./무궁화도 심이오 장미화도 심이니라./호한(好漢)도 심이오 천장부(賤丈夫)도 심이니라./신루(蜃樓)도 심이오 공화(空華)도 심이니라./물질계(物質界)도 심이오 무형계(無形界)도 심이니라./공간도 심이오 시간도 심이니라./심이 생(生)하면 만유(萬有)가 기(起)하고 심이 식(息)하면 일공(一空)도 무(無)하니라./심은 무(無)의 실재(實在)오, 유(有)의 진공(眞空)이니라./심은 인(人)에게 누(淚)도 여(與)하고 소(笑)도 여(與)하나니라./심의 허(墟)에는 천당(天堂)의 동량(棟樑)도 유(有)하고 지옥(地獄)의 기초(基礎)도 유(有)하니라./심의 야(野)에는 성공(成功)의 송덕비(頌德碑)도 입(立)하고 퇴패(退敗)의 기념품(紀念品)도 진열(陳列)하나니라./심은 자연전쟁(自然戰爭)의 총사령관이며 강화사(講和使)니라./금강산의 상봉에는 어하(漁鰕)의 화석(化石)이 유(有)하고 대서양(大西洋)의 해저(海底)에는 분화구(噴火口)가 유(有)하니라./심은 하시라도 하사하물(何事何物)에라도 심 자체(自體)뿐이니라./심은 절대며 자유며 만능이니라."

1918년 9월호로 창간된 『유심』에 만해가 직접 쓴 창간사에 이어 '시'라는 것을 분명히 밝히고 실은 「심(心)」 전문이다. 주요한의 「불노리」를 현대 자유시의 효시로 보고 있는데 그 시보다 5개월 앞서 발표된 이 시를 최초의 현대 자유시로 보자는 학계의 주장도 있다.

이 「심」은 한자어가 그대로 실려 생경하나 잡지 제호 '유심'을 알기 쉽고 친근하게 설명하려 자유시 형식을 취했을 것이다. '유심'은 불교적 세계관인 '일체유심조(一切唯心造)'를 줄인 말이다. 세상 모든 것은 다 마음이 지어냈다는 것이다. 그 말만 들으면 잘 이해가 안 됐는데 이 시를 보니 유심의 뜻과 깊이가 잡힐 것도 같다. 아니 불교의 세계, 절대 자유, 해탈을 향한 마음 수행이 뭔지 알 것도 같다.

마음이 모든 것을 낳고 거두니 삶과 죽음도 하나고 유와 무도 하나다. 그 분별하는 마음을 없애고 마음 본디 자리로 돌아가라는 시다. 해서 다 깨치고 나니 '산은 산이요 물은 물이다'이듯 첫 행부터 "심은 심이니라"고 동어반복으로 여여(如如)함을 내세우고 있다. 그러면서 왜 그런지 열거해가며 '유심'에 대해 알기 싶고 깊이 있게 들어가고 있는 시다.

님은 갔습니다. 아아 사랑하는 나의 님은 갔습니다.

푸른 산빛을 깨치고 단풍나무 숲을 향하여 난 적은 길을 걸어서 참어 떨치고 갔습니다.

황금의 꽃같이 굳고 빛나든 옛 맹세는 차디찬 티끌이 되야서, 한숨의 미풍에 날어갔습니다.

날카로운 첫 키스의 추억은 나의, 운명의 지침을 돌려놓고, 뒷걸음쳐서, 사러졌습니다.

나는 향기로운 님의 말소리에 귀먹고, 꽃다운 님의 얼골에 눈멀었습니다.

사랑도 사람의 일이라, 만날 때에 미리 떠날 것을 염려하고 경계하지 아니한 것은 아니지만, 이별은 뜻밖의 일이 되고 놀란 가슴은 새로운 슬픔에 터집니다.

그러나 이별을 쓸데없는 눈물의 원천을 만들고 마는 것은 스스로 사랑을 깨치는 일인 것 인 줄 아는 까닭에, 걷잡을 수 없는 슬픔의 힘을 옮겨서 새 희망의 정수박이에 들어부었습니다.

우리는 만날 때에 떠날 것을 염려하는 것과 같이, 떠날 때에 다시 만날 것을 믿습니다.

아아 님은 갔지만은 나는 님을 보내지 아니하였습니다.

제 곡조를 못 이기는 사랑의 노래는 님의 침묵을 휩싸고 돕니다.

우리 국민들에게 가장 널리 애송되고 있는 시 「님의 침묵」 전문이다. 사람이면 누구나 한번은 겪었고 간직하고 있을 사랑을 노래한 '사랑의 노래', 연애시이기 때문에 많이 읽히고 있다. 지금은 헤어져 아프지만 지울 수 없는 사랑, 연애의 의미를 아주 구체적으로 반추하고 있어, 제 각각의 독자가 다 자기 것처럼 가슴 뭉클하게 받아들이고 있어 널리 읽히고, 청중들 앞에서 낭송되고 있는 것이다.

「님의 침묵」은 1926년 출간된 만해의 유일한 시집의 표제작이다. 시 88편을 엮은 시집 맨 앞에 실린 권두시이기도 하다. 표제작이며 권두시는 그 시집 전체의 시세계를 다 아우르며 견인할 수 있는 시다.

「님의 침묵」에서 "님은 갔습니다"는 이별로 시작해서 이별의 고통 끝에 "걷잡을 수 없는 슬픔의 힘을 옮겨서 새 회망의 정수박이에 들어부었습니다"며 다시 만날 것을 기약하고 있듯 시 88편이 그런 기승전결(起承轉結) 구성의 순서로 이루어진 연작시로 볼 수도 있다.

"밤은 얼마나 되는지 모르것습니다./설악산의 무거운 그림자는 엷어 갑니다./새벽종을 기다리면서 붓을 던집니다./(을축 8월 29일 밤 끝)". 시집 끝에 후기로 실린 「독자에게」에 이렇게 명기해 놓았듯 이 시집은 1925년 8월 29일 늦은 밤 백담사 오세암에서 탈고됐다. 그 직전인 6월 7일 만해는 그곳에서 『십현담주해(十玄談註解)』를 탈고했다. 그러니 두어 달 남짓에 88편의 시를 탈고한 것으로 볼 수 있다.

『십현담』은 당나라 말 선승 동안상찰이 10개의 화두를 걸고 그걸 칠언절구 형식으로 이야기한 게송으로 후학이 원주(原註)를 달아 펴냈다. 세조가 조카 단종의 왕위를 찬탈하자 출세의 뜻을 접고 세상을 구름처럼 떠돈 당대의 천재 매월당 김시습이 한때 승려가 되어 오세암에서 수행하며 주석을 붙인 『십현담요해』를 펴내 조선에도 널리 알려져 선승들의 수행이나 마음공부에 지침이 돼오고 있다.

그런 『십현담요해』도 읽은 만해는 동안상찰의 '십현담' 원문 밑에 원문을 비평하는 '비(批)'와 원문대로 해석하려한 '주(註)'를 덧붙였다. 가령 '심인(心印)'을 내걸고 게송을 쓴 첫 편에서 만해는 비에서는 "뱀을 그린 것도 벌써 틀렸거늘 발까지 그려서 어쩌자는 것인가"며 비판했다.

이어서 "마음은 본래 형체가 없는 것이어서 모양을 떠나고 자취도 끊겼다. 마음조차 거짓 이름인데 거기다 인(印)이라는 말을 덧붙일 필요가 있겠는가. 그렇긴 하나 만법이 이것으로 기준을 삼고 모든 부처가 이것으로 증명을 하였기에 '심인'이라는 이름을 붙였을 따름이다. 이렇게 본체와 가명 두 가지가 서로를 장애하지 않는다는 점에서 심인의 취지가 분명해진다"고 주를 다는 식이다.

이렇게 선의 요체이자 시적으로도 빼어난 동안상찰의 『십현담』을 독자적으로 비판, 주석하면서 만해 또한 많은 것을 깨달았을 것이다. 그리고 잇달아 『님의 침묵』 시편들 시작(詩作)에 골몰했으니 둘 사이의 상관관계가 없을 수 없다.

그만큼 『님의 침묵』은 고단위 관념인 선의 형이상학적 지경을 '님'을 통해 구체적으로 형상화하려는 시집이다. 그렇다면 '님'은 누구이고 무엇인가. 독자들의 편의를 위해 시집 머리말 격인 '군말'에서 만해는 이렇게 밝히고 있다.

"'님'만 님이 아니라 기룬 것은 다 님이다. 중생이 석가의 님이라면, 철학(哲學)은 칸트의 님이다. 장미화의 님이 봄비라면 마시니의 님은 이태리다. 님은 내가 사랑할 뿐아니라 나를 사랑하나니라.

연애가 자유라면 님도 자유일 것이다. 그러나 너희는 이름 좋은 자유에 알뜰한 구속을 받지 않느냐. 너에게도 님이 있느냐. 있다면 님이 아니라 너의 그림자니라.

나는 해 저문 벌판에서 돌아가는 길을 잃고 헤매는 어린 양(羊)이 기루어서 이 시를 쓴다"고.

연인 사이로서의 님만이 아니라, 그리운 것을 다 님이라고. 그러면서 『십현담주해』에서 비와 주 달듯 님에 대해 깊이 있게, "너에게도 님이 있느냐, 있다면 님이 아니라 너의 그림자니라"고 선문답식으로 풀어가고 있다. 그러면서도 그러한 중생들을 위해 이 시를 쓴다고 분명히 밝히고 있다.

때문에 『님의 침묵』은 선적인 깨달음을 연애시 형식을 빌어 쉽고도 절절하게 전하고 있는 시집으로 볼 수 있다. 해서 제목의 '님의 침묵'이란 말은 말로는 형언할 수 없는 언어도단 지경의 무(無)나 공(空), 불도(佛道)의 궁극으로 볼 수 있다.

　아, 그러나 상구보리하화중생(上求菩提下化衆生)이라 궁극의 보리심, 깨달음을 얻었다면 중생을 위해 몸소 실천해야한다. 때문에 가슴 절절한 연애도, 우리네 아등바등한 일상도 다 불교적 깨달음에 이를 수 있다는 것을 보여주는 시편들일 것이다. 다시 한 번 위 시 「님의 침묵」을 읽어보시라. 그렇지 않은가.

　　바람도 없는 공중에 수직의 파문을 내이며, 고요히 떨어지는 오동잎은 누구의 발자취입니까.
　　지리한 장마 끝에 서풍에 몰려가는 무서운 검은 구름의 터진 틈으로, 언뜻언뜻 보이는 푸른 하늘은 누구의 얼굴입니까.
　　꽃도 없는 깊은 나무에 푸른 이끼를 거쳐서, 옛 탑 위의 고요한 하늘을 스치는 알 수 없는 향기는 누구의 입김입니까.
　　근원은 알지도 못할 곳에서 나서, 돌부리를 울리고 가늘게 흐르는 적은 시내는 굽이굽이 누구의 노래입니까.
　　연꽃 같은 발꿈치로 가이없는 바다를 밟고, 옥 같은 손으로 끝없는 하늘을 만지면서 떨어지는 날을 곱게 단장하는 저녁놀은 누구의 시입니까.
　　타고 남은 재가 다시 기름이 됩니다, 그칠 줄을 모르고 타는 나의 가슴은 누구의 밤을 지키는 약한 등불입니까.

　표제시 「님의 침묵」 못지않게 널리 읽히는 「알 수 없어요」 전문이다. 총 6행으로 된 이 시는 행마다 물음으로 마감하고 있다. 그러면서 시적인 반복의 효과와 함께 선문답을 던지는 화두를 떠올리게도 한다.

　화두(話頭)란 문자 그대로 말의 머리를 뜻한다. 말문을 여는 말이면서 말문을 닫아버리게 하는 말이다. 말문을 닫고 말문을 열리게 하는 생각마저 끊어버려 이언절려(離言絶慮)의 선적 지경에 이르게 하려 던지는 역설이 화두다.

선가(禪家)에서의 그런 언어도단(言語道斷)의 화두를 참 서정적으로 아름답게 던지며 사랑하는 연인들의 가슴까지 이심전심으로 절절이 울리고 있는 시다. 그러면서 우리네 사랑을, 그리움을 가이없이, 필설로 감히 표현할 수 없는 경지로까지 승화시켜가고 있는 시가 「알 수 없어요」다.

　　나는 나룻배
　　당신은 행인.

　　당신은 흙발로 나를 짓밟습니다.
　　나는 당신을 안고 물을 건너갑니다.
　　나는 당신을 안으면 깊으나 옅으나 급한 여울이나 건너갑니다.

　　만일 당신이 아니 오시면 나는 바람을 쐬고 눈비를 맞으며 밤에서 낮까지 당신을 기다리고 있습니다.
　　당신은 물만 건너면 나를 돌아보지도 않고 가십니다 그려.
　　그러나 당신이 언제든지 오실 줄만은 알아요.
　　나는 당신을 기다리면서 날마다 날마다 낡어갑니다.

　　나는 나룻배
　　당신은 행인.

당신을 위해 뭐든지 다해줄 수 있는 마음을 간절히 드러낸 시 「나룻배와 행인(行人)」 전문이다. 그런 마음을 나 몰라라 하는 당신을 향해,

혹은 사회에 이타행(利他行)의 자비를 요할 때 자주 인용되곤 하는 시다. 아무것 바라지 않고 당신을 더 나은 세상으로 건네주는 이 나룻배 같은 좋은 마음이 어디 부처님 마음뿐이겠는가. 우리네 모두의 마음자리 본래가 다 그럴 것을.

이렇게 사랑할 임이 떠난 침묵의, 궁핍한 시대이지만 침묵하지 않고 시로서 사랑을 일깨우고 우리네 본래 마음자리를 잃게 하지 않은 사람. 독립투사로, 승려와 시인으로 일제하 우리 민족을 해방된 나라로 건네주고 깨끗이 산화(散華)한 전인적인 임이 곧 만해다.

"그의 시가 조선어의 운율과 구사를 성공적으로 보여주었을 뿐만 아니라, 뛰어난 시로서 충분한 공감과 호소력을 우리에게 발휘하고 있다." 『님의 침묵』이 출간된 직후에 주요한이 1926년 6월 22일자 동아일보에 쓴 「애(愛)의 기도, 기도의 애-한용운 근작 '님의 침묵' 독후감」한 대목이다.

자유시의 효시로 평가받는 「불노리」를 발표한 '전문 시인' 주요한이 자유시에는 문외한에 다름없는 만해의 『님의 침묵』을 읽고 그 현대시성을 높이 산 것이다.

주요한은 자신의 시 창작동기를 서양의 현대시가 마음에 들어 한글로 그런 시를 써보고 싶어 처음으로 시험한 것이라 밝히기도 했다. 이 솔직한 고백처럼 우리 현대시, 자유시의 양식은 서양시의 모방과 추종에서 비롯됐다는 게 일반적인 시각이다.

문학연구가 김용직은 "한용운의 출현은 이런 유의 터무니없는 해외 지향열에 부정의 쐐기를 박은 가장 최초의 그리고 매우 힘 있는 사례였다. 한용운과 그의 시가 우리 문학사에서 차지하는 의의는 이 한 가지 사실만으로도 넉넉히 인정되어야 한다"고 했다.

그러면서 김용직은 "한용운의 시가 재래식 교양과 그에 준하는 언어 구사의 기반을 가진 사람에 의해 쓰여진 작품"임을 특히 강조했다. 만해는 서구식 교육을 받지 않은 '재래식 교양과 언어구사', 그리고 불교 사상으로 우리 현대시사에 획기적인 『님의 침묵』이라는 자유시는 물론 한시와 시조, 그리고 소설도 많이 남겼다.

문학평론가 김우창 평대로 우리나라의 향가, 고려 가요, 시조, 가사, 한시와 불교에 흐르는 시적 방법과 정신을 고스란히 계승하며 님은 가버려 없고 오실 님은 아직 오지 않은 2중의 궁핍한 시대를 담은 형이상학적 시집이 『님의 침묵』이다. 그렇게 불교적 깨달음을 우리 민족의 상황과 마음과 언어로 잘 구사한 『님의 침묵』 한 권만으로도 만해는 현대시사에 우뚝 섰다.

"한용운은 한국 최초의 근대시인이요 3.1운동이 낳은 최대의 시민시인이라고 할 수 있다. 그러한 만해가 동시에 한국 마지막의 위대한 전통시인이었다는 사실은 그만이 누릴 명예이자, 전통의 계승을 바라는 우리들 모두의 행운이 아닐 수 없다."

1966년 『창작과비평』을 창간하고 곧바로 시민문학론을 펼치며 1960년대 군부독재에 저항하며 현실 비판의식을 고취시켰던 문학평론가 백낙청도 만해의 시를 위같이 전통 계승의 행운으로 보았다. 그렇다. 만해의 시에는 누가 뭐래도 불교와 시를 아우르는 우리민족 전통의 혼과 운율과 가락이 배있어 이렇듯 추앙받고 있는 것이다.

부텨님이 되랴거든
중생을 여의지 마라
극락을 가랴거든
지옥을 피치마라
성불과 왕생의 길은
중생과 지옥
-「성불(成佛)과 왕생(往生)」 전문

금강산 유점사 불교전문강원에서 공부한 만해는 동국대 전신으로 1906년 설립된 명진학교 1회 출신이다. 명진학교가 불교중앙학림으로 발전한 1918년부터 강사로 나서 학생들을 직접 가르쳤다. 불교중앙학림이 1928년 불교전수학교로 발전하며 그 해 창간된 교우회지 『일광(一光)』에 만해는 위 시를 권두시로 실어 학생들을 경계했다.

　　민족의 핏줄에 흘러든 시조의 혼과 운율로 대승적, 실천적 불교정신에 입각한 일제하 민족운동과 문학정신을 일깨운 것이다. 학생들은 한용운의 지도 아래 비밀결사 만당(卍黨)을 조직해 조선총독부의 사찰령 철폐와 불교청년운동을 위하여 과감히 싸웠고, 3.1운동 때는 국내외에 그 용명(勇名)을 떨쳤다.

　　따슨 볕 등에 지고
　　유마경 읽노라니
　　가벼웁게 나는 꽃이
　　글자를 가리운다
　　구태여 꽃 밑 글자를
　　읽어 무삼하리오

　　봄날이 고요키로
　　향을 피고 앉았더니
　　삽살개 꿈을 꾸고
　　거미는 줄을 친다
　　어디서 꾸꿍이 소리
　　산을 넘어 오더라

만해가 1932년 발표한 시조 「춘주(春晝)」 전문이다. 두 수로 된 연시조로 환한 봄날 대낮에 일어나는 춘흥(春興), 마음을 아주 솔직하고 자연스럽게 읊은 시다. 6조로부터 내려온 조사선(祖師禪)을 크게 진작시킨 마조도일선사가 말한 평상심시도(平常心是道)가 그대로 드러난 시다.

"평상심이란 조작이 없고, 시비가 없고, 취사(取捨)가 없고, 단상(斷常)이 없고 범성(凡聖)이 없는 것이다"고 마조는 말했다. 분별과 차별에 오염되지 않은 우리네 평상심 자체가 곧 부처, 즉심즉불(卽心卽佛)이니 구태여 경을 읽으며 도 닦을 필요가 있겠는가.

> 잃은 소 없건마는
> 찾을 손 우습도다
> 만일 잃을 시 분명하다면
> 찾은들 지닐 소냐
> 차라리 찾지 말면
> 또 잃지나 않으리라
> ‐「심우장(尋牛莊)」 전문

궁핍하게 사는 자신을 위해 지인들이 장만해준 돈과 집터로 만해는 1933년 성북동에 집을 짓고 당호를 '심우장'이라 했다. 말년까지 보낸 그 집을 일반집이 아니라 참선의 공간으로 본 것이다. 그런 집을 제목으로 내세운 시조 단수가 위 「심우장」이다.

심우, 혹은 십우(十牛)란 본디의 마음을 소에 비유해 소를 찾는 순서, 즉 선을 닦아 마음을 수련하는 방법을 10단계로 읊은 게송이나 그림에서 나온 말이다. 사찰 벽에서 흔히 볼 수 있는, 잇대어 그린 탱화가 십우도다.

그러나 만해는 선승이자 대승답게 그런 참선의 십우도를 훌쩍 뛰어넘고 있다. 위에 살펴본 『십현담주해』에서 마음이 없는데 어떻게 마음도장을 찍느냐 했듯 잃은 마음이 없는데 찾아서 뭐하느냐는 것이다.

이 시를 보면 또 원효의 죽은 자를 위한 염불이 떠오른다. "죽지 말지어다. 다시 태어나는 것은 괴로움이다. 다시 태어나지 말지어다. 죽는 것은 괴로움이다"는, 살고 죽음이 다 고통이란 염불이다.

아니 생과 사는 다 하나이니 분별을 떠나라는 것이다. 그렇게 분별을 떠나 대자유, 해탈을 누린 자, 중국이나 다른 나라 어디의 불교에 의존하지 않고 스스로 깨쳐 우리네 불교를 이룬 자가 원효다. 그런 원효와 만해는 괘를 같이 하고 있는 것이다.

"선은 전인격의 범주가 되는 동시에 최고의 취미요, 지상의 예술이다. 선은 마음을 닦는, 즉 정신수양의 대명사다. 선학자는 고래로 대개는 산간암혈(山間巖穴)에서 정진하게 되었으나, 선학을 종료한 이후에는 반드시 출세하여 입니입수(入泥入水) 중생을 제도하는 것이요, 뿐만 아니라 수학할 때에도 반드시 산간암혈이 아니면 아니 되는 것은 아니다. 선이라는 것은 고적(枯寂)을 묵수(墨守)하는 사선(死禪)이 아니요, 기봉(機鋒)을 활용하여 임운등등(任運騰騰)하는 활선(活禪)이다. 선은 능히 위구(危懼)를 제하고, 선은 능히 애상(哀傷)을 구(驅)하고, 선은 능히 생사를 초월하는 것이다. 이것이 얼마나 큰 수양이냐."

만해가 「선과 인생」에서 밝힌 말이다. 만해는 일제 때 산중에서 겨우 명맥만 이어가는 한국 불교, 특히 선을 되살리고 대중화하기 위해 1921년 서울 안국동 선학원 창립에 앞장섰다. 그런 만해가 산중에만 머무르며 고사해가는 사선이 아니라 전인격의 마음 수양과 최고의 예술로 확산시키며 선을 살리자는 것이다.

"혁명가와 선승(禪僧)과 시인의 일체화-이것이 한용운 선생의 진면목이요, 선생이 지닌바 이 세 가지 성격은 마치 정삼각형과 같아서 어느 것이나 다 다른 양자(兩者)를 저변으로 한 정점을 이루었으니, 그것들은 각기 독립한 면에서도 후세의 전범이 되었던 것이다."

시인이 되기 전인 1938년부터 심우장으로 만해를 자주 찾아가 가르침을 받았던 조지훈 시인의 만해에 대한 회고다. 이후 만해는 그렇게 세 측면서 각기 일가를 이룬 인물로 평가돼오고 있다. 만해 시편들은 삼각형 세 꼭짓점을 다 포괄하고 있다.

"신시대의 시인들과, 중들과, 또 그 밖의 모든 동포 중, 민족의 애인의 자격을 가진 이들은 있었으나, 인도자의 자격까지를 겸해 가진 이는 드물었고, 또 인도자의 자격을 가진 이는 있었으나, 애인의 자격을 겸해 가진 이는 드물었다. 그러나 만해선사만은 이 두 자격을 허실(虛失) 없이 완전히 다 가졌던 그런 사람이다. 이 점, 이 분 이상 더 있지 않다."

서정주 시인이 만해를 기리며 한 말이다. 이 말처럼 만해는 많은 사람들이 좋아하는 애인의 자격과 민족의 인도자 자격을 허실 없이 다 가진 사람이다. 그런 만해의 인간과 시와 불교는 서정주의 서정과 풍류와 조지훈의 지조 등으로 흘러들며 한국현대시의 큰 흐름을 이루게 된다.

2부

현대시
원심력으로
일파만파
번져나간 불교

"이별이게,
그러나
아주 영 이별은 말고
어디 내생에서라도
다시 만나기로 하는 이별이게,

연꽃
만나러 가는
바람 아니라
만나고 가는 바람같이……"

- 서정주 「연꽃 만나고 가는 바람같이」 부분

김달진

겁외(劫外)의 도(道)가 천연히 빛나는 서정세계

최남선이나 이광수 등 우리 현대문학 초창기 문인들은 불교적 감화를 그들의 작품으로 드러내려했다. 불교문학을 확실히 뿌리내린 한용운도 불교 교리를 시를 통해 중생에 친밀하게 펴려했다. 그러나 그들 바로 아래세대인 김달진 (1907~1989)시인은 감화나 교리의 구심적 차원보다는 불법의 원심적 차원에서 겁외의 도, 자연으로서 온전한 서정 시세계를 펼친 시인이다. 문학사적으로는 정열이나 감상이나 기교로 흐르기 십상이었던 우리 초창기 서정에 도(道)의 시학을 불어넣은 시인이 김달진이다.

불빛 아래 비치는 흐릿한 모습
팔십 세의 내 늙은 시력을 안타까워하다가

돋보기 쓰고 가까이 다가가니
처음 보는 그 얼굴의 주름살이여.

중도 아닌 것이, 속인도 아닌 것이
그래도 삼십여 년 불경을 뒤적였네.
부처보기, 사람보기 부끄러워라.
중도 아닌 내가, 속인도 아닌 내가.

기나긴 어둠의 이 밤 언제 샐런가
다시 얻기 어려운 덧없는 이 몸은
천만시름 속에 몸부림치네.
어둠을 깨치는
새벽 종소리는 언제나 들릴런가.

김달진 시인 1주기를 맞는 1990년 나온 유고시집 『한 벌 옷에 바리때 하나』에 실린 시 「모월모일(某月某日)」 전문이다. 말년 시인의 모습과 심사를 있는 그대로 쓴 시다. 평생 중도 아니고 속인도 아니게 살며 무명(無明)을 깨친 시인이 김달진이다. 그래서 얻은 것은 일체 꾸밈없는 것으로서의 본성, 자연이었다.

경남 창원에서 태어난 시인은 어릴 적부터 한학을 배우고 초등학교에 들어갔다. 서울에서 중학교 수학 과정 중 일본인 교사 추방 운동에 앞장서다 퇴학당하고 낙향해 초등학교 교사가 됐다. 교사 생활을 하며 1929년 『문예공론』를 통해 시인으로 등단해 동아일보, 조선일보 등에 시를 발표하기 시작했다.

1933년 처자를 버리고 홀연 금강산 유점사로 가 승려가 됐고 1935년 함양 백운산 화과원(華果院)에 들어가 백용성 스님을 모시고 반선반농(半禪半農)의 수도생활을 했다. 1936년에는 유점사 장학생으로 중앙불교전문학교에 입학, 거기서 서정주와 함형수 시인 등을 만나 시인부락동인으로 활동하기도 했다.

유점사에서 광복을 맞은 시인은 서울로 와 동아일보 기자 생활을 하며 문단활동을 펼치다 시류에 오염되거나 흔들리지 않을 마음을 잡기 위해 낙향해 교편을 잡았다. 관념이나 이념에 휘둘리지 않을 순수시를 위해서이기도 했다. 1962년 고향에서 중학교 교장직을 정년퇴임하고는 이후 입적할 때까지 역경(譯經)일에 몰두해 원고지 15만장 분량의 불경을 번역, '한국의 고승석덕(高僧碩德)'으로 추대되기도 했다.

유월의 꿈이 빛나는 작은 뜰은
이제 미풍(微風)이 지나간 뒤
감나무 가지가 흔들리우고
살진 암록색(暗綠色) 잎새 속으로
보이는 열매는 아직 푸르다.

1940년에 펴낸 처녀시집 『청시』에 서시(序詩), 시집의 사립문을 여는 시로 실린 「비시(扉詩)」 전문이다. 미풍에 흔들리는 감나무를 담담하게 그리고 있는 시다. 특히 "살진 암록색 잎새" 등 마지막 두 행이 현미경을 들이댄 듯 매우 사실적이다.

이 시에 대해 김달진 시인은 산문 「나의 인생, 나의 불교」에서 "6월이 있고, 뜰이 있고, 미풍이 있고, 그리고 푸른 열매가 있으니 더 이상 무엇이 필요 하랴. 여기에 무슨 사상이나 관념을 도입할 필요가 있을 까. 어떤 것이 더 본연에 가까운지 생각해 본다"고 했다. 이처럼 초기부 터 시인은 감상을 극히 절제하고 본연의 세계를 그리려했다.

> 숲 속의 샘물을 들여다본다
> 물속에 하늘이 있고 흰 구름이 떠가고 바람이 지나가고
> 조그마한 샘물은 바다같이 넓어진다
> 나는 조그마한 샘물을 들여다보며
> 동그란 지구의 섬 우에 앉았다.

1938년 동아일보에 발표한 「샘물」 전문이다. 다섯 행의 짤막한 시에 '샘물을 들어다본다'며 들여다보는 행위가 반복, 강조되어 있다. 샘물 속을 들여다보며 있는 그대로 그리고 있는 시다. 그런데도 숲속 조그마한 샘물은 지구, 우주 자체가 돼가고 있다.

영국의 낭만파 시인이자 화가인 윌리엄 블레이크는 시에서 "한 알 의 모래에서 세계를 보고/한 떨기 들꽃에서 천국을 본다"고 했다. 고전 주의 시절 꽉 막혔던 열정이 폭발한 도저한 낭만적 선언이다. 그러나 위 시는 그런 열정적인 마음을 놓아버리고 본연적 세계로서 샘물을 세 세히 그리고 있다.

『유마경』에는 "한 올 머리털 구멍이 거대한 바다를 삼키고 겨자 씨 한 알 속에 수미산을 집어넣는다"는 말이 나온다. 불교에서 가장 작 은 물질의 상징이 겨자씨며 수미산은 우주의 중심을 이루는 거대한 산 이다.

해서 분별을 떠난 본질에서 보면 겨자씨 한 알 한 알, 두두물물(頭

49

頭物物)이 곧 우주와 같다는 것이다. 나아가 일즉다(一卽多)요 다즉일(多卽一)인 각자의 개체성을 살리면서도 무등한 화엄세계를 바탕에 깔고 서정적으로 구체화해나간 시가 「샘물」이다.

"나를 세우는 곳에는/우주도 굴속처럼 좁고/나를 비우는 곳에는/한 칸 협실도 하늘처럼 넓다.//나에의 집착을 여의는 곳에/그 말은 바르고/그 행은 자유롭고/그 마음은 무위의 열락에 잠긴다."

고승석덕의 법문을 그대로 옮긴 것 같은 시 「나」 전문이다. 시 쓰고 경전 번역하며 수행한 김달진 시인이 우리에게 전하고 있는 것은 '나', 아집(我執)을 버리라는 것이다. 이 점에서 나와 자신의 마음을 방만할 정도로 강조한 낭만주의와 김달진의 시세계는 다르다.

그리는 세계 있기에
그 세계 위하여,

생(生)의 나무의
뿌리로 살자

넓게 굳세게,
또 깊게

어둠의 고뇌 속을
파고들어.

모든 재기(才氣)와 현명 앞에

하나 어리석은 침묵으로……

그 어느 겁외(劫外)의 하늘 아래
찬란히 피어나는 꽃과,

익어가는 열매
멀리 바라보면서……
-「그리는 세계 있기에」 전문

승려와 교육자, 그리고 불경 번역자로 살며 시인이 그리는 세계는
무엇이었는가. '겁외의 하늘 아래 피어나는 꽃과 열매'다. "모든 재기와
현명"은 물론 영겁의 시간까지도 초월하는 그 겁외의 법을 시인은 그린
것이다. 그것이 자연 그대로의 모습, 마음 그대로의 움직임, 본연의 세
계를 편 시인의 서정시였다.

어디서 우는 무슨 새소리
읽던 책을 펼쳐둔 채
그 소리 그칠 때까지
가만히 들어본다.

어디서 우는 무슨 새소리
가만히 나가 살펴봤으나
소리는 멎고
새는 안 보인다.

게으른 걸음으로 앞뜰을 거닐다가
지팡이 멈춰 서서 먼 산을 바라보니
아름아름 아른거리는 아지랑이 속으로
아름아름 떠오르는 시름이 있다.
- 「새소리」 전문

　깨우쳤다는 시인, 선의 세계를 그린다는 시인들 거개는 부처님 말
씀 같은, 원음(圓音) 같은 새소리에 불경을 읽는 것이 뭐란 말인가 하고
책을 덮어둔다 했을 것이다. 그러나 시인은 책을 펼쳐둔 채 그 새소리
를 나가 살펴보니 소리도 없고 새도 없다한다. 그리고 시름만 아름아름
떠오른다며 있는 그대로, 자연 그대로를 그리고 있다. 같은 불교시, 서
정시이면서도 이런 자연, 순수 서정에 시인만의 겁외의 도가 천연스럽
게 빛나고 있는 것이다.

　여기 한 자연아(自然兒)가
　그대로 와서
　그대로 살다가
　자연으로 돌아갔다.

　풀은 푸르라
　해는 빛나라
　자연 그대로.

이승의 나뭇가지에서 우는 새여.

빛나는 바람을 노래하라.

　　말년에 써놓고 간 「비명(碑銘)」 전문이다. 어찌 어찌 해보겠다
는 마음까지 놓아버린 자연인, 무위진인(無位眞人)이며 대자유인이 김
달진 시인이다. 그리하여 만물은 물론 나의 본성은 하나로 같고 그 본
성이 자체로 빛나는 자연이라는 도에 이른 서정을 삶과 시로 펼치고 간
시인이다.

백석

민족 전래 공동체 삶을 원융한 화엄적 세계로 시화

가난한 내가
아름다운 나타샤를 사랑해서
오늘 밤은 푹푹 눈이 나린다

나타샤를 사랑은 하고
눈은 푹푹 나리고
나는 홀로 쓸쓸히 앉어 소주를 마신다
소주를 마시며 생각한다
나타샤와 나는
눈이 푹푹 쌓이는 밤 흰 당나귀를 타고
산골로 가자 출출이 우는 깊은 산골로 가 마가리에 살자

눈은 푹푹 나리고
나는 나타샤를 생각하고
나타샤가 아니 올 리 없다
언제 벌써 내 속에 고조곤히 와 이야기 한다
산골로 가는 것은 세상한테 지는 것이 아니다
세상 같은 건 더러워 버리는 것이다

눈은 푹푹 나리고
아름다운 나타샤는 나를 사랑하고
어데서 흰 당나귀도 오늘밤이 좋아서 응앙응앙 울을 것이다.
- 「나와 나타샤와 흰 당나귀」 전문

    눈이 푹푹 내리는 밤이면 떠오르는 시다. 겨울이면 가장 많이 낭송되는 시이기도 하다. 톨스토이의 장편소설 『전쟁과 평화』의 여주인공 나타샤란 러시아 여인 이름과 흰 눈으로 인하여 학창 시절 본 영화 「닥터 지바고」의 영상을 떠올리게도 하는 시다. 그런 순정한 여인과 함께 눈밭처럼 하얀 세상으로 잠시만이라도 언제든 떠나게 하는 시다.
    이 시 「나와 나타샤와 흰 당나귀」 한 편이 1천억 원대의 서울 최고의 요정 대원각을 무상으로 길상사라는 절로 바꾼 시다. 북한산 자락 풍치 좋은 성북동 계곡 물을 끼고 몇 개의 누각이 들어서 있는 고급요정이 대원각이었다. 고관대작들과 재벌들이 어울리던 그 요정에 나도 초등학교 시절 동네 친구들과 함께 개구멍을 통해 들어가곤 했다. 그러면 예쁜 기생 누나들이 술안주로 나갔다 남은 각종 전이며 맛있는 것들을 갔다 쥐 먹었던 기억이 새롭다.

그런 대원각이 법정 스님에게 무상으로 시주돼 길상사라는 도심 사찰로 완전히 탈바꿈했다. 부처님 오신 날 그 길상사에 김수환 추기경이 찾아들어 축하 메시지를 전하는 현장을 취재한 적도 있다. 요정을 그런 도심의 주요 사찰로 바꾸게 한 것이 위 시 「나와 나타샤와 흰 당나귀」에 드러난 '나'와 '나타샤'의 사랑이다.

평안북도 정주 출신의 백석(1912~1963) 시인이 조선일보사에서 장학금을 받아 1930년 18세에 일본의 명문사학 청산학원 영문과에 유학가서 하숙했던 집주소가 동경 길상사 1875번지였다. 4년간 유학을 마치고 조선일보에서 기자생활을 하던 백석은 짝사랑병을 심하게 앓다 1936년 그만 함흥에 있는 영생교보 영어교사로 낙향해버렸다.

그 학교 선생들과의 함흥관 회식자리에서 권번 출신의 22세 기생 진향을 만나 첫눈에 반했다. "죽음이 우리를 갈라놓기 전에 이별은 없다"며 애칭으로 '자야'라는 이름도 지어줬다. 그런 기생과 사랑에 빠져 동거하다시피 하는 백석을 부모가 봐줄리 없었다. 중매로 결혼시켜버린 것이다. 자야도 그런 백석의 앞날을 위해 함흥을 떠나 고향인 서울로 왔다.

백석도 이내 서울로 와 다시 조선일보사에 들어가 일하며 자야와 함께 지냈다. 당시 봉건적 질서가 완강히 버티고 있는 통념상 기생과 집안을 이룰 수 없어 차라리 오막살이에 살더라도 같이 만주로 떠나자고 하나 자야가 백석의 앞날을 위해 거절한다. 해서 어쩔 수 없이 혼자서 쓸쓸히 만주로 떠나버리고 만다.

그때의 심경이 위 시에는 고스란히 드러나고 있다. 백석은 만주로 갔다가 해방 후 북한에서 일생을 마감했지만 자야는 장안 최고의 요정

주인이 된 것이다. 자야는 말년에 그 1천억 원대의 요정 대원각을 "백석 시의 한 줄만도 못하다"며 법정 스님한테 시주한 것이다. 그런 길상사에 얽힌 절절하고 고귀한 사연과 함께 위 시는 독자들에게 연애시로 더 많은 사랑을 받고 있는 것이다.

"이 흰 바람벽엔/내 쓸쓸한 얼굴을 쳐다보며/이러한 글자들이 지나간다/(중략)/-하늘이 이 세상을 내일 적에 그가 가장 귀해하고/사랑하는 것들은 모두 가난하고 외롭고 높고 쓸쓸한/그리고 언제나 넘치는 사랑과 슬픔 속에 살도록 만드신 것이다/초생달과 바구지꽃과 짝새와 당나귀가 그러하듯이/그리고 또 프랑시쓰 잼과 도연명과/라이넬 마리아 릴케가 그러하듯이"(「흰 바람벽이 있어」 부분)

시인의 운명, 직분을 잘 예감하고 있는 이 대목은 지금도 우리 시인들에게 자주 인용되고 있다. 그리고 가장 존경하고 좋아하는 시인을 꼽으라면 스스럼없이 백석을 내세우는 시인들도 많다. 생전에도 김소월보다 더 높은 인기를 누렸고 훤칠한 키와 외모의 모던보이로 통하며 뭇 여성들의 시선을 끌었던 시인이 백석이다.

1935년 시 「정주성」을 조선일보에 발표하며 활발히 시작활동을 펼친 백석은 1936년 처녀시집 『사슴』을 펴내며 '남쪽에는 정지용, 북쪽에는 백석'이란 평을 들을 만큼 30년대 대표시인으로 떠올랐다.

자신이 태어나고 자란 평안도 사투리로 북방의 토속적인 삶을 정감 있게 그려나갔다. 그렇게 시로 드러난 민족공동체로서의 삶과 민속에 불교적 요소도 그대로 들어와 아름답게 시화되고 있는 게 백석 시의 특장이기도 하다.

여승은 합장하고 절을 했다

가지취의 내음새가 났다

쓸쓸한 낯이 옛날같이 늙었다

나는 불경(佛經)처럼 서러워졌다

평안도의 어느 산 깊은 금덤판

나는 파리한 여인에게서 옥수수를 샀다

여인은 나어린 딸아이를 따리며 가을밤같이 차게 울었다

섶벌같이 나아간 지아비 기다려 십년이 갔다

지아비는 돌아오지 않고

어린 딸도 도라지꽃이 좋아 돌무덤으로 갔다

산꿩도 섧게 울은 슬픈 날이 있었다

산절의 마당귀에 여인의 머리오리가 눈물방울과 같이 떨어진 날
이 있었다

첫 시집 『사슴』에 실린 「여승(女僧)」 전문이다. 10년 전 남편
이 돈 벌러 떠나 돌아오지 않자 어린 딸을 데리고 금광산판에서 옥수수
를 팔던 여인. 딸도 죽자 의지할 데 없어 산사에서 머리 깎고 부처님께
귀의한 여인네의 서사가 주를 이루고 있는 시다.

그런 슬픈 이야기, 우리 민족 전통적 삶의 한 줄거리였을 이야기인
데도 참 정갈하고 정감이 넘친다. 민족 삶의 한 양식으로 불교가 내재
화됐듯 시인에게 체화된 불교의 대자대비한 눈이 그런 설운 삶을 자비
롭게 보아내며 서정적으로 이끌고 있기 때문이다.

"병이 들면 풀밭으로 가서 풀을 뜯는 소는 인간보다 영(靈)해서 열 걸음 안에 제 병을 낳게 할 약이 있는 줄을 안다고/수양산(首陽山)의 어느 오래된 절에서 칠십이 넘은 노장(老壯)은 이런 이야기를 하며 치마 자락의 산나물을 추었다" (「절간의 소 이야기」 전문)

제목처럼 산속 절간에서 노승한테 들은 절집 소 이야기를 산문식으로 그대로 전하고 있는 시다. 풀밭에서 풀을 뜯는 절간의 늙고 병든 소와 따온 산나물을 추스르고 있는 늙은 중이 대등하게 놓여있다. 둘 다 삶과 죽음의 묘처를 자연스레 깨닫고 있다. 우주 삼라만상이 모두 대등한 영성을 갖고 있다는 불교적 각성을 담담하게 들려주고 있는 시다.

부뚜막이 두 길이다
이 부뚜막에 놓인 사닥다리로 자박수염난 공양주는
성궁미를 지고 오른다

한말 밥을 한다는 크나큰 솥이
외면하고 가부틀고 앉어서 염주도 세일 만하다

화라지송침이 단채로 들어간다는 아궁지
이 험상궂은 아궁지도 조앙님은 무서운가보다
농마루며 바람벽은 모두들 그느슥히
흰밥과 두부와 튀각과 자반을 생각나 하고

하펌도 남즉하니 불기와 유종들이
묵묵히 팔장끼고 쭈구리고 앉었다

재 안 드는 밤은 불도 없이 캄캄한 까막나라에서
조앙님은 무서운 이야기나 하면
모두들 죽은 듯이 엎데였다 잠이 들 것이다
ㅡ「고사(古寺)ㅡ함주시초(咸州詩抄) 3」 전문

　　함경도에 있는 오래된 절 공양간을 세세히 묘사하고 있는 시다. 북
방의 사투리가 억센 듯 하면서도 정겹게 들린다. 그 정겨움 속에 가부
좌 틀고 염주 굴리며 명상에 잠긴 불교의 가마솥보살과 우리네 토속신
인 조앙님이 함께하고 있다. 이렇게 백석 시 속에는 불교가 정겹게 토
속화돼 있다.

　　새끼 오리도 헌 신짝도 소똥도 갓신창도 개니빠디도 너울 쪽도 짚
검불도 가랑잎도 머리카락도 헝겊조각도 막대꼬치도 기왓장도 닭의
짖도 개터럭도 타는 모닥불

　　재당도 초시도 문장(門長) 늙은이도 더부살이 아이도 새 사위도
갓사둔도 나그네도 주인도 할아버지도 손자도 붓장사도 땜쟁이도 큰
개도 강아지도 모두 모닥불을 쪼인다

　　모닥불은 어려서 우리 할아버지가 어미 아비 없는 서러운 아이로
불쌍하니도 몽둥발이가 된 슬픈 역사가 있다

　　백석 초기 대표작인 「모닥불」 전문이다. 이런 말과 말본새와 정

경(情景)이 우리민족의 본디 마음 씀씀이였거늘. 지푸라기 가랑잎 나무막대는 물론 머리카락 개털 헌신짝도 모두모두 분간 없이 타오르는 모닥불. 그런 모닥불을 사람 짐승 높낮이 없이 둥글게 어우러져 따스하게 쬐는 정겨운 마당. 화엄(華嚴)의 원융(圓融) 세계 같은 그런 정경이 우리네 본디 마음이고 삶 아니겠는가.

이처럼 백석의 시세계에는 우리 민족의 공동체적 삶이 정겹고 따스하게 드러나고 있다. 사람 뿐 아니라 우주 삼라만상 모두가 대등하게 따뜻한 정을 나누고 있다.

이런 백석의 시세계를 불교생태학적 관점에서 연구한 김지현은 논문 「백석의 유기적 시세계와 불교생태학적 의의」에서 "백석 시에는 나와 상대를 동일시하는 동체 인식이 잘 드러난다. 그리고 이 동체 인식은 삼라만상에 대한 자비로 이어지게 된다. 이러한 동체대비(同體大悲) 사유를 근간으로 하여 백석의 시에는 살림과 배려의 공동체 윤리가 구현되고 있다"고 했다. 우리네 전통적 공동체 삶과 민족에 체득된 불교의 동체대비를 격의 없이 이으며 원융한 화엄세계를 보여준 시인이 백석이다.

서정주

체득된 불교관과 문법으로 연 현대시 최고 경지

한 송이의 국화꽃을 피우기 위해
봄부터 소쩍새는
그렇게 울었나 보다.

한 송이의 국화꽃을 피우기 위해
천둥은 먹구름 속에서
또 그렇게 울었나 보다.

그립고 아쉬움에 가슴 조이던
머언 먼 젊음의 뒤안길에서
인제는 돌아와 거울 앞에 선

내 누님같이 생긴 꽃이여.

노오란 네 꽃잎이 필라고
간밤엔 무서리가 저리 내리고
내게는 잠도 오지 않았나 보다.
- 「국화 옆에서」 전문

우리 국민에게 가장 친숙하고 또 가장 많이 낭송 되고 인용 되고 있
는 시다. 소쩍새와 천둥과 먹구름과 무서리 등 삼라만상의 협동과 소통
으로 한 송이 국화꽃은 피어난다. 그런 꽃을 피우기 위해 시인은 잠도
자지 않고 온몸으로 예민하게 동참하고 있는 시다.

무엇보다 "그립고 아쉬움에 가슴 조이던/머언 먼 젊음의 뒤안길"이
란 자연스러우면서도 절묘한 표현으로 젊음의 뒤안길을 걷고 있거나
이제는 돌아왔을 모든 독자들을 자신의 시인 양 끌어들이고 있다. 우리
말 가락과 아름다움도 잘 살려내 '국민시'로 읽히고 있는 것이다.

다시 읽어보면 불교에서 말하는 우주 삼라만상이 그물코같이 연결
돼 있는 한 몸이라는 '인드라망'을 떠올리는 시이기도 하다. 인도 신화
에서 인드라 신이 살고 있는 세상을 수호하기 위해 하늘을 덮고 있는
그물이 인드라망. 그물코마다 구슬이 달려 있어 온 세상을 서로 서로
비추고 한 구슬이라도 당기면 모든 구슬, 온 우주가 흔들린다는 그 그
물에서 따온 말이다.

'모래 한 알에도 온 우주가 담겨있다'거나 '꽃 한 송이 피는데 내 몸
에서 신열이 난다'는 각성이나 감각 등은 다 이 인드라망의 체현에서
나오는 것들이다. 불교에서 연기(緣起)나 대자대비(大慈大悲)도 이 인

드라망에 엮여있다.

하나는 곧 여럿이요 여럿은 곧 하나며, 하나 속에 온갖 것이 들어 있고 온갖 것 속에 하나가 들어 있는 것이므로 서로 통하여 장애가 되지 않는다. 영겁(永劫)과 찰나(刹那)가 다르지 않으며, 유정과 무정이 어긋나지 않는 것이다.

이것이 불교에서 말하는 법계무진연기(法界無盡緣起)다. 그런 연기로서의 인드라망의 우주적 각성과 감각이 개인적 체험에 의해 아름답게 구체화 돼 있어 우리 국민, 나아가 인류 보편적인 정서와 소통하고 있는 시가 「국화 옆에서」다.

미당 서정주(1915~2000) 시인은 우리 민족 정한(情恨)을 모국어의 혼과 가락으로 풀어낸 조선 최고의 시인으로 평가받는다. 그런 미당 시를 통과하지 않고서는 우리 민족혼과 그 혼이 밴 모국어의 깊이와 넓이에 이를 수 없다는 것을 시인들은 물론 많은 국민들이 알고 있다. 그런 민족 정한, 혼 속에 스며든 불교적 세계가 미당의 많은 시편들을 통해 절절하게 구체화되고 있다.

가난이야 한낱 남루(襤褸)에 지내지 않는다
저 눈부신 햇빛 속에
갈매빛 등성이를 드러내고 서 있는
여름 산 같은
우리들의 타고난 살결,
타고난 마음씨까지야 다 가릴 수 있으랴

청산이 그 무릎 아래 지란(芝蘭)을 기르듯

우리는 우리 새끼들을 기를 수밖에 없다

목숨이 가다가다 농울쳐 휘어드는
오후의 때가 오거든
내외들이여 그대들도
더러는 앉고
더러는 차라리 그 곁에 누워라

지어미는 지아비를 물끄럼히 우러러보고
지아비는 지어미의 이마라도 짚어라

어느 가시덤불 쑥굴헝에 뇌일지라도
우리는 늘 옥돌같이
호젓이 묻혔다고 생각할 일이요
청태(靑苔)라도 자욱이 끼일 일인 것이다

　　미당이 자신이 쓴 950편에 이르는 시 가운데 가장 사랑하는 시라고
밝힌 「무등을 보며」 전문이다. 시인의 고향인 전북 고창에 있는 그의
무덤에 시비(詩碑)로 새겨진 시이기도 하다.
　　1951년 1.4후퇴 때 전주로 내려간 미당은 1952년 봄 광주로 옮겨 조
선대학교 교수 생활을 하며 무등산에 매료돼 이 시를 썼다. 서울에서
전주로 피난 온 미당에게 광주 조선대 교수로 있던 김현승 시인은 그
학교 국문과 부교수직과 겉보리 열다섯 말의 월급에 남광주역 옆 동네
줄행랑집 방 한 개를 겹쳐주는 것을 알선해줬다. 그 집에서 무등산을

마주보며 학교로 걸어가는 출근길이 미당은 제일로 맘에 들어 이 시를 쓰게 된 것이다.

　전란(戰亂) 중에 그래도 처자를 거느릴 방 한 칸에 겉보리 열다섯 말이면 족한 것인가. 가난을 객관적으로 바라볼 거리에서 '가난은 남루에 지나지 않는다'는 자각이 나왔을 것이다. 그 은유(隱喩)적 자각은 곧바로 무등(無等)한, 차별 없는 직유(直喩)로 무등산과 연결되게 된다. 그런 가난과 남루와 무등산이 반만년 이어져온 우리 민족의 지어미와 지아비, 필부필녀인 우리네 삶으로 그대로 들어오고 있는 것이다.

　　내가
　　돌이 되면

　　돌은
　　연꽃이 되고

　　연꽃은
　　호수가 되고,

　　내가
　　호수가 되면

　　호수는
　　연꽃이 되고

연꽃은

돌이 되고.

　1968년에 펴낸 미당의 다섯 번째 시집 『동천(冬天)』에 실린 「내가 돌이 되면」 전문이다. 법계무진연기가 물 흐르듯 자연스레 흐르고 있는 시다. 신라정신과 불교, 즉 영통(靈通)과 영교(靈交), 그리고 윤회전생(輪廻轉生)으로 이어지는 진경(珍景)을 보여주는 시집이 『동천』이다.

　그 시집 뒤에 실린 글에서 미당은 "불교에서 배운 특수한 은유법의 매력에 크게 힘입었음을 여기 고백하여 대성(大聖) 석가모니께 다시 한 번 감사를 표한다"고 밝혔다. 그래서 그런가. 시적 장치로서 이분법적인 감정이입이나 상징 없이 그저 훤하다. '산은 산이오, 물은 물이다'는 고승(高僧)의 어법처럼 자연스럽고 명징한 시다.

　1978년 캐나다 낭송회에 초청돼 가서 다른 몇 편을 낭송할 땐 무덤덤하던 청중들이 이 시를 듣고는 우레와 같은 박수갈채와 함께 "원더풀, 원더풀!" 외치더라고 미당은 자랑하곤 했다. 그저 자명(自明)한 이치, 우주운항의 도를 그대로 쓴 이 시에 무슨 번역의 어려움이 따르겠는가.

　"내가/돌을/만들면//돌은/연꽃을/만들고//연꽃은/호수를 만들고//하늘 밑에 있는 것은/이 호수뿐이니//여기에서/알라스카까지//애인아 나는 혼자/왼켠으로 돌아가고/알라스카에서/여기까지//너는 혼자/바른켠으로 돌아오고"

　『현대문학』 1966년 8월호에 「여행가·3」이란 제목을 달고 이렇게 발표한 시를 시집을 낼 때 고치고 제목도 바꾼 것이다. 보고파도 만날 수 없는 애타는 그리움을 '애인아'라고 부르는 연시(戀詩)로 착상해 처음엔 그렇게 읊었을 것이다. 실제 그 당시 미당은 외국인 수녀에게 그런 연심을 품었었다.

그러나 이런 연시를 미당은 '불교에서 배운 특수한 은유법'으로 확 바꿔버린 것이다. 연시풍으로 착상한 시가 '애인아'를 빼버리고 '만들면'을 '되고'로 고치면서 이리 군더더기 하나 없이 그리움을 우주의 이치로 순하게 끌어올린 절창이 된 것이다. 물 흐르듯이 자연스럽게, 시작도 끝도 없이 돌고 도는 전생(轉生)에서 그 애인과 나는 한 몸 아닐 것인가.

섭섭하게,
그러나
아주 섭섭치는 말고
좀 섭섭한 듯만 하게,

이별이게,
그러나
아주 영 이별은 말고
어디 내생에서라도
다시 만나기로 하는 이별이게,

연꽃
만나러 가는
바람 아니라
만나고 가는 바람같이……

엊그제
만나고 가는 바람 아니라
한두 철 전
만나고 가는 바람같이…….

　『현대문학』 1964년 6월호에 「무제(無題)」로 발표됐다 시집 『동천(冬天)』을 낼 때 「연꽃 만나고 가는 바람같이」란 제목으로 바꿔 실은 시 전문이다. 널리 애송되는 이 절창 역시 그런 안타까운 연정의 소산일 것이다. 그러면서도 '대성 석가모니'의 손바닥 안에서 놀고 있다. 미당 스스로 관심을 두고 있다고 말한 "불교의 삼세인연(三世因緣)과 윤회전생"이 오롯이 들어 있는 시다.

　그러나 모더니즘, 리얼리즘 등 서구시 이론과 시 창작에 길들어가던 당시 시단이 미당의 이런 시를 곱게 봐줄 리 없었다. 현실감각을 상실한 신비주의라는 비판이 시단과 평단에서 이어졌다. 심지어 '영매(靈媒)', '접신술(接神術)'이라 비하하며 시에서 현실성과 이성적 구조를 확보하라고 요구했다.

　이에 대해 미당은 자신의 시는 "고대부터 내려와 현대에 공존하고 있는 종교들의 고대적 사유태도, 고대적 감응태도"를 본 따고 있다고 밝혔다. '물질불멸의 법칙'이나 '필연성의 법칙' 등에 비춰 봐도 자신의 시는 합리주의적 상식으로 충분히 이해될 수 있다는 것이다.

　"우주 전체, 즉 천지 전체를 불치의 등급 따로 없는 한 유기적 관련체의 현실로서 자각해 살던 우주관이 그것이고,(중략) 역시 등급 없는 영원을 그 역사의 시간으로 삼았던데 있다. (중략)우리의 인격은 많이 당대의 현실을 표준으로 해 성립한 현실적 인격이지만, 신라 때의 그것은 그게 아니라 더 많이 우주인, 영원인으로서의 인격 그것이었던 것이다."

미당은 불교국가 신라의 고대적 사유와 감응 태토를 우주만물이 등급 없이 어울려 통하는 우주관, 또 과거, 현재, 미래의 등급 없이 흐르는 영원관으로 보았다. 이것은 무릇 서정시의 양대 시학으로 통하는 '동일성의 시학'과 '순간성의 시학'과 그대로 통한다. 해서 미당 시가 한국현대시사에서 서정의 원류로 흐르게 되는 것이다.

미당과 불교는 떼려야 뗄 수 없다. 19살 때는 석전 박한영 대종사한테 서울 동대문 밖 개운사에서 머리를 빡빡 깎고 중이 됐다. 석전은 유불선(儒佛仙)에 두루 통달한 대학자로 오랫동안 종정을 역임했고 그 문하에서 이광수, 최남선 등이 수학했고 한용운도 스승으로 모시며 석전에 대해 적잖은 헌시를 짓기도 했다.

아침저녁 예불도 올리고 『능엄경』도 부지런히 읽으며 개운사에서 겨울과 봄을 난 미당은 여름이 되자 석전의 허락을 얻고 여비도 타서 참선하러 금강산 장안사로 갔다. 그 절에 주석하던 만공 선사를 찾으니 "중이 되려면 여간 각오로 안 되는 것이니, 뒤에 후회 않겠는지를 많이 생각해보라"란 말만 한 뒤 본체만체하고 예쁘장한 여승들과만 어울리더란 것이다. 그래 이튿날 미당은 "후회할 것 같아 그냥 가겠습니다"하고 장안사를 나와 서울 개운사가 아니라 고향 고창으로 내려 가버렸다.

석가모니 이래 76대 조사(祖師)인 대선사 만공의 눈에 미당이 선이나 중과는 거리가 멀게 보였을 것이다. 미당 자신도 소년시절 무작정한 연민심 때문에 사회주의에도 감염되고 니체의 초인과 그리스의 신화적 육감과 혈기에 매혹돼 중이 되기에는 정리하지 못한 것이 많다고 회고하고 있으니.

중은 못되고 최고의 시인이 된 미당은 1973년 해인사 백련암으로 종정인 성철 스님을 찾아가 합장하며 물었다. "저는 육십이 멀지 않은 나이인데도 이쁘게 보이는 여자를 만나면 연연한 마음이 생기는 걸 아직도 끊지 못하고 있습니다. 스님께서는 어떠신지요?" 스님은 웃으며 답했다. "아 그러니까 중들은 날이 날마다 아침저녁으로 부처님께 예불도 하고, 불경도 배워 읽고, 참선도 하고, 마음을 바로 닦으며 지내는 것 아니요"하고.

그렇게 예쁘고 짠한 것들만 보면 연연한 마음이 드는 걸 끊지 못했기에 시인이 된 것이고, 그게 시인이란 걸 성철 스님은 깨우쳐준 것이다. 그래서 미당은 불교 교리나 참선이 아니라 온몸으로 느끼는 우주 인드라망을 육화시킨 시인이 된 것이다.

> 내 마음 속 우리 님의 고운 눈썹을
> 즈믄 밤의 꿈으로 맑게 씻어서
> 하늘에다 옮기어 심어 놨더니
> 동지 섣달 날으는 매서운 새가
> 그걸 알고 시늉하며 비끼어 가네.
> -「동천」 전문

동서고금 하고많은 시인들이 달을 두고 시를 써왔다. 그 중 몇 편 손가락으로 꼽으라면 빠지지 않을 절창이다. 5행의 짧은 시인데도 온 우주를 울리고 있다. 시어 하나하나의 정밀한 선택과 절차탁마, 그리고 행마다 자연스런 4음보 율격의 변주(變奏)를 보시라. 우리 모국어의 가락과 혼, 거기에 실린 민족의 정한이 매섭게 묻어나고 있지 않은가.

잠 못 이루며 연연해마지 않던 우리 님 고운 눈썹이 마침내 저 하늘의 초승달로 떠오르고 있지 않은가. 천 날 밤의 꿈으로 맑고 정밀하게 씻어서 띄운 그 달에 새와 별과 독자 등 온 우주 뭇 생령이 감읍(感泣)하고 있는 시 아닌가.

그래서 시학도들이 시를 배우고 시인들도 자신의 시를 경계하고 가다듬을 때 가장 많이 참고하는 시다. '미당을 통하지 않고는 시에 이를 수 없다'는 우리 시단의 통설을 낳게 한 시가 바로 이 「동천」이다.

이런 조선 최고의 시세계에 이르기 위해 미당은 태생적으로 몸과 마음에 밴 불교를 시인의 장인 기질로 실감나도록 부단히 육화시켰다. 끊임없이 불경을 읽고 불교국가 신라 사람들의 이야기가 실려 있는 일연스님의 『삼국유사』를 읽고 또 읽으며 자신의 심회와 체험에 조회하며 구체화, 현실화시켜나간 오늘의 현대시가 미당의 시다.

미당은 자신이 감명 깊게 읽고 또 읽는 몇 권의 책을 소개한 「나의 고전」이란 글에서 『열반경』을 첫 번째로 내세우며 "불경을 읽으면 영생을 알게 된다. 그것도 막연한 관념으로서가 아니라 영생의 구체상과 영생을 자각하기 위한 구체적 방법을 알게 된다"고 했다.

그러면서 "모든 불경은 사람들에게 하늘과 땅의 주인이 되는 길을 가르치고 그리되기 위한 방법을 보여준다. 기독교나 유교는 하늘이나 신을 사람의 운명을 장악하는 존재로 모셔 사람들은 거기 굴종하고 따라야하는 걸로 정가를 붙이고 있지만, 불교에서는 자각한 사람·불(佛)에게는 하늘과 땅을 지키는 정신적 주인의 자격을 준다. 피동이 아니라 능동의 길이요, 운명에 굴종하는 것이 아니라 운명을 자가운전하는 길인 것이다"고 했다.

다른 종교보다 불교가 우리 현대시에 유독 지대한 영향을 끼치고 있는 것은 오래전 토착화된 우리 민족의 문화원형이기 때문만은 아니다. '…… 가라사대'나 '…… 말씀하시길(曰)' 등 미당의 말처럼 무조건 따라야하는 신의 절대문법이 아니라 '나는 이렇게 들었다(如是我聞)'는 불교의 능동적이고 인간적인 문법 때문이기도 하다.

석가모니가 탄생하면서 말한 '나는 하늘과 땅에서 가장 높다'를 제목으로 딴 산문에서 미당은 "하늘과 땅, 영원의 기둥뼈인 그 주인의 자격이 아니려면 무엇하러 이런 데 생겨나서 이 고초 다 겪는가"라고 반문했다. 신산고초(辛酸苦楚)의 이 이승의 삶을 영원, 영생인의 주인 자격으로 시화하다 간 시인이 미당이다.

1997년 82세 때 15번째 신작 시집이자 미당 생전 마지막 시집인 『80소년 떠돌이의 시』 맨 위에 올린 아래 시 한 편 감상해보시라. 열반, 화엄, 풍류 세상이 시공과 생사 너머 그저 자유롭고 환하게 펼쳐지지 않으신가. 그것도 아주 구체적으로.

당명황과
양귀비와
모란꽃이
어느날
함께
열반 극락에 들어가 보자고
하늘로 하늘로 솟아올라 갔는데,

당명황과 양귀비는

구름 엉킨 언저리에서
동침하고 싶어
다시 땅으로 내려와
방으로 들어가버리고.

모란꽃은 시들어 떨어져서
그 꽃빛만이 더 높이 날아올라서
해와 달과 별들 옆을 감돌고 있었는데,

그 마음씨만은 아조나 자유라 놓아서
그 빛깔마저 다 벗어 던져버리고
색계와 무색계 넘어
열반에 들어 자취도 없이 앉어 계신다.
-「당명황과 양귀비와 모란꽃이」 전문

신석초

몸과 마음, 관념과 구체 사이에서 우러나는 서정

언제나 내 더럽히지 않을

티 없는 꽃잎으로 살아 여러 했건만

내 가슴의 그윽한 수풀 속에

솟아오르는 구슬픈 샘물을

어이할까나.

(중략)

아아, 헛되어라 울음은

연약한 속임이여.

수유에 빛나는 거짓의 보석이여.

내가 호숫가에 쓸쓸히

설레는 갈대런가

덧없는 바람 달에
속절없이 이끌리는
값싼 시름의 찌꺼기여.

적멸이 이리도 애닮고나.
부질없는 일체관념(一切觀念)이여.
영생의 깊은 수기(授記)가
하마 허무하여이다.
관념은 모두 멸하기 쉽고
잠든 숲 속에 세월이 흐르노라.
어지러운 윤회의
눈부신 여울 위에
변하여가는 구름 연기
시간이 남긴 사원 속에
낡은 다비만 어리나니
세월이 하 그리 바쁜 줄은 모르되
멎는 줄을 몰라라.

덧없이 여는 매살한 손이여.
창 밖에 피인 복사꽃도
바람 없이 지느니
하물며 풍상을 여는 사람의
몸이야 시름한들 어이리
오오, 변하기 쉬운 꽃여울이여.

내 아리따운 계곡에 흐느껴

우는 소리

내 몸 잔잔한 흐름 위에

홀연히 여는 전이(轉移)의 물결 위에

내 끝내 지는 꽃잎으로 허무히

흘러 여는다.

다만 참된 건 고뇌하는

현유(現有)의 육신뿐인가

순간에 있는 너 삶의 빛깔로

벅차 흐르는 내 몸뚱어리

　　신석초(1909~1975) 시인의 「바라춤」 부분이다. 1939년 『문장』 지에 「바라춤 서사」를 발표한 이래 해방 후 『현대문학』 등을 통해 꾸준히 발표해 온 연작시 형태를 1959년 제 2시집 『바라춤』에 모은 이 시는 3백50행에 이르는 장시다. 관념과 구체, 정신과 육체, 정화와 욕정의 어찌해볼 수 없는 괴리를 한탄과 감탄으로 잇고 있는 이 시, 서양에서 최고로 치는 말라르메의 장시 「목신의 오후」와 비견하고픈 마음까지 들게 한다.

　　바라춤은 나쁜 귀신과 삿된 생각을 물리쳐 도량과 마음을 깨끗이 하기 위해 추는 승무의 일종이다. 심벌즈 같은 악기 바라를 들고 추는 화려하고 장중한 춤을 소재로 했기에 시의 수사나 어조 또한 그렇다. 폴 발레리나 스테판 말라르메 등 프랑스 상징주의 시인들 영향을 강하게 받아 관념의 구체화가 감동적으로 드러나고 있는 시다.

위 인용대목에서도 "수유에 빛나는 거짓의 보석", "어지러운 윤회의 눈부신 여울", "오오, 변하기 쉬운 꽃여울", "참된 건 고뇌하는 현유의 육신" 등 불교의 고단위 관념들이 얼마나 감각적으로 빛나고 있는가. 그러면서 해탈을 향한 애달픈 육신의 순간을 바라춤처럼 얼마나 간절한 육신의 언어로 쓰고 있는가. 해서 「바라춤」은 동양과 서양, 고전과 현대적 시 기법은 물론 정신과 육체, 빛과 어둠, 관념과 감각, 지성과 감성, 순간과 영원 등 상반성을 그대로 두면서도 융합을 꾀해 소위 정신주의 시로 승화, 육화되고 있다는 평을 듣고 있다.

신석초 시인은 충남 서천 부유한 집안에서 태어나 어려서부터 한학을 익히다 1924년 서울로 올라와 당시 최고 명문인 경성제일고등보통학교에 들어갔다. 3학년 때 병이 나 휴학하고 석왕사에 들어가서 요양하며 문학과 철학에 빠져들었다. 1931년 일본 호세이대 철학과에 입학하고부터 사회주의 영향을 받아 조선프롤레타리아예술가동맹 맹원으로 활동하다 그들의 경직된 문학에 낙담해 전향한 시인이다.

1935년 이육사 시인과 사귀면서 시를 발표하기 시작했고 1937년에는 서정주, 김광균, 윤곤강 시인 등과 함께 자오선동인으로 활동하며 정신과 서정이 일치가 된 시를 많이 발표했다. 해방 후 활발히 창작활동을 벌이다 6.25로 낙향했던 신석초는 다시 서울로 와 언론인과 문학활동을 병행하며 김소월 시비 등 작고 시인들의 시비 건립 등에 앞장선 시인이기도 하다.

꽃잎이여 그대
다토아 피어
비 바람에 뒤설레며

가는 가냘픈 살갗이여.

그대 눈길의
머언 여로(旅路)에
하늘과 구름
혼자 그리워
붉어져 가노니

저문 산 길가에 저
뒤둥글지라도
마냥 붉게 타다 가는
환한 목숨이여.

시인의 묘소 앞에 시비로 세워진 시 「꽃잎 절구(絶句)」 전문이다. 이 시에도 잘 드러나듯 시와 서정 그것이 순간과 영원, 너와 내가 하나임을 시답게 보여주고 간 시인이 신석초다.

조지훈

선적 관조의 서정과 하화중생(下化衆生) 실천의 시

얇은 사(紗) 하이얀 고깔은
고이 접어서 나빌네라

파르라니 깎은 머리
박사(薄紗) 고깔에 감추오고

두 볼에 흐르는 빛이
정작으로 고와서 서러워라

빈 대(臺)에 황촉(黃燭)불이 말없이 녹는 밤에
오동잎 잎새마다 달이 지는데

소매는 길어서 하늘은 넓고
돌아설 듯 날아가며 사뿐히 접어올린 외씨보선이여.

까만 눈동자 살포시 들어
먼 하늘 한 개 별빛에 모두오고

복사꽃 고운 뺨에 아롱질 듯 두 방울이야
세사(世事)에 시달려도 번뇌(煩惱)는 별빛이라.

휘어져 감기우고 다시 접어 뻗는 손이
깊은 마음 속 거룩한 합장(合掌)인양 하고

이 밤사 귀또리도 지새우는 삼경(三更)인데
얇은 사 하이얀 고깔은 고이 접어서 나빌네라

　서정주 시인의 「국화 옆에서」 만큼 널리 알려진 조지훈
(1920~1968) 시인의 시 「승무(僧舞)」 전문이다. 「국화 옆에서」에
서는 불교가 문면에 드러나지 않지만 이 시에서는 '승무'라는 불교 의식
으로서의 춤을 직접 소재로 삼고 있다. 시인의 눈과 귀와 마음에 잡힌
대로 승무와 주위 분위기를 묘사하면서 승무가 드러내는 불교적 세계
관과 시인의 마음을 일치시켜가고 있는 시다.
　"춤추려는 찰나의 모습을 그릴 것, 그 다음 무대를 약간 보이고 다
시 이어서 휘도는 춤의 곡절(曲折)로 들어갈 것, 그 다음 움직이는 듯

정지하는 찰나의 명상의 정서를 그릴 것, 관능의 샘솟는 노출(복사꽃 고운 뺨)을 정화(별빛)시킬 것, 그 다음 유장한 취타(吹打)에 따르는 의상의 선을 그리고, 마지막 춤과 음악이 그친 뒤 교교한 달빛과 동터 오는 빛으로써 끝맺을 것."

조지훈 스스로 밝힌 「승무」 창작노트다. 시 창작뿐 아니라 조지훈은 『시의 원리』라는 시론(詩論)서를 펴내 서양이론에 휘둘리지 않은 우리의 시론으로 한국현대시를 이끈 시론가이기도 하다. 그런 시인이 '관능의 정화'로서의 승무를 '찰나의 명상'으로 붙잡고 있는 시가 「승무」 다.

> 목어(木魚)를 두드리다
> 졸음에 겨워
>
> 고오운 상좌 아이도
> 잠이 들었다.
>
> 부처님은 말이 없이
> 웃으시는데
>
> 서역 만리(西域萬里) 길
>
> 눈부신 노을 아래
> 모란이 진다.

노을 아래 모란꽃이 지고 있는 절집 풍경을 그대로 그린 시 「고사(古寺) 1」 전문이다. 상좌 아이도, 부처님도 그런 자연스런 풍경의 일부가 되어 있다. 그 풍경 속에서는 서역 만리 극락정토가 이심전심으로 떠오른다. 상좌 아이가 아니라 부처님이 두드리는 목탁소리가 노을보다 눈부신 모란 꽃잎에서 들리는 듯도 하다. 시인의 주관이나 감정을 일체 배제한 몰아(沒我) 지경에서 있는 그대로 그린 '찰나의 명상'이 극락정토의 풍경과 법열(法悅)을 그대로 체현(體現)하고 있는 것이다.

조지훈은 동국대 전신인 혜화전문학교를 졸업하고 오대산 월정사 강원에서 강사를 지내며 불교를 몸에 익힌 시인이다. 자신의 초기 시세계에 대해서도 "사라져가는 것에 대한 아쉬움의 애수, 민족정서에 대한 애착"과 "선미(禪味)와 관조(觀照)"라 밝히기도 했다. 일제 말 조선어학회에서 우리말큰사전을 편찬하다 검거되기도 한 시인이 우리말의 아름다움을 잘 살려 선적인 관조의 세계를 펼쳐, 우리 현대시사에서 불교시 대표작으로 꼽히는 시가 「승무」와 「고사 1」이다.

벽에 기대 한나절 조을다 깨면 열어 제친 창으로 흰 구름 바라기가 무척 좋아라

노수좌(老首座)는 오늘도 바위에 앉아 두 눈을 감은 채로 염주만 센다

스스로 적멸(寂滅)하는 우주 가운데 먼지 않은 경(經)이야 펴기 싫어라

전연(篆煙)이 어리는 골 아지랭이 피노니 떨기남에 우짖는 꾀꼬리 소리

이 골안 꾀꼬리 고운 사투린 범패(梵唄)소리처럼 낭랑하고나

벽에 기대 한나절 조을다 깨면 지나가는 바람결에 속잎 피는 고목이 무
척 좋아라

꾀꼬리 소리를 부처님의 설법처럼 듣고 있는 시 「앵음설법(鶯音
說法)」 전문이다. 그 소리를 듣는 순간은 시 앞뒤에 반복된 '조을다가 깬'
때다. 그런 시간에 자연의 소리인 꾀꼬리 소리와 자연의 모습인 "속잎
피는 고목"을 보고 들으며 "무척 좋아라"고 거듭 감탄하고 있는 시다.

몰아지경에서 무심히 듣고 바라보는 자연이 곧 불법이라는 것이
다. 해서 켜켜이 먼지 앉은 경보다 자연의 소리인 꾀꼬리 소리가 부처
님의 원음처럼 들린다는 말이다. 지금까지 쌓은 지식 등 모든 걸 다 내
려놓고 관조할 때 "지나가는 바람결에 속잎 피는 고목"이 "스스로 적멸
하는 우주"라는 화엄세계를 그대로 드러나게 한 것이다. 시인은 이렇게
선적인 관조를 통해 물아가 일체가 되는 서정적 시세계를 펼쳤다.

프랑스 철학자이자 문예미학자인 가스통 바슐라르는 시를 '전 우주
의 비전과 하나의 혼의 비밀, 그리고 여러 대상의 비밀을 동시에 드러
내는 순간화된 형이상학으로서의 포에지'로 봤다. 불교에서 돈오(頓悟)
적, 순간적 깨달음이 바로 이런 포에지일 것이며 「앵음설법」에서는
"지나가는 바람결에 속잎 피는 고목"이란 절구로 형상화된 것이다.

그대 칠보의 관(冠)을 벗고
삼가 형극(荊棘)의 관을 머리에 이라.

그대 아름다운 상아(象牙)의 탑에서 나와
메마른 황토 언덕 거칠은 이 땅을 밟으라.

노래하는 새, 꽃이팔 하나 없는 이 길 위에
그대 거룩한 원광(圓光)으로 빛부시게 하라.

눈물 이슬 되어 풀잎에 맺히고
양심의 태양 하늘에 빛내고저

그대 너그러운 덕이여
소란한 세상에 내리라.

날 오라 부르는 그대 음성
언제나 귓가에 사무치건만

아직도 내 스스로
그대 앞에 돌아가지 못함은

사악(邪惡)의 얽힘 속에 괴롬의 쓴 잔을 들고
불의에 굽히지 않는 그대의 법도(法度)를 받음이니

그대 약한 자의 벗,
맨발 벗고 이 가시밭길을 밟으라
여기 황야에 나를 이끌어
목놓아 울게 하라.

이 세상 더러움

오로다 나로 하여 있는 듯

오늘 신음하는 무리 앞에

진실로 죄로움을

제 눈물로 적시어 씻게 하느니

오오 시(詩)여 빛이여 힘이여!

1959년 펴낸 4번째 시집 『역사 앞에서』에 실린 시 「그대 형관
(荊冠)을 쓰라 - 미(美)의 사제가 부르는 노래」 전문이다. 이 시집부터
조지훈의 시는 산문(山門)을 나와 역사의 현장으로 들어온다.

"부처님이 되려거든/중생을 여의지 마라/극락을 가려거든/지옥을
피치마라/성불과 왕생의 길은/중생과 지옥". 앞서 살폈듯 만해 한용운
이 이러한 「성불과 왕생」이란 시로 대승적, 실천적 불교정신에 따라
일제하 수난 받는 민족을 위한 길을 가라 했듯 조지훈 시인도 스승으로
모신 만해를 좇아 이승만 독재정권이 도를 넘자 하화중생의 길을 걸은
것이다.

위 「그대 형관을 쓰라」는 시에는 아무런 설명이 없어도 그런 시
의 메시지가 그대로 들려온다. 아름다움이나 서정의 사제에서 벗어나
빛이요 힘이 되는 시를 쓰게 한 것도 바로 기독교 등 모든 종교의 덕목
을 껴안는 불교의 대자대비 정신인 것이다. 상구보리(上求菩提), 혹은
선적 직관에서 나온 초기의 서정시든 하화중생의 후기 실천, 참여시든
조지훈 시인의 시는 불교적 취향에서 나온 것이 아니라 불교 그 자체가
육화된 것이다.

김구용

언어도단 지경을 시화(詩化)한 불교적 초현실주의

구름이 하늘과 바다 사이로
활활 오르내리는 보타락가산 머리,
성에 어린 꽃들은 휘휘 흩어지른
끌마다 산들산들 졸다.
길도 없는 녹음에 산호 젓대를 불며,
사슴을 타고 돌아오는
남순동자는 고와라.
기우뚱거리는 수평선이 등긋 부풀어, 어긋막이로 깎아 솟은 바위에
쏴아 검푸른 파도가 하얗게 부서져,
일천 구슬들과 일만 송이 꽃들은
소스라쳐 휘날아, 우렁찬 소리 속에

출렁 철썩 뛰는 물결, 홀홀 나부끼는
흰 옷자락이 바위에 두렷이 자리하신 나 없는 자태여.
(중략)
때 묻은 유방의 열매와 가난한 가구(家具)와 괴로운 밤의 관음,
모두 다 모습은 다르나 어디에고 있다.
관음은 그의 본성이요, 나는 찢어진 기구에 넘쳐흐르는
월향(月響)을 배경으로 당신의 위치에 안좌(安坐)하였다.

중생의 원과 한의 모든 소리를 듣고 풀어준다는 관음보살을 소재로 한 「관음찬(觀音讚)」 부분이다. 위 인용된 앞부분에서 그런 관음이 자리한다는 남방 보타락가산, 아니 우리나라 양양 낙산사나 남해 금산 보리암 등의 해수관음을 다루고 있다. 선재동자 같은 불교설화시대 불법을 구하는 남순동자도 나오는 그런 세계엔 '나'는 없다.

그러나 아니다. 6.25전쟁 폐허에서 몸 파는 매춘부의 가난하고 괴로운 밤 세계에도 관음은 있다. 온갖 생각, 고뇌에 찢어진 '나'에게도 관음은 있다. 관음보살은 '모두 다 모습은 다르나 그 본성으로서 어디에나 있다'는 것이다. 그래 내가 곧 관음이요 부처라는 것이다.

"폭격으로 무너진 건물들 사이에서 흰옷 입은 여인이 나타난다. 그가 다가서자 어느 성으로 들어 가버린다. (중략) 여인이 오렌지를 들고 나타난다. 거울을 보며 온화한 미소를 짓고 관음으로 변한다. '난 원래 이유가 없어요' 하면서 연회빛 청년과 함께 나가는데, 다시 흰옷 여인으로 변해 있다."

40페이지에 달하는 산문시 「꿈의 이상」 부분이다. 현실에서 세 여자와 교제하면서도 환상과 꿈속에서 위 인용부에 드러나는 '흰옷 입

은 여인' 곧 관음보살과 줄곧 만나는 서사적 구조를 지니고 있는 시다. 난해한 이미지와 상징들이 충돌하며 작품을 이끌고 있는 소설과 시의 혼종 양식을 취했다는 평을 듣는 작품이다.

이 작품에서 시인이 말하고자 한 것은 '이유 없음'이다. 그냥 본성을 그대로 드러내는 것이다. 실제 사귀는 세 여자는 물론이고 환상 속의 관음보살도 다 차별 없이 이유 없는, 근거 없는 무(無)라는 것이다. 불교의 핵인 일체유심조를 드러내고 있는 작품이다.

김구용(1922~2001) 시인은 자신이 부처가 되려는 구도과정을 시로 보여준 시인이다. 집에서 살면 일찍 죽는다는 말에 4세 때부터 금강산 마하연에서, 해방 후에도 공주 동학사에 기거하며 불교가 몸에 밴 시인이다. 해서 선(禪)적 직관과 초현실주의 등에서 보이는 자유로운 상상력이 어우러져 동서양의 차별과 주객의 구분조차 없앤 근원적 자유를 보여줬다는 평가를 받고 있는 시인이다.

김구용 시인이 타계하기 며칠 전 필자는 성신여대 입구 돈암시장 맞은편에 있는 시인의 댁을 찾았었다. 다른 음식은 다 끊고 누운 채로 막걸리만 빨대로 빨아 마시며 묻는 말에 눈으로만 뭔가를 뚜렷이 전하려는 시인의 모습이 지금도 눈에 선하다.

"그는 언어가 시작하기 전에 움직인다./그는 언어가 끝난 곳에서 노래한다."고 시 「1곡」에서 말했듯 언어도단의 깨달음의 지경을 언어로 표현하고 간 시인이다. 그래 그런 시가 난해할 수밖에 없어 '자생적 초현실주의'라는 평도 들으며 연구대상에 오르고 있지만 일반엔 널리 알려지지 못했다. 그래도 설악산 백담사 앞에 시비로 선 그의 초창기 아래의 시 한 편이 우주에 만연한 불법(佛法)의 시향(詩響)을 울리고 있다.

용트림진 고매(古梅) 등걸이 밤에 눈을 맞더니
이끼를 툴툴 털고 하늘로 날아올라
먼 새벽의 향기인가, 꽃이 하마 피었네.
—「동(冬)」 전문

이원섭

쉽고 개결한 시편으로 깨우치는 선적 화두

인수봉을 찾았더니
누군가를 만나러 갔다 했다.

또 백운대를 찾았더니
조금 전에 나갔다 했다.

내친김에 만경대에 들러보았으나
그도 마찬가지였다.

나는 괘씸한 생각이 들어
문수봉을 찾아가 털어놓았다.

어디를 싸돌아다니는지 모르겠습니다.
다들 집을 비워 놓고는.

그러자 문수봉이 정색하고 물었다.
그럼 선생은 지금 집에 있습니까.
아니면 집을 비우고 있습니까.

놀라서 깨어보니 새벽 네 시였다.

이원섭(1924~2007) 시인의 「집을 비워 놓고는」 전문이다. 어려울 것 하나도 없는 시가 죽비처럼 내리치며 정신을 확 일깨우고 있다. 너는 도대체 잘 살고 있는 거냐고, 네 생의 주인이냐고. 일상 눈 들어 보면 보이는 북한산의 봉우리들과 우화적인 대화를 통해 쉽게 쉽게 깨우쳐주고 있다. 선가(禪家)의 화두도 이처럼 재밌고 쉬웠으면 좋겠다. 과연 선과 선시에 도통해 일반에 쉽게 풀이해주고 간 시인의 시답다.

경기도 철원에서 태어난 이원섭 시인은 초등학교 다닐 때부터 신선에 대한 책을 섭렵하며 신선이 되기를 발원했다. 공부도 잘해 경기중학교에 입학했으나 최고 명문으로서의 권력적인 학풍이 신선기질에 도무지 맞지 않아 중도에 포기했다. 동국대 전신인 혜화전문을 졸업하고 고등학교 교사를 지내기도 했다.

1948년 『예술조선』에서 현상공모한 시 부문에 「기산부(箕山賦)」 등이 당선돼 시단에 나왔다. "기산 깊은 골짜기 -/솔은 용의 모습을 배우며/그 밑에, 허유는/관도 없이 풀을 깔고 앉아 있었다"로 시작되는 「기산부」는 요순(堯舜) 태평시대를 연 요임금이 나라를 맡아 달라 하자 거절하고 도망가 기산의 심산계곡에 묻혀 신선같이 살다간 허유를 그린 작품.

이 시인의 신설기질이 그대로 드러난 그 시를 역시 신선 풍류도 기질이 있는 서정주 시인이 아주 좋다며 당선작으로 뽑은 것이다. 그러나 곧 6.25가 발발하자 종군문인으로 전쟁의 참혹상을 목격하다 남해 가덕도까지 내려가 구약성경을 읽으며 원죄의식에 떨게 된다.

그래서 나온 시가 "향미사야./너는 방울을 흔들어라./원(圓)을 그어 내 바퀴를 뺑뺑 돌면서/요령처럼 너는 방울을 흔들어라.//나는 추겠다. 나의 춤을!/사실 나는 화랑(花郞)의 후예란다"로 시작되는 「향미사(響尾蛇)」이고 이 시를 표제작으로 한 첫 시집을 1953년 피난지 마산에서 펴냈다. 사실은 신선 풍류도의 후예지만 그렇게 살 수 없는 현실을 개탄한 시다.

수복 후 서울로 올라온 이원섭 시인은 불경 등 동양고전 번역에 몰두하며 그걸 바탕으로 『깨침의 미학』 등 일반에게 불교의 진리를 알리는 책들도 펴냈다. 그와 함께 옛 고승들의 선시도 우리말의 아름다움을 살려 번역하고 선에 대한 일반강좌도 펼쳐나가며 선과 선시의 대가라는 명성을 얻었다.

불교 공부와 번역과 저술에 몰두하던 시인은 첫 시집 후 40년이 다 돼가는 2001년 두 번째 시집 『내가 뱉은 가래침』을 펴냈다. 불교에서 말하는 무명, 망상 등이 몸 안에 침전된 불순물 가래침 아니겠느냐며 가래침을 뱉어내니 산도 해도 달도 열리더라고 시인은 시집을 낸 후 밝혔다.

"머리에 들어있는 지식을 씻어냄이 교육./무엇 하나 앎이 없는 이가 대학자,/알거지가 재벌,/정치가나 공무원은 무능해야 하고,/화가나 시인의 작품은 졸렬해야만 하는,/이런 따위로 고쳐,/온 세상을 어리석음으로 채워보면 어떨까."

　도발적인 제목을 가진 그 시집에 실린 시 「우민(愚民)정책」 부분이다. 기성의 현실적 가치를 가래침 같이 더럽게 보며 내뱉고 있는 시다. 선기(禪氣) 넘치는 시세계를 참다 참다 못해 가래침 같이 뱉어내며 인간으로서의 정체성을 상실하고 날로 삭막해가는 우리 현실적 삶을 질타한 것이다.

　　칠월의 하늘에
　　청포도가 익었다
　　아기는 덩쿨에 기어올라
　　포도를 따 먹는다
　　천년이 가는 줄도 모르고
　　벌거벗은 고려의 아기는.

　구례 화엄사에 시비로 서있는 「고려청자」 전문이다. 고려청자에서 너와 나는 물론 시공(時空)의 분별까지 초월한 선적 무아지경을 단숨에, 예쁘게 보아내고 있는 시다.

　한용운의 뒤를 이어 이처럼 불교를 육화해 평생 불법을 구한 반승반속의 시인들이 일제 말과 해방 직후 시단에 나와 우리 시를 깊이 있고 풍성하게 했다. 이들 시인들이 우리 시단의 중심부로 들어오면서 불교는 시적 경향이나 파벌을 넘어 우리 현대시의 원심력이 되어 일파만파 번져나가게 된다.

3부

해방 후
한국현대시
지형도에
전 방위로
배어든 불교

"번개와 같이 떨어지는 물방울은
취할 순간조차 마음에 주지 않고
나타(懶惰)와 안정을 뒤집어놓은 듯이
높이도 폭도 없이
떨어진다"

- 김수영 「폭포」 부분

정통서정과 참여, 실험파의 대부
서정주와 김수영, 김춘수

2008년 한국현대시 100주년을 맞아 많은 문학단체들이 기념행사와 함께 시성(詩性)도 뛰어나고 시사(詩史)적 의미도 있는 시를 선정, 100주년 기념 시선집을 엮어 출간했다. 필자도 그때 우리 100년의 시사 중 100편을 선정, 우리 현대 명화와 함께 기념시화선집 『꽃 필 차례가 그대 앞에 있다』를 펴냈다.

시적 경향이나 사심 없이 100편의 시를 고르며 1908년 최남선의 「해에게서 소년에게」서 비롯된 한국 현대시 100년은 국권 상실과 분단, 그리고 독재 등 우리 현대사의 질곡을 극복하기 위해 시가 계몽과 현실참여에 징집된 아픈 역사임을 절감했다. 그런 우리 현대시의 공과 과를 간략히 따져보기에 앞서 다음 시 두 편을 감상해보자.

"처…ㄹ썩, 처…ㄹ썩, 척, 쏴…아./때린다, 부순다, 무너버린다./태

산 같은 높은 뫼, 집채 같은 바윗돌이나,/요것이 무어야, 요게 무어야,/
나의 큰 힘, 아느냐, 모르느냐, 호통까지 하면서,/때린다, 부순다, 무너
버린다./처…ㄹ썩, 처…ㄹ썩, 척, 튜르릉, 콱.//처…ㄹ썩, 처…ㄹ썩, 척,
쏴…아./내게는, 아무 것, 두려움 없어,/육상에서, 아무런, 힘과 권을 부
리던 자라도,/내 앞에 와서는 꼼짝 못하고,/아무리 큰, 물건도 내게는
행세하지 못하네./내게는 내게는 나의 앞에서는./처…ㄹ썩, 처…ㄹ썩,
척, 튜르릉, 콱."

"삶과 죽음 갈림길/여기 있음에 두려워하여/나는 간다는 말도/못
다 이르고 가는가/어느 가을 이른 바람에/여기저기에 떨어지는 나뭇잎
처럼/같은 나뭇가지에 나고서도/가는 곳을 모르겠구나/아! 극락세계에
서 만나 볼 나는/도(道) 닦아서 기다리겠다"

전자는 최남선의 「해에게서 소년에게」 부분이고 후자는 신라 경
덕왕 때의 승려 월명사의 「제망매가(祭亡妹歌)」 전문이다. 위 두 시
중 어떤 시가 더 시답고 감동적이신가? 두 시 사이 천년의 세월을 훌쩍
넘음에도 답은 우리에게 익숙하게, 감동적으로 다가오는 시다운 시로
모아질 것이다.

최남선이 위 시를 1908년 11월에 발표, 그걸 기점으로 해서 우리시
는 향가로부터 시조로 이어져 내려오던 고전시와 현대시로 갈리고 있
다. 때문에 이 「해에게서 소년에게」의 현대적 특성을 살펴보면 우리
현대시의 공과 허물이 대략 밝혀질 것이다.

우선 형태면에서 시조 같은 정형시(定型詩)에서는 완전 벗어났고
정형에서 비롯되는 율격도 어지간히 깨지면서 운문에서 산문에 가까
운 자유시 형태를 취하고 있다. 그런 형태보다 중요한 시의 의도나 내
용 측면에서 보면 소위 계몽하려는 것이다. 제목처럼 바다, 즉 서쪽의

바다에서 소년을 가르치려는 것이다.

그러나 시는 가르치려는 말보다는 감동과 감응이 본령이다. 우주와 나, 너와 나는 살아 있는 하나라는 가슴 떨리는 감동의 언어가 시 아니겠는가. 우리 민족의 마음자리가 그대로 노래가 되고 문자화 된 우리 시에는 위 「제망매가」에서 보듯 신라시대 정형시인 향가에서부터 불교가 자리 잡아 감동의 깊이를 더해왔다.

그럼에도 일제하의 카프시와 분단 후의 북한시, 1960년대 이후의 참여시와 민중시 등이 모두 다 크게 보면 「해에게서 소년에게」의 계몽, 가르침을 잇고 있는 시들이다. 이런 시가 1960년대, 특히 4.19 이후 우리 시단의 전면에서 평가를 받으며 주류를 이뤄온 것이 우리 현대시사다. 우리 근현대민족사와 함께 한 이런 우리 현대시 역사는 민족사적으로 혹은 지사적, 독립과 민주화 투사적으로는 영광스러우나 시 본령에서 볼 때는 비극인지도 모르겠다.

해방 이후 우리 현대시사의 지형도는 서정주를 중심으로 그 한쪽에는 김수영을 아버지로 삼은 참여와 진보, 그리고 지성의 시단이 있다. 또 다른 쪽에는 김춘수를 아버지로 삼은, 그러나 제 아비도 부정해버리는 실험과 해체의 전위시단이 놓여 있다.

동서고금 가릴 것 없이 시의 한가운데를 흘러내리고 있는, 시의 강심수(江心水)로서의 서정주와 서정시 계열은 낡았다든가 개성이 없다며 무시당하고 있다. 대신 김수영과 김춘수 쪽만이 현대시의 비조격으로 평가되며 진보와 전위적인 시들이 득세해온 것이 4.19이후 우리 시단의 흐름이다.

그렇담 서정주와 함께 우리 현대시사의 지형도를 가르고 있는 김춘수와 김수영의 시세계는 어떠했는가. 왜 전위와 진보를 택할 수밖에

없었는가. 앞서 살펴본 서정주는 물론이고 이 두 시인의 시세계에도 불
교가 짙게 배있음을 그들의 시와 시론은 말해주고 있다.

김춘수

해탈을 향한 전위적인 시적 실험

내가 그의 이름을 불러 주기 전에는
그는 다만
하나의 몸짓에 지나지 않았다.

내가 그의 이름을 불러 주었을 때
그는 나에게로 와서
꽃이 되었다.

내가 그의 이름을 불러준 것처럼
나의 이 빛깔과 향기에 알맞은
누가 나의 이름을 불러다오.

그에게로 가서 나도
그의 꽃이 되고 싶다.

우리들은 모두
무엇이 되고 싶다
너는 나에게 나는 너에게
잊혀지지 않는 하나의 눈짓이 되고 싶다.

　가을에서 텅 빈 겨울로 넘어가던 2004년 11월 하순, 분당 서울대병원 응급실로 김춘수(1922~2004) 시인을 마지막으로 찾아갔다. 한여름 더위로 기진한 몸에 먹은 죽이 식도가 아닌 기도로 들어가 막혀 입원한 시인은 의식이 마비된 채 녁 달 가까이 산소호흡기로 연명하고 있었다.

　병상 앞에는 쾌유를 빌며 간호사들이 걸어놓은 위 시 「꽃」 전문이 큼지막하게 눈에 들어왔다. 그 병원 간호사들 뿐 아니라 우리 국민들이 가장 좋아하는 시가 「꽃」이다.

　일단은 '서로에게 잊혀 질 수 없는 존재가 되고 싶다'는 간절하면서도 지성적이고 품위 있는 연애시로 읽혀 대중들이 좋아할 시다. 그러면서 모든 것은 마음이 창조했다, 내 마음속에 들어와야 비로소 존재하는 것이라는 일체유심조, 불교적 인식론이 깊이 있게 내장되어 있는 시다.

　1922년 경남 통영의 부잣집 맏아들로 태어난 김춘수 시인은 고향에서 초등학교를 졸업하고 1935년 경성제일고보에 들어갔다. 졸업을 코앞에 두고 자퇴한 시인은 1940년 일본으로 건너가 니혼대 예술대학에 입학했다. 부친의 뜻에 따라 법대에 가려했으나 릴케 시집을 읽고 매료돼 예술대를 택한 것이다.

1942년 3학년 때 일본 천왕과 조선총독부를 비방했다는 혐의로 일본 헌병대와 경찰서에서 혹독한 고문을 받다 7개월 만에 서울로 송치됐다. 그때 받은 고문과 인간과 사회에 대한 실망이 시에서 사회나 역사나 이념이나 의미를 없애버린 순수시, 무의미시로 나가게 했다.

1945년 해방 직후 김춘수 시인은 유치환, 윤이상, 김상옥, 전혁림, 정윤주 등과 통영문화협회를 결성했다. 한려수도에 위치한 지방의 작은 도시에서 문인, 화가, 음악가 등이 모여 결성한 통영문화협회는 해방 후 결성된 우리나라 최초의 문화예술단체다.

작곡가 윤이상을 비롯해 화가 전혁림, 시인 유치환은 물론 소설가 박경리 등 통영은 많은 문화예술인을 배출한 예항(藝巷). 일본과 가깝고 또 한려수도로 풍광이 수려해 일제시대 때 일본 고위관료와 장성 등의 휴양지였던 통영은 그만큼 먼저 개화돼 많은 예술가들을 배출할 수 있었을 것.

그런 통영에서 중학교 교사로 지내며 시작활동을 펼친 김 시인은 1948년 첫 시집 『구름과 장미』를 시작으로 2004년 타계 직후 유고시집으로 나온 『달개비꽃』까지 총 17권의 신작 시집과 시론집 등을 펴내며 우리 현대시사를 이끈 시인으로 평가받는다.

서정주 시인이 우리 전래의 무(巫)나 불교, 영통(靈通)이나 풍류(風流)에 바탕해 귀신까지도 감읍(感泣)시킬 소통에 중점을 뒀다면 김춘수 시인은 릴케의 순수관념, 하이데거의 실존철학과 현상학 등 서구 시정신과 지성에서 출발해 끊임없이 인간적 의미, 소통을 차단하며 사물과 시가 순수하게 홀로 서도록 했다.

'대여(大餘)'는 서정주가 지어준 김춘수의 호. "'여(餘)'는 '나머지'가 아니라 '천천히'로 받아들이라는 뜻"이라며 대기만성(大器晚成)하라고 지어준 것이다. 그런 서정주를 현실과 역사를 훌쩍 뛰어넘은 조선 최고의 시인으로 추켜세우면서도 김춘수는 영 다른 시, 낯선 길로 현실과 역사를 뛰어넘었다. 아방가르드의 순수 시혼으로 시를 통해 해탈을 꿈꾼 것이다.

김춘수야말로 한 몸으로 우리 현대시의 모든 양상을 다 보여준 시인이다. 초기의 감상적 서정시로 출발해 이미지즘, 관념시, 존재론적인 시, 사물시, 무의미시 등 시로서 보여줄 수 있는 것은 다 보여주며 시 자체를 통해 해탈에 이르려 했으니.

"불립문자, 교외별전, 직지인심, 견성성불(不立文字, 教外別傳, 直指人心, 見性成佛)-어느 하나를 떼어놓고 바라보아도 언어가 발 디딜 틈은 없다. (중략) 우리는 결국 신(神)을 말 속에서 가지지 못한다는 것이 된다. 그것은 결국 하나의 사물도 말 속에서는 가지지 못한다는 것이 된다. 그런 안타까운 표정이 곧 말일는지도 모른다. 시는 그런 표정의 정수(精粹)일는지도 모른다. 누가 시를 산문을 쓰듯, 자연과학의 논문을 쓰듯 쓰고 있는가? 시는 이리하여 영원한 설레임이요, 섬세한 애매함이 된다."

김 시인이 그의 역저 『시론(詩論)』에서 선(禪)에 기대어 언어와 시를 규정한 말이다. 서양의 현대문예이론가 필립 휠라이트는 "실재(實在, Existence)는 언어의 능력 밖에 있다"고 했다. 일찍이 동양에서는 노자가 "말로 전할 수 있는 도는 불변의 도가 아니다(道可道非常道)"라고 설파했었다. 그래 선도 묵언정진(默言精進)요 이심전심(以心傳心) 아니던가.

언어가 생긴 이래 언어를 통해서만 세계, 대상을 바라보게 함으로써 실재와 인간을 차단시켜버렸다. 어느 대상과의 접촉도 인류의 유산이 켜켜이 쌓인 언어, 의미를 통해서만 가능하므로 이제 세계와의 만남은 그런 의미에 의해 가공, 조작된 세계일 뿐 원초적인 생생한 접촉이 될 수 없다.

해서 '실재, 도(道)며 본질은 언어의 능력 밖에 있다'는 단정이 나오게 된 것이다. 그럼에도 시(詩)는 파자(破字)해보면 언어로 지은 절집이라서 어떻게든 그런 불구의 언어로라도 실재나 도를 전하고 돌려주어야하기에 안타까운 표정일 수밖에 없다는 것이다.

"나는 시방 위험한 짐승이다./나의 손이 닿으면 너는/미지의 까마득한 어둠이 된다.//(중략)//……얼굴을 가리운 나의 신부여," (「꽃을 위한 서시」 부분)에서처럼 '나의 신부' 같은 대상은 위험한 짐승 같은 언어에 얼굴, 본질이 가려져 있다. 그렇다면 시에서 신부의 맨얼굴, 세상의 본질은 어떻게 보고 보여줘야 할 것인가.

관념에 찌든 자아와 세계상을 타파하고 자아와 세계가 본질적으로 만나는 물아양망(物我兩忘)의 지경에서 현전(現前)하는 본질적, 원초적 세계를 탐구하는 게 김 시인도 관심을 기울인 현상학이다. 실존철학을 완성하며 현상학의 문을 연 마르틴 하이데거의 세계내존재나 현전 개념은 선에 영향 받은바 크다

근대 이후, 데카르트의 합리적 사유 체계 이후 자아와 밖의 세계는 결별했다. 자아와 세계의 분리를 통해서만 가능한 테제가 '나는 회의한다. 고로 존재한다'는 데카르트의 '회의'다.

끝없이 생각하고 회의하는 인간의 이성에 의해 만들어진 세계가 근대의 세계상이다. 존재는 합리적인 것과 일치하고 세계는 논리적인 것의 구조에 불과한 것이다. 이것을 이론적으로 체계화한 것이 칸트의 비판철학이고 헤겔의 변증법적 체계다.

이런 근대를 '관념형태의 세계상의 시대'라 비판하며 하이데거는 관념의 망상을 타파하고 지금 우리 눈앞에 현전하는 존재를 해방시켰다. 인간의 마음이 조작해낸 관념의 세계상을 여여(如如)한 존재세계로 돌린 하이데거는 선의 영향을 받았음이 일본 선 학자와 주고받은 편지에서도 잘 드러난다.

이 땅에 전래된 이래 처음으로 몸소 불교 대중화에 앞장섰던 원효는 모든 불법을 누구에게나 실어 나르는 큰 수레, '대승(大乘)'을 풀이한 『대승기신론소(大乘起信論疏)』에서 언어와 진여(眞如)의 관계에 대해 이렇게 설파했다. "진리는 말을 떠나 있는 것이지만 말에 의지할 수밖에 없다(離言眞如 依言眞如)"라고.

진여, 실체의 그림자 밖에 못 전하더라도 그것을 알리기 위해 언어에 의존할 수밖에 없다는 대승다운 말이다. 시 또한 그러하기에 김춘수 시인도 '안타까운 표정'이라 하지 않았겠는가. 그러나 김 시인은 '승속일여(僧俗一如)'라는 원효의 대승적 자세를 버리고 소승적(小乘的) 해탈의 시세계로 나갔다.

> 겨울하늘은 어떤 불가사의의 깊이에로 사라져가고,
> 있는 듯 없는 듯 무한은
> 무성하던 잎과 열매를 떨어뜨리고
> 무화과나무를 나체로 서게 하였는데,
> 그 예민한 가지 끝에
> 닿을 듯 닿을 듯 하는 것이
> 시일까

언어는 말을 잃고
잠자는 순간
무한은 미소하며 오는데
무성하던 잎과 열매는 역사의 사건으로 떨어져 가고,
그 예민한 가지 끝에
명멸하는 그것이
시일까.

　시의 본질, 본디의 진면목에 대해 묻고 있는 「나목(裸木)과 시 서장(序章)」 전문이다. 언어를 잃어야 무한 실상을 얻을 수 있다는 것에서 선과 그대로 만나고 있는 시다.

　육조 혜능대사로부터 증명을 받은 영가대사가 치열한 수행과정에서 나온 깨달음을 시화해놓아 선객들의 교본처럼 여겨지는 『증도가(證道歌)』에 "근원을 바로 끊는 것은 부처님이 인증했으니(直截根源佛所印), 잎을 따고 가지를 찾는 일을 나는 못한다(摘葉尋枝我不能)"는 구절이 나온다.

　아무리 번뇌, 윤회에서 벗어나려 해도 그런 망상만 더해가는 마음. 그런 마음을 내려놓고 마음을 일으키게 하는 언어도 내려놓는 근본적 처방을 선은 지향한다. 위 시 또한 그런 마음과 언어를 내려놓을 때 비로소 찾아드는 것이 시란 것이다.

　"시는 해탈이라서/심상(心象)의 가장 은은한 가지 끝에/빛나는 금속성의 음향과 같은/음향을 들으며/잠시 자불음에 겨운 눈을 붙인다"(「나목(裸木)과 시」 끝 부분)에서와 같이 해탈에 이르기 위해, 언어에서 의미를 버리고 소리로서만 순수시 세계로 나간 시인이 김춘수다.

불러다오.

멕시코는 어디 있는가,

사바다는 사바다, 멕시코는 어디 있는가,

사바다의 누이는 어디 있는가,

말더듬이 일자무식 사바다는 사바다,

멕시코는 어디 있는가,

사바다의 누이는 어디 있는가,

불러다오.

멕시코 옥수수는 어디 있는가,

    1960년대 후반부터 25년 간 매달린 장편연작시 「처용단장」 일부다. 의미를 철저히 차단해 음향만 남게 한 무의미시의 본보기다. '사바다'는 무엇이고 어떻다는 의미와 형상이 있어야 하는데 '사바다는 사바다'라는 동어반복으로 문맥을 차단하고 의미를 유추할 수 있는 이미지 생성도 차단해 오직 음향만 남은 시다.

    콤마로 차단된 빠른 템포와 동어반복에 의한 숨가쁜 리듬 등 음성층만 남아 그 그림자라도 던질 의미를 찾아 단어와 단어, 행간과 행간 사이를 바쁘게 돌아다니며 앗아간 의미를 돌려달라는 듯 허무의 공간을 배회하고 있는 시다.

    "말을 부수고 의미의 분말을 어디론가 날려버리고 이미지를 응고되는 순간 처단해 버린 시", "완전을 꿈꾸고, 영원을 꿈꾸고, 불완전과 역사를 아주 아프게 무시해버린 시"가 무의미시라고 김 시인은 밝혔다. 그런 시를 통해 선적인 해탈을 꿈꾼 것이다. 대신 소통이 안 돼 대중독자들을 잃어야만 했다.

"때론 인(人)을 뺏고 경(境)을 뺏지 않으며(奪人不奪境), 때론 경을 뺏고 인을 뺏지 않으며(奪境不奪人), 때론 인과 경을 함께 뺏으며(人境俱奪), 때론 인과 경을 함께 뺏지 않는다(人境俱不奪). 나는 평소에 이렇게 학인(學人)을 접해왔다."

선종의 주류인 임제종의 시조며 우리 선맥(禪脈)에 지대한 영향을 끼치고 있는 임제선사가 한 말이다. 인은 주관이요 경은 객관이라고 설명한 임제는 제자나 선객(禪客) 등 학인을 가르칠 때 그 수준에 따라 이렇게 네 가지 자세로 가르쳤다고 토로했다.

언어도단의 해탈에 이른 무위진인도 이렇게 학인과의 소통에 힘쓴 것이다. 시 자체로서 해탈을 지향하며 주와 객을 함께 지워 버리려했던 김 시인도 마지막엔 소통의 대승적 자세로 돌아온다.

뻔한 소리는 하지 말게.
차라리 우물 보고 숭늉 달라고 하게.
뭉개고 으깨고 짓이기는 그런
떡치는 짓거리는 이제 그만 두게.
훌쩍 뛰어 넘게
모르는 척
시치미를 딱 떼게.
한여름 대낮의 산그늘처럼
품을 줄이게
시는 침묵으로 가는 울림이요
그 자국이니까

김 시인이 말년에 쓴 「품을 줄이게」 전문이다. 요즘의 말 많은 후배 시인들을 경계하기 위해 지은 이 시는 알기 쉽게 풀이한 선문답처럼 들린다. 김 시인의 전위적인 시적 실험에는 이렇게 본질세계로 직관(直觀), 직격(直擊)해 들어가 해탈하려는 선의 요체가 가부좌 틀고 있다.

김수영

온몸으로 직격해 들어간 부정과 직관의 시학

통일도 중립도 개좆이다

은밀(隱密)도 심오(深奧)도 학구(學究)도 체면도 인습(因習)도 치

안국(治安局)으로 가라

(중략)

일본영사관, 대한민국관리,

아이스크림은 미국놈 좆대갱이나 빨아라 그러나

요강, 망건, 장죽, 종묘상, 장전, 구리개 약방, 신전,

피혁점, 곰보, 애꾸, 애 못 낳는 여자, 무식쟁이,

이 모든 무수한 반동(反動)이 좋다

이 땅에 발을 붙이기 위해서는

(중략)

제3인도교의 물속에 박은 철근기둥도 내가 내 땅에

박는 거대한 뿌리에 비하면 좀벌레의 솜털

내가 내 땅에 박는 거대한 뿌리에 비하면

- 「거대한 뿌리」 부분

1964년 발표한 위 시에서 김수영(1921~1968) 시인은 취한 듯 이렇게 후련하게 부르짖었다. 이 속되고 거친 직설화법의 시어는 한국의 기존 시단에 대한 전례 없는 불온한 반동이면서 시사적으로 볼 때 이 자체로 새로운 시학, 즉 '반시(反詩)' 탄생이 역설적으로 선언됐다. 그러면서 주체적이고 본질적인 깨달음으로 해탈을 이루려는 선가의 '부처를 만나면 부처를 죽여라'는 말을 떠올리게 하는 시다.

고등학교 시절 시를 배우고 습작하던 때 제일 먼저 내가 주체적으로 사 본 시집이 『거대한 뿌리』였다. 김 시인은 그렇게 1970년대부터 이미 우리 시단에 거대한 뿌리를 내리고 있었다. 진보적 이념과 자유, 참여와 지성을 내세운 4.19세대 문인들이 그때부터 김수영을 최고의 시인으로 재평가하며 그들의 문학권력을 공고히 해나갔다.

서울 종로에서 유복한 집안의 장남으로 태어난 김 시인은 1947년 「묘정(廟庭)의 노래」를 발표하며 시작활동을 시작했다. 1949년 김경린, 박인환 등과 함께 펴낸 합동시집 『새로운 도시와 시민들의 합창』이란 제목에도 잘 드러나듯 새로운 도시문명과 시민의식을 모던하게 드러냈다.

그렇게 모더니스트로 출발한 김 시인은 1960년 4.19 혁명이 일어나자 현실과 정치를 직시하고 적극적인 태도로 시와 시론, 시평 등을 잡지, 신문 등에 발표하며 왕성한 집필활동을 하다 1968년 6월 15일 늦은 밤 귀가하다 버스에 치여 47세의 이른 나이로 타계했다.

"시작(詩作)은 '머리'로 하는 것이 아니고, '심장'으로 하는 것도 아니고, '몸'으로 하는 것이다. 온몸으로 밀고 나가는 것이다. 정확하게 말하면, 온몸으로 동시에 밀고나가는 것이다 (중략) 중요한 것은 시의 예술성은 무의식적이라는 것이다. 시인은 자기가 시인이라는 것을 모른다. 자기가 시의 기교에 정통하고 있다는 것을 모른다. 그리고 그것은 시의 기교라는 것이 그것을 의식할 때는 진정한 기교가 못되기 때문에 그렇게 되는 것이다."

김 시인이 자신의 시론이랄 수 있는 「시(詩)여 침을 뱉어라」에서 한 말이다. 김 시인에 이르러 한국시는 1930년대 초현실주의의 의식의 조작이 아니라 뚜렷한 의식과 명징한 사유의 거친 생활 언어가 시적인 언어로 초월하는 역설적인 경험을 하게 됐다.

김 시인은 머리나 심장으로 시를 쓰는 어떤 사조나 이즘이 아니라 자신이 세운 위 같은 '온몸의 시학'으로 밀고나갔다. 어떤 파당을 이끌거나 거기에 속하지도 않았다. 그런데도 김수영은 지금 진보적이고 지성적인 파당의 아버지, 현대시의 비조격으로 추앙되고 있는 것이다.

푸른 하늘을 제압하는
노고지리가 자유로웠다고
부러워하던
어느 시인의 말은 수정되어야 한다.

자유를 위해서
비상하여본 일이 있는

사람이면 알지
노고지리가
무엇을 보고
노래하는가를
어째서 자유에는
피의 냄새가 섞여있는가를
혁명은
왜 고독한 것인가를

혁명은
왜 고독해야 하는 것인가를

4.19혁명 직후에 발표한 「푸른 하늘은」 전문이다. 실천적 혁명의
식이 잘 배어있으면서도 서정적으로 잘 갈무리된 시다. 시 흐름이 무엇
을 물으며 단호하게 자유를 향한 실천을 부추기고 있지 않은가.

"자유를 위해서/비상해본 사람은 알지"라며 온몸의 시학을 내세우
고 있지만 이 시까지에서 김 시인은 시의 기율, 기존의 시작(詩作) 문법
에 충실하고 있다. 그러나 그 후 위 「거대한 뿌리」에 드러나듯 기존
시 문법을 처단한 시로 나아가고 있다.

"욕망이여 입을 열어라 그 속에서/사랑을 발견하겠다 도시의 끝
에/사그라져가는 라디오의 재잘거리는 소리가/사랑처럼 들리고 그 소
리가 지워지는/강이 흐르고 그 강 건너에 사랑하는/암흑이 있고 삼월
을 바라보는 마른 나무들이/사랑의 봉오리를 준비하고 그 봉오리의/속
삭임이 안개처럼 이는 저쪽에 쪽빛/산이//사랑의 기차가 지나갈 때마

다 우리들의/슬픔처럼 자라나고 도야지우리의 밥찌기/같은 서울의 등불을 무시한다/이제 가시밭, 덩쿨장미의 기나긴 가시가지/까지도 사랑이다//왜 이렇게 벅차게 사랑의 숲은 밀려닥치느냐/사랑의 음식이 사랑이라는 것을 알 때까지//난로 위에 끓어오르는 주전자의 물이 아슬/아슬하게 넘지 않는 것처럼 사랑의 절도는/열렬하다//간단(間斷)도 사랑/이 방에서 저 방으로 할머니가 계신 방에서/심부름하는 놈이 있는 방까지 죽음같은/암흑 속을 고양이의 반짝거리는 푸른 눈망울처럼/사랑이 이어져가는 밤을 안다/그리고 이 사랑을 만드는 기술을 안다/눈을 떴다 감는 기술 - 불란서혁명의 기술/최근 우리들이 4·19에서 배운 기술/그러나 이제 우리들은 소리 내어 외치지 않는다//복사씨와 살구씨와 곶감씨의 아름다운 단단함이여/고요함과 사랑이 이루어놓은 폭풍의 간악한/신념이여/봄베이도 뉴욕도 서울도 마찬가지다/신념보다도 더 큰/내가 묻혀 사는 사랑의 위대한 도시에 비하면/너는 개미이냐//아들아 너에게 광신을 가르치기 위한 것이 아니다/사랑을 알 때까지 자라라/인류의 종언의 날에/너의 술을 다 마시고 난 날에/미대륙에서 석유가 고갈되는 날에/그렇게 먼 날까지 가기 전에 너의 가슴에/새겨둘 말을 너는 도시의 피로에서/배울 거다/이 단단한 고요함을 배울 거다/복사씨가 사랑으로 만들어진 것이 아닌가 하고/의심할 거다!/복사씨와 살구씨가/한번은 이렇게/사랑에 미쳐 날뛸 날이 올 거다!/그리고 그것은 아버지같은 잘못된 시간의/그릇된 명상이 아닐 거다"

김 시인의 대표작 한 편으로 꼽히는 「사랑의 변주곡」 전문이다. 변주곡(變奏曲)은 한 주제를 놓고 그 주제의 리듬, 선율, 화음 등을 여러 가지의 방법으로 변화시켜가는 음악의 한 양식이다.

이 시에서는 '사랑'을 주제로 내걸고 그 속성을 여러 가지로 변주하며 시가 길어지고 있다. 행 나눔이나 고상한 비유 등 기존 시 문법을 무시하며 온몸으로, 즉물적으로 사랑을 변주하고 있는 시다.

시작부터 욕망과 사랑을 대등하게 보고 있다. 세속, 혁명 등 사회 현상에서 사랑을 보아내고 있다. 그러면서 마지막 변주에선 아들에게 "사랑을 알 때까지 자라라"하고 있다. 그 사랑을 "도시의 피로"에서 배우라고 하고 있다.

"아버지 같은 잘못된 시간의/그릇된 명상"이 아니라 세속에 섞여 사는 삶에서 네 온몸으로 깨치라는 것이다. "사랑에 미쳐 날뛸 날", 사랑의 세상을 참답게 살라는 것이다.

"몸부림은 칠 줄 알아야 한다. 그리고 가장 민감하고 세차고 진지하게 몸부림을 쳐야 하는 것이 지식인이다. 진지하게라는 말은 가볍게 쓸 수 있는 말이 아니다. 나의 연상에서 진지란 침묵으로 통한다. 가장 진지한 시는 가장 큰 침묵으로 승화되는 시다."

김 시인이 「제 정신을 갖고 사는 사람은 없는가」 라는 산문에서 한 말이다. 관념이 아니라 온몸의 감수성으로 진지하게 몸부림쳐야 제 정신을 찾을 수 있고 참사랑을 살 수 있다는 것이다. 그리고 그 '진지함'이란 결국 침묵을 부른다는 것이다. 이렇듯 김 시인의 온몸의 시학은 선(禪)적인 역설적 변증법에 의한 깨달음에 닿아있다.

김수영의 모든 시에 나오는 어휘를 가나다순으로 늘어놓고 사용 횟수를 분석한 『김수영 사전』에 따르면 '부정의 시인'이라는 평가에 걸맞게 '않다','없다', '아니다', '안', '없이' 등 부정의 어휘가 빈번하게 사용된다. 동시에 '사랑', '사랑하다', '애정' 등 사랑의 어휘나 '좋다', '웃다' 등 긍정적 어휘도 자주 썼음이 통계적으로 입증된다.

이 책을 펴낸 문학평론가이자 시인인 최동호는 "흔히 부정의 시인

으로 불리는 김수영이 또한 사랑의 시인임을 보여주는 것"이라며 " 「사
랑의 변주곡」 같은 시에서 볼 수 있듯, 김수영에게 부정은 긍정에 도
달하기 위한 하나의 과정이기도 하다"고 평했다.

폭포는 곧은 절벽을 무서운 기색도 없이 떨어진다

규정할 수 없는 물결이
무엇을 향하여 떨어진다는 의미도 없이
계절과 주야(晝夜)를 가리지 않고
고매한 정신처럼 쉴 사이 없이 떨어진다

금잔화도 인가도 보이지 않는 밤이 되면
폭포는 곧은 소리를 내며 떨어진다

곧은 소리는 소리이다
곧은 소리는 곧은
소리를 부른다

번개와 같이 떨어지는 물방울은
취할 순간조차 마음에 주지 않고
나타(懶惰)와 안정을 뒤집어놓은 듯이
높이도 폭도 없이
떨어진다

김 시인의 시세계가 곧이곧대로 드러난 시 「폭포」 전문이다. 이 시에서 특히 "곧은 소리는 곧은/소리를 부른다"는 대목을 우리 현대시사는 4.19세대 의식의 곧은 반영으로 보며 민중적, 저항적 시각으로 읽고 있다.

그러나 이 시는 김 시인의 온몸의 시학의 결정체다. 문사철(文史哲)이 겸비된 동양정신과 특히 "금잔화도 인가도 보이지 않는 밤", 모든 것을 사상(捨象)시키고 본질로 직격해 들어가려 백척간두에서 용맹정진하는 선과 같은 온몸의 시학이 폭포로 형상화되고 있지 않은가.

성속(聖俗)이 같다는 원효대사가
텔레비에 텔레비에 들어오고 말았다
배우 이름은 모르지만 대사는
대사보다도 배우에 가까웠다

그 배우는 식모까지도 싫어하고
신이 나서 보는 것은 나 하나뿐이고
원효대사가 나오는 날이면
익살맞은 어린 놈은 활극이 되나 하고

조바심을 하고 식모 아가씨나 가게
아가씨는 연애가 되나 하고
애타고 원효의 염불 소리까지도
잊고—죄를 짓고 싶다

돌부리를 차듯 서투른 원효로
분장한 놈이 돌부리를 차고 풀을
뽑듯 죄를 짓고 싶어 죄를
짓고 얼굴을 붉히고

죄를 짓고 얼굴을 붉히고—
성속이 같다는 원효대사가
텔레비에 나온 것을 뉘우치지 않고
춘원(春園) 대신의 원작자가 된다

말년에 쓴 「원효대사─텔레비전을 보면서」 앞부분이다. 부제대로 원효대사의 삶을 다룬 춘원 이광수 원작의 TV 연속극을 보며 쓴 시다. 성속 분별없이 대승의 길을 닦은 원효대사를 비꼬는 것 같으면서도 그 대승적 자세를 다 껴안고 있는 시다.

김 시인이 불교를 소재나 주제로 쓴 시는 찾아보기 힘들지만 시의식은 선적 직관과 해탈을 지향하고 있음이 적잖은 시편들에서 드러난다. 김 시인 시에 드러나는 불굴의 자유의지는 속세의 현실적 자유이면서 선가의 해탈 혹은 무위진인을 향한 자유의지였다.

"선에 있어서도, 바깥에서 들리는 소리가 까맣게 안 들렸다가 다시 또 들릴 때 부처가 나타난다고 하는 말이 있는데, 이 음이 바로 헨델의 망각의 음일 것이다. 그는 자기의 작품을 잊어버릴 것이다. 자기의 작품이 남의 귀에 어떻게 들릴까 하고 골백번씩 운산(運算)을 해보지 않아도 되는 그의 현명만이라도 나 같은 우둔파 시인에게는 얼마나 귀중한 '메시아'인지 모르겠다. 이번 크리스마스의 유일한 선물이었다고 생각하고 있다.”

　“선(禪) 중에서 제일 어려운 것이 누워서 하는 선, 즉 와선(臥禪)이라고 하는 말을 들은 일이 있다”로 시작 되는 산문 「와선」 마지막 대목이다. 김 시인은 “선에 대해서는 전혀 문외한”이지만 와선을 “부처를 천지팔방을 돌아다니면서 구하는 것이 아니라 자기의 골방에 누워서 천장에서 떨어지는 부처나 자기의 몸에서 우러나오는 부처를 기다리는 가장 태만한 버르장머리 없는 선의 태도”라고 해석하며 그런 와선이 좋다고 했다.

　자신 안에 부처가 있으니 부처나 경전이나 조사에 매이지 말고 무위진인으로 성불하라는 ‘버르장머리 없는’ 조사선(祖師禪)의 핵심에 가 닿은 것이다. 이 글에서 음악 감상에 조예가 깊은 김 시인은 크리스마스 시즌에 헨델의 「메시아」를 들으며 ‘와선의 미학’을 떠올리고 있다.

　“헨델은 베토벤처럼 인상에 남는 선율을 하나도 남겨주지 않는다. 그의 음(音)은 음이 음을 잡아먹는 음이다”며. 애증이나 운명의 갈등에서 힘차게 우러나는 베토벤의 선율은 그야말로 벅찬 감격의 인상이다. 그에 비해 화성(和聲)에 충실했던 헨델은 천상의 화음처럼 낙천적이지만 인상적 선율은 없는 ‘망각의 음’이라는 것이다.

　그런 헨델의 “음이 음을 잡아먹는 음”을 바깥 소리가 안 들렸다 다시 들려오는 소리, 즉 산은 산이 아니고 물은 물이 아니라고 아무리 부정했지만 결국은 산은 산이요 물은 물이라는 본디의 소리로 선과 잇고 있는 것이다. 그러면서 자신의 작품도, 쓰는 것도, 독자도 계산에 넣지 않을 때 그런 본디의 음, 망각의 음은 들린다며 ‘온몸의 시학’을 ‘와선의 시학’과 자신도 모르게 연결시키고 있음을 볼 수 있다.

어린 너는 나의 전모를 알고 있는 듯
야아 순자야 깜찍하고나
너 혼자서 깜찍하고나

네가 물리친 썩은 문명의 두께
멀고도 가까운 그 어마어마한 낭비
그 낭비에 대항한다고 소모한
그 몇 갑절의 공허한 투자
대한민국의 전재산인 나의 온 정신을
너는 비웃는다

너는 열네 살 우리 집에 고용을 살러 온 지
삼 일이 되는지 오 일이 되는지 그러나 너와 내가
정한 시간은 단 몇 분이 안 되지 그런데
어떻게 알았느냐 나의 방대한 낭비와 난센스와
허위를
나의 못 보는 눈을 나의 둔감한 영혼을
나의 애인 없는 더러운 고독을
나의 대대로 물려받은 음탕한 전통을

    말년에 쓴 세 편의 '꽃잎' 연작시 중 「꽃잎 3」 중간 부분으로 집일하는 소녀와 자신을 그린 대목이다. 시 앞부분에 나오는 "소녀는 나이를 초월한 것임을" 등과 "어린 너는 나의 전모를 알고 있는 듯" 등으로 보아 순자는 이 시에서 관음보살이나 혹은 불법(佛法) 등의 현현으로

도 읽을 수 있을 것이다. 그런 순자에 비하면 자신이 부정하고 거부해 왔던 모든 것들은 다 낭비요 난센스였음을 깨닫고 있는 시다.

누구한테 머리를 숙일까
사람이 아닌 평범한 것에
많이는 아니고 조금
벼를 터는 마당에서 바람도 안 부는데
옥수수 잎이 흔들리듯 그렇게 조금

바람의 고개는 자기가 일어서는 줄
모르고 자기가 가닿는 언덕을
모르고 거룩한 산에 가닿기
전에는 즐거움을 모르고 조금
안 즐거움이 꽃으로 되어도
그저 조금 꺼졌다 깨어나고

언뜻 보기엔 임종의 생명 같고
바위를 뭉개고 떨어져 내릴
한 잎의 꽃잎 같고
혁명(革命) 같고
먼저 떨어져 내린 큰 바위 같고
나중에 떨어진 작은 꽃잎 같고

나중에 떨어져 내린 작은 꽃잎 같고

「꽃잎 1」 전문이다. 제목으로 보아 꽃잎이 주어인 것 같은데 바람이 이 시의 주인이다. 시인을 머리 숙이게 하는 것이 바람이다. 옥수수 잎을 흔드는 것도 바람이듯 꽃잎과 바위를 떨어지게 하고 혁명을 일으키는 것도 바람이다. "임종의 생명"이란 시 구절처럼 끝없이 우주를 운항시키는 것이 바람이다.

그래서 김 시인은 마지막 유작으로 모든 것에 순응하며 포괄하는 우주운항의 도요 불법(佛法) 같은 바람의 절창 「풀」 을 남겨놓고 떠났을 것이다. 바람의 전령사, 혹은 현현(顯現)이면서 민초처럼 질긴 생명의 풀을 아래와 같이 노래했을 것이다.

풀이 눕는다
비를 몰아오는 동풍에 나부껴
풀은 눕고
드디어 울었다
날이 흐려서 더 울다가
다시 누웠다

풀이 눕는다
바람보다도 더 빨리 눕는다
바람보다도 더 빨리 울고
바람보다 먼저 일어난다

날이 흐리고 풀이 눕는다
발목까지

발밑까지 눕는다
바람보다 늦게 누워도
바람보다 먼저 일어나고
바람보다 늦게 울어도
바람보다 먼저 웃는다
날이 흐리고 풀뿌리가 눕는다
-「풀」 전문

　암울한 독재시대 현실에 비춰봤을 때 민초, 민중들의 굽힘 없는 생명력과 역사의 진전을 노래한 시 「풀」과 김 시인의 반시와 온몸의 시학에도 이렇듯 불교적 세계관과 선적인 자세가 배어 있다.

　이처럼 우리 현대시의 세 갈래, 순수서정시와 실험시와 참여시의 대부격인 서정주, 김춘수, 김수영 시인의 시세계에도 알게 모르게 불교가 스며들고 있음을 알 수 있다. '시선일여(詩禪一如)'나 '시심(詩心)이 곧 불심(佛心)'이라고 예부터 내려오는 말이 각기 다른 경향의 세 시인의 시세계에도 이처럼 실증적으로 드러나고 있어 지당한 명제임을 확인할 수 있다.

이형기

백척간두에서 일군 공(空)과 적멸(寂滅)의 시학

가야 할 때가 언제인가를
분명히 알고 가는 이의
뒷모습은 얼마나 아름다운가.

봄 한철
격정을 인내한
나의 사랑은 지고 있다.

분분한 낙화……
결별이 이룩하는 축복에 싸여
지금은 가야 할 때,

무성한 녹음과 그리고
머지않아 열매 맺는
가을을 향하여
나의 청춘은 꽃답게 죽는다.

헤어지자
섬세한 손길을 흔들며
하롱하롱 꽃잎이 지는 어느 날

나의 사랑, 나의 결별
샘터에 물 고이듯 성숙하는
내 영혼의 슬픈 눈.

이형기(1933~2005) 시인의 시 「낙화」 전문이다. 1950년 나이 17세로 등단, 최연소 등단의 시재(詩才)로 20대 초반에 쓴 이 시는 우리 현대시 1백10년사에서 절창으로 열손가락 안에 꼽히는 시다. 지금도 권력이나 뭐에 집착해 못 떠나는 꼴불견들을 두고 자주 인용되고 있는 시이기도 하다.

사랑하는 연인과의 이별의 아픔을 단호한 결별의 미학으로 승화시킨 연애시로 읽히는 이 시에 불교철학이 내장돼 있다. 대학에서 불교학을 전공한 이 시인의 시에는 공(空)과 적멸의 미학이 담겨있다. 그리고 거기에 이르려는 치밀하고 단호한 부정의 방법론이 담겨있다. 해서 결별이 축복이고 죽음이 성숙이 되는.

이 시인은 항상 "부정하라, 전복하라"를 강조했다. "시란 본질적으로 구축해놓은 가치를 허무화시키는 작업이며 시에 절대적 가치란 존재하지 않는다"는 것이다.

"백척간두진일보, 시방세계현전신(百尺竿頭 進一步, 十方世界現全身)". 당나라 장사 선사의 게송 한 대목으로 목숨 건 수행을 독려하기 위해 선가에서 하는 말이다. 일반에서도 절체절명의 위기에서 자주 사용하는 말이다. 이형기 시인이야말로 6.25 폐허에서, 아니 우리네 실존의 늪에서 항상 백척간두에 올라서 모든 걸 부정하며 자신과 세계의 본질, 불도(佛道)와 한 몸이 되려한 시인이다.

> 아무도 가까이 오지 말라
> 높게
> 날카롭게
> 완강하게 버텨 서 있는 것
>
> 아스라한 그 정수리에선
> 몸을 던질밖에 다른 길이 없는
> 냉혹함으로
> 거기 그렇게 고립해 있고나
>
> 아아 절벽!

뇌졸중으로 투병하던 말기에 쓴 시 「절벽」 전문이다. 실존의 결단이 육화된 시로 감동이 온몸의 전율로 오는 시다. 이 시를 표제로 한 시집 서문에서 이 시인은 "모든 존재는 필경 티끌로 돌아간다. 이 사실을 자각하고 있는 존재가 인간이다. 그리고 이 사실을 영광스럽게 노래하는 존재는 시인이다"고 했다.

티끌로 돌아가는 유한성을 백척간두에 서서 '영광스럽게' 노래할 수 있는 시인에게 유한과 무한, 유와 무, 색과 공 등의 분간이 가당키나 하겠는가. 백척간두 절벽에서 한 걸음 더 나아가 시방세계와 한 몸이 되어 간 시인이 이형기다.

박희진

부처님 뜻과 아름다움을 평생 시로 모신 시(詩) 보살

석련(石蓮)이라

시들 수도 없는 꽃잎을 밟으시고

환히 이승의 시간을 초월하신 당신이옵기

아 이렇게 가까우면서

아슬히 먼 자리에 계심이여

어느 바다 물결이

다만 당신의 발밑에라도

찰락이겠나이까

또 어느 바람결이

그 가비연 당신의 옷자락을 스치이겠나이까

자브름하게 감으신 눈을
이젠 뜨실 수도 벙으러질 듯
오므린 입가의 가는 웃음결도
이젠 영 사라질 수 없으리니
그것이 그대로 한 영원인 까닭이로라

해의 마음과
꽃의 혼향을 지니셨고녀
항시 틔어오는 영혼의 거울 속에
뭇 성신의 운행을 들으시며 그윽한 당신
아 꿈처럼 흐르는 구슬 줄을
사붓이 드옵신 손가락 하나 움직이지 않으시고……

　　박희진(1931~2015) 시인의 1955년 등단작 「관세음상(觀世音像)에게」 전반부다. 세상에 뜻을 세울 스무 살에 한국전쟁의 살육과 공포와 절망을 겪고 모든 걸 상실한 텅 빈 인간이 됐을 때 석굴암 대불 뒤편 십일면관세음보살을 보고 오도송(悟道頌)처럼 터져 나왔다고 밝힌 시다.

　　그래서 인가, "가까우면서도/아슬히 먼 자리"가 그리움이며, 도며, 지고지순 등 본질을 향한 궁극의 정갈하면서도 둔중한 울림을 준다. 고은 시인이 6.25의 폐허, 영점에서 산문(山門)으로 출가했다면 박희진 시인은 시로 출가해 평생 불교시를 쓰고 시 낭송의 대부로서 낭송으로 널리 알린 시의 보살로 불리는 시인이다.

저 아름다운 연꽃못 뵈시겠지

드높이 솟아 정토에 열려 있지

그 뿌리는 지옥에 박혔어도

연꽃잎이야 한없이 청정해도

어리석은 자에겐 돌로 뵌다면서?

이 몸은 어둡기 돌보다 더하면서

정토에 원왕생(願往生) 원왕생하여

이 몸의 업장을 맑히길 소원하여

저 연꽃못 둘레를 돌고 돌아

일곱 날 일곱 밤을 돌고 돌아

지치어 쓰러지면 이슬로 녹아질까

연꽃못 채우는 이슬로 스러질까

속리산 법주사에 있는, 커다란 돌을 깎아 반쯤 핀 연꽃처럼 만든 석련지(石蓮池)를 보고 쓴 「석련지 환상」 전문이다. 박 시인은 이처럼 전국 방방곡곡에 있는 사찰은 물론 고승대덕 등을 시화(詩化)해 나가며 불교의 깊이와 아름다움을 쉽게 대중에게 전했다.

흙탕물에 뿌리를 내리고 있으면서도 꽃은 세상에서 가장 크고 아름다운 연꽃. 보기만 해도 마음이 절로 환해지는 연꽃. 하여 불가에서 가장 성스럽게 여겨 부처님 앉을 자리로 만들거나 부처님께 바치는 꽃이 이 시에서는 부처님 자체로 드러나고 있다. 도 닦으며 이슬로 스러져 연못 그 정토에 이슬 한 방울이라도 보태고 싶은 시인의 심정이 잘 드러난 시다.

흥천사(興天寺) 극락전 섬돌 위에 드디어 나비는 숨지고 있었다.

두 날개를 하나로 합쳐 꼿꼿이 세운 채……

마치 시간에서 무시간(無時間)에로 출항하기 직전의 돛폭인양 손

길이 닿자마자 나비는 홀연 자취를 감췄다

평생 북한산 자락에서 홀로 수도승처럼 살았던 박 시인이 인근 흥천사를 오고가며 본대로 쓴 시 「무제(無題)」 전문이다. 긴 시간 관찰을 치밀하게 묘사하고 있는 데도 오묘하기 그지없는 시다. 구체적 묘사가 아닌 단 한 구절의 관념적 진술 "시간에서 무시간에로 출항" 대목이 나비를 아연 도며 해탈이며 궁극의 뭘로 보이게도 해 제목도 '무제'라 했을 것. 시보살 박희진 시인은 그렇게 나비가 되어 무시간 속으로 날아갔다.

신경림

민중적 서정시로 연 원융무애한 화엄세상

하늘은 날더러 구름이 되라 하고
땅은 날더러 바람이 되라 하네
청룡 흑룡 흩어져 비 개인 나루
잡초나 일깨우는 잔바람이 되라네
뱃길이라 서울 사흘 목계나루에
아흐레 나흘 찾아 박가분 파는
가을볕도 서러운 방물장수 되라네
산은 날더러 들꽃이 되라 하고
강은 날더러 잔돌이 되라 하네
산서리 맵차거든 풀 속에 얼굴 묻고
물여울 모질거든 바위 뒤에 붙으라네

민물 새우 끓어 넘는 토방 툇마루
석삼년에 한 이레쯤 천치로 변해
짐부리고 앉아 쉬는 떠돌이가 되라네
하늘은 날더러 바람이 되라 하고
산은 날더러 잔돌이 되라 하네

신경림(1936~) 시인이 나고 자란 남한강변 목계에 시비(詩碑)로
세워진 「목계장터」 전문이다. 오늘도 많은 여행자들이 찾아 이 시를
읽고 자연 풍물 속에서 강물처럼 흘러가는, 바람처럼 떠도는 우리네 인
생사를 떠올리게 하는 시다. 장돌뱅이도 재벌도, 무지렁이도 대학교수
도 똑 같은 감동으로 읽으며.

위 시에는 우선 반만년 우리네 핏줄을 흘러내린 가락이 맥박처럼
뛰고 있다. 둘, 셋, 넷으로 우리말의 가장 흔한 음절들이 친숙하게 음보
를 이루어 한 행 네 음보씩으로 읊조리게 하면서, 또 '-하고', '-하네'를 반
복하며 시를 자연스레 노래가 되게 하고 있다. 수십 년 간 녹음기 메고
전국 방방곡곡을 도는 민요기행을 하면서 찾고 익혀온 우리 민중의 가
락이 시에 자연스레 스며든 것이다.

「목계장터」에는 또 하늘과 땅, 산과 강, 구름과 바람과 비, 들꽃
과 잔돌이 하나로 어우러져 있다. 나는 하늘이 되고 하늘은 구름이 되고
구름은 비가 되고 비는 강이 되고 강은 들꽃이 되고 들꽃은 바람이 되고
바람은 잔돌이 되고 잔돌은 다시 내가 되는, 그 순서를 아무렇게나 바꿔
도 좋은 우주 삼라만상의 윤회 양상이 아주 자연스레 드러나 있다.

1956년 시 「갈대」 등이 문예지 『문학예술』에 추천되어 신 시인
은 작품 활동을 시작했다. 그러나 당시 시단의 대세였던 원고지 앞의

관념뿐인 난해시에 염증을 느껴 이듬해 낙향해 10여 년 간 농사도 짓고 공사판, 광산촌 등의 일꾼들과 어울리며 현장의 삶과 정서를 살아냈다.

민중적 삶과 정서를 몸소 살아낸 신 시인은 1973년 현장의 삶과 정서와 가락이 밴 시집 『농무』로 한국 시단에 서정적 민중시 시대를 열어젖혔다. 이후 문단과 사회의 자유실천운동, 민주화운동을 표 나지 않게 이끌며 당대적 현실 속에 살아 숨 쉬는 시편들을 발표해 한국 현역 시인을 대표하는 시인이 됐다. 재야의 유력인사이고 대중매체 설문조사에서 이 나라를 대표하는 시인의 선두에 서 있으면서도 신 시인은 항상 민중 속에서 누구보다 낮게 살아오고 있다.

상처를 어루만지면서
등과 가슴에 묻은 얼룩을 지우면서
세상의 온갖 부끄러운 짓, 너저분한 곳을 덮으면서
깨어진 것, 금간 것을 쓰다듬으면서
파인 길, 골진 마당을 메우면서

밝은 날 온 세상을 비칠 햇살
더 하얗게 빛나지 않으면 어쩌나
더 멀리 퍼지지 않으면 어쩌나
솔나무 사이로 불어닥칠 바람
더 싱그럽지 않으면 어쩌나
걱정하면서

창가에 흐린 불빛을 끌어안고

우리들의 울음, 우리들의 이야기를 끌어안고
스스로 작은 울음이 되고 이야기가 되어서
상처가 되고 아픔이 되어서
-「세밑에 오는 눈」 전문

모든 사람들의 아픔과 희망을, 세상의 모든 것들의 더러움과 아름다움을 차별 없이 두루두루 끌어안으며 내리는 것이 눈이다. 이런 눈 같은 것이 신 시인의 시세계다.

신 시인의 시는 '부끄러운 짓', '너저분한 곳', '깨어진 것', '금간 것' 등 인간의, 세상의 아프고 더러운 것들을 다 껴안는다. 시인 자신도 아픈 마음과 더러운 세상의 일부가 되어 그 아픔을 그 아픈 것들과 똑같은 마음에서 울어준다. 그와 함께 "밝은 날 온 세상을 비칠 햇살"같은 희망도 준다.

세상의 모든 아픔을 몸소 쓰라리게 함께 하면서 '어쩌나', '어쩌나'를 반복하고 또 반복하며 '걱정', 염려할 때라야 아픔은 비로소 누구나 공감할 수 있는 희망이 되는 것이다. 신 시인의 시에서 희망은 시대적, 현실적 당위나 책무, 이념에서 나오는 것이 아니라 몸소 체험에 따른 세상에 대한 염려, 연민에서 우러난다. 그래서 아픔과 희망이 구체적으로 형상화되며 독자와의 공감의 폭을 넓히고 있는 것이다.

위 시에는 눈 내리는 모습을 바라보면서 시인 자신인 듯, 눈 혹은 세상 만물인 듯, 독자인 듯 하고 나누는 대화가 들어있다. 그 대화 속에는 너와 나, 인간사는 물론 우주 만물의 아픈 이야기들이 들어있다. 울음처럼 아픈 이야기들을 빛나고 싱그러운 새 날의 희망으로 바꾸는 걱정, 세상에 대한 연민이 들어있다. 부처의 본성이 실천적으로 드러나는 대자대비심(大慈大悲心)이 신 시인의 민중적 서정시세계에 깔려있는 것이다.

> 이 땅에 살아 있는 모든 것을 위하여
> 더불어 숨 쉬고 사는 모든 것을 위하여
> 내 터를 아름답게 만들겠다 죽어간 것들을 위하여
> 이 땅을 화려하게 수놓고 있는 것들을 위하여
> 땅속에서 깊고 넓게 숨어 있는 것들을 위하여
> 언젠가 힘차게 솟아오를 것들을 위하여
> (중략)
> 더불어, 이 땅을 아름답게 만들고 있는
> 사람들과 더불어 새와 더불어 나비와 더불어
> 살아 있는 것들 죽어간 것들과 더불어
> 나는 추리 나의 춤을 목숨이 다하는 날까지
> 세상 끝까지 하늘 끝까지 날아오르면서
> 눈물과 더불어 한숨과 더불어 통곡과 더불어
> ─「이 땅에 살아 있는 모든 것을 위하여」 부분

'이애주의 춤 우리 땅 터벌림에 부쳐'라는 부제가 달린 것으로 보아 춤에 바쳐진 시다. 더불어 신 시인의 시의 신명에 바쳐진 시로도 읽힌다. 이 시의 주어, 주인은 누가 보더라도 '더불어'일 것이다.

숨 가쁘게 터져 나오며 이어지는 '더불어'로 해서 춤과 시가 하나가 되고, 사람이며 새며 나비며 이 땅에 살아 있는 모든 것이 하나가 된다. 죽어간 모든 것과 "언젠가 힘차게 솟아오를" 모든 것이 하나가 된다. 과

거, 현재, 미래의 시간이 하나가 되고 하늘과 땅과 그 사이 모든 공간도 하나가 된다. 우주 삼라만상 모든 것이 하나가 되어 대동 화엄세상을 여는 주인이 '더불어'다.

> 뗏목은 강을 건널 때나 필요하지
> 강을 다 건너고도
> 뗏목을 떠메고 가는 미친놈이 어데 있느냐고
> 이것은 부처님의 말씀을 빌어
> 명진 스님이 하던 말이다
> 저녁 내내 장작불을 지펴 펄펄 끓는
> 방바닥에 배를 깔고 누운 절 방
> 문을 열어 안개로 뽀얀 골짜기를 내려다보며
> 곰곰 생각해 본다
> 혹 나 지금 뗏목으로 버려지지 않겠다고
> 밤낮으로 바둥거리고 있는 것은 아닐까
> 혹 나 지금 뗏목으로 버려야 할 것들을 떠메고
> 뻘뻘 땀 흘리며 가고 있는 것은 아닐까

산사에서 조용히 자신을 성찰하고 있는 시 「뗏목-봉암사에서」 전문이다. 강을 다 건너고도 뗏목을 메고 가는 어리석음은 불가에서 미명(未明)을 깨우치기 위해 자주 하는 이야기다. 고통의 이 차안을 건너 피안에 닿으면 마땅히 뗏목은 버려야한다. 깨우치고 나면 깨우침에 이르게 한 언어 등의 방편도 버려야 해탈할 수 있음을 선가에서는 누누이 지적하고 있다.

이러한 부처님의 가르침에 의해 시인도 혹 집착하고 있는 게 있나 성찰하고 있는 것이다. 불자는 아니면서도 신 시인은 석가모니가 제자들에게 들려준 우화를 가려 뽑은 불교동화집을 냈다. 또 대종사이면서 시인이기도 한 오현 스님과 백담사에서 열흘간 진솔하게 나눈 이야기를 엮은 『열흘간의 대화』를 펴내기도 하는 등 불교에 대한 이해가 깊은 시인이다.

새말갛게 떠오를 때는 기쁨이 되고
뜨겁게 담금질할 때는 힘이 되었지
구름에 가렸을 때는 그리움이 되고
천둥 번개에 밀릴 때는 안타까움이 되었지
비바람에 후줄근하게 젖어 처지기도 하고
어쩌다가는 흉하게 일그러지기도 했지만
드디어 새맑음도 뜨거움도 홀연히 잊고
그리움도 안타까움도 훌훌 떨쳐버리고
표표히 서산을 넘는 황홀한 아름다움

말하지 말자 거기서 새로 꿈이 싹튼다고는

해가 뜨고 지는 것을 일생에 비유하고 있는 시 「낙일(落日)」 전문이다. 떠오를 때의 기쁨도 뜨겁게 담금질 할 때의 힘보다는 그런 모든 것 다 떨쳐버리고 서산을 붉게, 황홀하게 물들이며 표표히 지는 해가 "황홀한 아름다움"이라고 보고 있다.

이 황홀한 아름다움이 신 시인의 민중적 서정시세계의 정수다. 증

오도, 투쟁도, 우리네 삶의 이야기도, 삶과 역사에 대한 통찰도 모두 결국은 황홀한 아름다움으로 원융무애(圓融无涯)하게 수렴되는 세계가 곧 신 시인의 시세계다. 그런 원융무애한 황홀한 아름다움이기에 새로운 꿈, 생명은 영원히 싹튼다. 그러나 시인은 그런 언어도단의 세계는 말하지 말자 한다.

> 언제부턴가 나는
> 산을 오르며 얻은 온갖 것들을
> 하나하나 버리기 시작했다
> 평생에 걸려 모은 모든 것들을
> 머리와 몸에서 훌훌 털어 버리기 시작했다
> 쌓은 것은 헐고 판 것은 메웠다
>
> 산을 다 내려와
> 몸도 마음도 텅 비는 날 그날이
> 어쩌랴 내가
> 이 세상을 떠나는 날이 된들
> 사람살이의 겉과 속을
> 속속들이 알게 될 그 날이

재야인사들과 문인들과 함께 산악회를 조직도 하고 한창 산을 오르내릴 때 쓴 「하산(下山)」 전문이다. 한창 때의 나이에 쓴 시지만 입적을 앞둔 노승이 시자에게 들려주는 법문과도 같다.

이런 신 시인의 시를 보고 오현 대종사는 "신 선생님은 아무래도 시인보다는 중이 됐어야 할 팔자가 아닌가 싶습니다"라고 했다. 이처럼 현실사회에서 대동 사회를 열려는 대자대비의 시심으로 원융무애한 화엄세상을 황홀한 아름다움으로 보여주고 있는 시인이 신경림이다.

고은

쉼 없이 다른 무엇이 돼가는 무주열반(無住涅槃)의 시

내려갈 때 보았네
올라갈 때 못 본
그 꽃

　설악산 백담사에 시비(詩碑)로 서 있는 고은(1933~) 시인의 시
「그 꽃」 전문이다. 용대리에서 백담계곡을 한 시간 가량 걸어올라 이
짧은 시를 보았을 땐 별 감흥이 없었다. 백담계곡에 이어진 수렴동 계
곡을 거쳐 산속의 또 산들을 한나절 오르내리며 봉정암에 올랐다 내려
와 다시 본 이 시는 아, 그게 아니었다. 고단위 관념, 선이나 추상이 아
니라 육감(肉感)이며 실감이었다.
　역시 고은 시인과 그의 시 맞았다. 사랑도 그리움도 혁명도 우주도

넓고도 좁은 그와 그의 시가 맞았다. 영원도 한 순간도 한 몸에 다 붙어 살며 육감으로 토해 내는 삶과 시. 그래 자신이 겪은 만큼, 아는 만큼 이 시는 각자에 그만큼 한 감흥을 주고 있는 것이다.

고 시인은 불교적 세례를 직접 받지 않은 김춘수, 김수영 시인과는 달리 한창 때인 10여 년 간 불가에 몸담아 용맹정진했던 승려 출신이다. 전북 군산에서 태어난 시인은 18세에 출가, '일초(一超)'라는 법명으로 수행했다. 일초는 '단번에 뛰어넘어 부처의 지경에 이른다 (一超直入如來地)'는 말이다. 그런 법명답게 고 시인은 한 시도 한 세상에 머묾 없이 활동하고 시를 써 시집만도 시인도 셀 수 없이 많다.

1958년 「폐결핵」 등을 발표하며 시단에 나온 고 시인의 시는 양도 양이려니와 시세계가 넓고도 넓어 오리무중(五里霧中)이다. 입만 열면 그대로 시가 되는 것 같이 그의 시는 거침없이 호방해 리얼리즘이니 서정이니, 선시니 민중시니 따지는 것을 하찮은 소인배 짓거리로 만들어 버린다.

그 넓고 깊은 시세계를 호방하게 묶고 있는 것은 불교적 세계관이다. 고은 시인도 "불교는 내 삶의 자양분이 되어 지금도 창작활동을 돕고 있다"고 밝히고 있으니.

"나에게는 오로지 현재가 내 꿈의 장소이다. 허나 현재란, 꿈이란 얼마나 천년의 가설인가." 팔순을 맞아 시선집 『마치 잔칫날처럼』을 펴내며 한 말이다. 현재가 꿈의 장소라면서도 그것마저 부정해버리고 끊임없이 부정형으로 움직이며 다른 무엇이 돼가고 있는 시인이 고은이다.

디오니소스와 이백의 친구였다며 전생은 물론 저 창세기에서부터 후생의 또 창세기까지가 한 순간에 함께 익어터지는 '오로지 현재'의 시인. 그러나 불교적 부정법으로 끊임없이 그런 현재도 부정하며 해탈의 길을 걷고 있다.

다 무엇이 되어가고 있다
이때가
가장 한심하여라
칼로 쳐라

다 무엇이 되어가고 있다
소가 소고기가 되는 동안
　－「소고기」 전문

부처를 만나면 부처를 쳐 죽이고 새로운 길로 들어서듯 머물러 무엇이 되려하지 않고 바람처럼 떠돌고 있다. 무엇이 되려는 집착으로 한 세계에 머물면 소가 활동, 생명을 접고 소고기가 되는 것과 무에 다르겠는가.

"존재란 없어. 행(行)이 있을 뿐이지. 내 생이 동사(動詞)이듯이 내 죽음도 동사일 거야. 요컨대 이 세상의 지(地), 수(水), 화(火), 풍(風)이 떠돌고 흐르고 돌고 돌지. 무엇이 무엇이 되고 또 무엇이 되지."

동사의 삶이고 동사의 시인이다. 머묾도 떠남도 생사도 없는, 윤회를 완전히 벗어난 '무여열반(無如涅槃)'이 아니라 머물음 없이 떠나고 또 떠나는 '무주열반(無住涅槃)'을 꿈꾼다. 무엇이 무엇이 되고 또 무엇이 되는 전화(轉化)로서의 행이 삶과 우주의 본질 아니겠는가.

내가 강가에 있기 때문에
강은 흘러오며 흘러간다
내가 여기 없다면
어이하여 강이 흐르겠는가
저 혼자서는 강도 없고 흐르는 것도 없다
저녁 때
내 발을 강물에 씻으려다 만다
저만큼 한 또래의 중송아지들이 있다

누구는 이런 하루를 성자(聖者)라 하고 나는 아무 것도 모른다

시인이 돼 산문을 나와 쓴 초기시 「저녁 강가에서」 전문이다. 석가모니 탄생설화에 나오는 '천상천하유아독존(天上天下唯我獨尊)', 혹은 '일체유심조'를 대뜸 떠오르게 하는 시다.

그러다 마지막에서는 "나는 아무 것도 모른다"하고 있다. 강물을 흐르게 한 나도 없다는 것이다. 무아(無我)지경에서 오로지 무엇이 되고 또 다른 무엇이 되가려 '행할' 뿐이다.

비록 우리가 가진 것이 없더라도
바람 한 점 없이
지는 나무 잎새를 바라볼 일이다.
또한 바람이 일어나서
흐득흐득 지는 잎새를 바라볼 일이다.
우리가 아는 것이 없더라도

물이 왔다가 가는
저 오랜 썰물 때에 남아 있을 일이다.
젊은 아내여
여기서 사는 동안
우리가 무엇을 가지며 무엇을 안다고 하겠는가
다만 잎새가 지고 물이 왔다가 갈 따름이다.
- 「삶」 전문

서정주 시인의 권유와 추천으로 시인이 된 탓일까. 주제는 물론 시어와 어투에서 서정주 시인의 「무등을 보며」를 떠오르게 하는 시다. 가진 것, 아는 것 다 내려놓고 자연의 본연처럼 살자는 것이다. 명령이나 권유의 강한 어투이면서도 불교 특유의 무상감이 바탕에 깔린 시다.

가리라
시뻘건 대대 육친같이
가리라
시꺼먼 대대 원수같이
눈 부릅뜬 혁명 앞두고
한밤중 화들짝 깨어난 봉홧불로
가리라
저 봉우리
저 봉우리 건너
저 봉우리
저 봉우리 건너

저 봉우리

저 봉우리의 칠흑 속 건너

가리라

동트기 전

천리 밖 역모

기어이 관악 봉수대 이르기까지

숨지며

턱밑 칼끝의 목멱산 봉수대까지

가리라

가서

한 생애 멸하리라

내 심장의 백만 전사들 먼동 트리라

팔순을 앞두고 발표한 「봉화(烽火)」 전문이다. "가리라"와 "저 봉우리 건너"가 반복되며 칠흑 속을 밝히며 숨 가쁘게 내닫고 있는 시다. "눈 부릅뜬 혁명"에서는 좀 더 나은 세상을 위한 현실참여시로 읽을 수 있다. "한밤중 화들짝 깨어난 봉홧불"에서는 돈오(頓悟)적 각성도 읽을 수 있다. "내 심장의 백만 전사들 먼동 트리라"에서는 화엄세상을 이루려는 대승적 자세도 읽을 수 있다.

백낙청이 고 시인의 시세계를 선시와 리얼리즘 시각에서 살폈듯 불교적 세계관에 입각해 현실참여시단을 이끈 시인이 고은이다. 항상 떠나고 있어 또 어느 봉우리로 갈지 모르지만 소승적 깨달음과 대승적 실천이 분간 없이 어우러지는 게 고은 시인의 시세계다.

황동규

길 떠돌며 도에 이른 운수납자(雲水衲子) 시인

게처럼 꽉 물고 놓지 않으려는 마음을

게 발처럼 뚝뚝 끊어버리고

마음 없이 살고 싶다.

조용히, 방금 스쳐간 구름보다도 조용히,

마음 비우고가 아니라

그냥 마음 없이 살고 싶다.

저물녘, 마음속 흐르던 강물들 서로 얽혀

온 길 갈 길 잃고 헤맬 때

어떤 강물은 가슴 답답해 둔치에 기어 올라갔다가

할 수 없이 흘러내린다.

그 흘러내린 자리를

마음 사라진 자리로 삼고 싶다.
내림 줄 쳐진 시간 본 적 있는가?

황동규(1938~) 시인의 「쨍한 사랑노래」 전문이다. 영국 유학시절의 템스강변이든지, 저 남쪽 섬진강변이든지 강변에 앉아 마음자리를 찾고 있는 시다. "마음 속 흐르던 강물들 서로 얽혀/온길 갈길 잃고 헤맬 때"에도 잘 드러나듯 살며 이래저래 얽힌 상념들, 마음을 풀고 있는 시다.

마음 한번 잡기 위해서, 아니 마음 한번 비우기 위하여 우린 때때로 얼마나 힘들었던가. 마음을 먹으세요, 마음을 내려놓으세요 등 많은 말들을 듣고 그렇게 행하길 얼마나 노력해도 계속 엉키기만 하는 마음. 해서 마음을 비워야지 하는 마음만 또 아집처럼 짐이 되는 마음.

그런 마음을 아예 없애버리는 것이 해탈 아니겠는가. 황동규 시인은 여행을 하며 길 위에서 언제든 마음을 내려놓을 준비가 된 시인이다. 다른 시인들과 도반(道伴)이 되어 떠나는 그 길에 필자도 몇 번 따라나선 적이 있다.

그래서 황 시인은 불가에서 말하는 '운수납자(雲水衲子)' 시인이란 평을 듣기도 한다. 참나의 마음자리를 찾아 모든 걸 초개같이 벗어던지고 구름처럼 물처럼 흘러 다니며 구도행각을 벌이는 모습이 황 시인 시 세계 바탕에는 흐르고 있다.

길 위에 멈추지 말라.
사람들의 눈을 적시지 말라.
그냥 길이 아닌

가는 길이 되라.

어눌하게나마 홀로움을 즐길 수 있다면,

길이란 낡음도 늙음도 낙담(落膽)도 없는 곳.

스스로 길이 되어 굽이를 돌면

지척에서 싱그런 임제의 할이 들릴 것이다.

비교적 긴 시 「풀이 무성한 좁은 길에서」 부분이다. 길 위에서 구
도행각을 벌이고 있는 것이 아니라 길 자체가 돼가고 있다. "낡음도 늙
음도 낙담도 없는 곳", 그 곳은 곧 해탈의 경지 아니겠는가. 중국 당나
라 고승이며 임제종을 개종한 임제 선사의 할, 꾸짖음도 아랑곳없이 길
위를 홀로 걷는 즐거움, '홀로움'으로 스스로 해탈해가고 있는 시다.

내 세상 뜨면 풍장 시켜다오.

섭섭하지 않게

옷은 입은 채로 전자시계는 가는 채로

손목에 달아놓고

아주 춥지는 않게

(중략)

바람을 이불처럼 덮고

화장(化粧)도 해탈(解脫)도 없이

이불 여미듯 바람을 여미고

마지막으로 몸의 피가 다 마를 때까지

바람과 놀게 해다오.

1982년부터 『현대문학』에 연재하기 시작, 14년 만에 70편으로 완성한 연작시 「풍장(風葬)」 첫 번째 편 처음과 끝부분이다. 이 연작시에서 황 시인은 "바람과 놀게 해다오"라며 가지고 놀 듯 죽음에 대해 자유로운 상상력을 펼치고 있다.

해탈도 없이, 시작도 끝도 없이 햇살과 바람에 자연스레 탈골돼가는 풍장처럼 삶과 죽음 넘어서도 해탈을 즐기고 있다. '지금 처한 곳의 주인이면 그곳이 다 진리인 것을(隨處作主 立處皆眞)'이란 임제 선사의 어록을 떠올리게 하는 대목이기도 하다.

> 이제는 시도 때도 없이 피고 지는 요즘 꽃들보다는
> 그 꽃들을 찾아 떠도는 벌 나비보다는
> 비 맞고 그냥 몸을 터는 산이 분명히 좋다.
> 그 분명함에 홀려 하늘에 해 아직 걸려 있는데
> 마을에 들려 막걸리 몇 대포 하고
> 차를 더 몰 수 없어 멀뚱멀뚱 창밖을 내다보며
> 두 대포 더 하고
> 여기서 자고 가지, 마음먹었다.
> 산들이 함께 잠들었다 깨준다면 좋고
> 밤사이 다들 슬그머니 자리 떠
> 사방 텅 빈 세상 대하게 돼도 그만 견뎌낼 것 같다.
> 이제야 간신히
> 무엇에 기대지 않고 기댈 수 있는 자가 되었지 싶다.

비교적 근작시인 「산돌림」 부분이다. "무엇에 기대지 않고 기댈 수 있는 자"로서의 시인과 시를 선언하고 있다. 그 무엇에도 흔들림 없고 그 무엇과도 바꿀 수 없는 절대적 자아, 일희일비(一喜一悲)의 인간사에서 벗어난 우주적 주체로서.

'지리산 가는 길에, 마종기에게'라는 부제가 딸린 이 시에서 시인은 꽃보다는 "산이 분명히 좋다"고 밝히고 있다. '홀로움' 등 부사를 명사화한 아름다운 말을 만든 시인이고 또 방방곡곡 여행을 즐기는 시인인지라 '산돌림'이란 제목만 우선 보았을 땐 이 말이 '산 구경하려 이 산 저산 돌아다님'을 뜻하는 시인만의 예쁜 조어인 줄 알았는데 사전에 찾아보니 '여기 저기, 이 산 저 산 돌아다니며 한 줄금씩 내리는 소나기' 정도란다.

그런 산돌림 소나기를 맞고도 그냥 몸을 터는 산이 좋다는 것이다. "시도 때도 없이 피고 지는 요즘 꽃들보다", 그리고 "그 꽃들을 찾아 떠도는 벌 나비보다"는 "산의 어깨를 자욱이 껴안고 물을 뿌리다/홀연 미련 없이 떠나는" 산돌림이 좋다는 것이다. 왜, 그 "분명함" 때문에. "그 분명함에 홀려" 대낮인데도 산과 함께 잠들고 싶다한다.

위 시에서 천상천하유아독존이란 인간의 우주적 주체성이 확연히 드러난다. 다른 종교와 달리 불교는 우주의 주재자로서 인간의 주체성을 확실히 보장해주고 있지 않은가.

선배랍시고 한마디 한다면
시에도 시독(詩毒)이 있네.
(중략)
목에 두른 시구(詩句) 같은 것 모두 풀어버리고
시원하게 '나'도 풀어버리고

시가 아니어도 좋은 시의 세상에

길 트시게.

　　최근에 펴낸 열여섯 번째 시집 『연옥의 봄』에 실린 「젊은 시인
에게」 처음과 마지막 부분이다. 시력(詩歷) 환갑이 훌쩍 넘은 시인이
젊은 시인들에게 주는 이 시, 대선사가 젊은 승려들에게 내리는 법문과
하등 다를 게 없다. 탐진치(貪瞋癡) 삼독을 내려놓고 그것을 일으켜 번
뇌에 빠지게 하는 마음도 내려놓고 마음을 일으키는 '나'에 대한 집착도
내려놓아야 시가 되고 해탈이 될 수 있다는 것이다.

　　황동규 시인은 불자는 아니다. 영문학을 전공해 영국에 유학도 갔
다 오고 서울대 영문과 교수로 정년퇴직한, 감성보다는 이성을 중시한
학자다. 그러면서도 19세 때에 많은 사람들이 애송하는 「즐거운 편
지」를 쓴 천재 시인이기도 하다. 이성으로 감성을 억제해 분명한 시를
써 1960년대 만개할 신서정을 예비한 황 시인의 시세계에도 이렇게 불
교적 세계가 깊이 있게 흐르고 있다.

4부

1960년대 시의
전 층위와 경향에
유전자마냥
각인된 불심

"마음먹으니
노래예요.
춤이에요.
마음먹으니
만물의 귀로 듣고
만물의 눈으로 봐요."

- 정현종 「마음먹기에 달렸어요」 부분

시의 본질과 역할 고심하며
오늘의 시 지형도 일궈간 1960년대 시

1960년대에 들어오며 우리 시는 다양한 시인에 의해 다양한 경향으로 펼쳐지며 오늘 우리 시단 모습으로 정착하게 된다. 해방 후 초등학교에서부터 우리말을 배운 '한글세대'가 시단에 나오기 시작해 우리말로 사유하고 표현하기 시작했다.

4.19혁명의 진작된 시민의식으로 1960년대는 출범했다가 이듬해인 1961년 5.16군사쿠데타로 좌초되며 문학과 시에서도 현실참여 의식을 되새기게 했다. 해방 직후 극심한 좌우 이념 대립과 급기야 6.25동족상잔까지 겪으며 이념이나 현실 의식을 배제한 순수문학 일변도였던 문단에 순수와 참여문학 논쟁을 부르며 참여문학이 들어서고 저항문학, 민중문학으로 퍼져나간 연대가 1960년대다.

1960년대는 또 우리 시 사상 처음으로 '청미(靑眉)', '여류시' 등 젊은 여성 시인들이 동인을 결성해 활동하기 시작한 연대다. 남녀 성별 구분 없이, 아니 남성 중심 시단의 양념 격으로 맥을 유지해오던 여성 시인들이 시로써 여성의 감성과 목소리를 내기 시작한 것이다.

전통서정 일변도의 문인협회 시단에 반기를 들고 시의 형태와 표현을 새롭게 하려는 일군의 젊은 시인들이 '현대시동인'을 결성해 시의 현대화에 노력한 연대이기도 하다. 이들은 왜곡된 현실의 개조보다 시의 본질과 언어와 미학에 치중했다. 해서 순수와 참여, 난해시 논란을 부르며 식민과 분단, 전쟁으로 시의 본질을 둘러볼 여유가 없었던 우리 근현대시단에서 시의 본질과 현대성에 대해 깊이 성찰해볼 수 있는 계기를 주기도 했다.

마음먹기에 달렸어요.
마음을 안 먹어서 그렇지
마음만 먹으면
안 되는 일이 없어요.

마음에 저절로 물드는
저 살아 있는 것들의 그림자
있는 그대로 물드는
그 그림자들도
마음먹은 뒤에 그래요.

마음을 먹는다는 말
기막힌 말이에요.

마음을 어쩐다구요?

마음을 먹어요!

그래서

안 되는 일이 없다는 거예요.

마음먹으니

노래예요.

춤이에요.

마음먹으니

만물의 귀로 듣고

만물의 눈으로 봐요.

마음먹으니

태곳적 마음

돌아오고

캄캄한데

동터요.

정현종 시인의 시 「마음먹기에 달렸어요」 전문이다. 경어체와
대화체 어조는 물론 그 내용이 통달한 고승이 대중 앞에서 술술, 쉽게
'마음'에 대해 설법하고 있는 것 같이 들리는 시다. 그러나 '술술, 쉽게'
전달되는 표현이 어디 그리 쉽게 나올 수 있는 것인가. 더구나 '마음'이
라는 고단위 관념과 추상이.

1960년대는 이렇게 우리가 처한 현실이면 현실, 우리네 끝 간 데 없

는 내면의 깊이면 깊이 등을 여러 경향으로 새롭게 소통시키려 시와 시인들이 본격적으로 마음먹은 연대다. 한글세대가 주도한 1960년대 시의 각 경향과 층위에는 우리 모국어와 사유에 유전자처럼 각인된 불교가 의식적이든, 무의식적이든 배어들고 있다.

정진규

이미지, 운율의 실감으로 드러낸 율려(律呂)의 화엄세계

산다는 게 이리 축복이라는 걸 알게 되었다 해보니까 확실히 그렇다 나를 가꾸는 게 꽃이기도 하거니와 내가 그런 꽃들을 가꾸는 사람이라 니! 축복이다 꽃으로 내가 날로 가꾸어지고 있다니 (중략) 꽃들에겐 이음새가 있다네 수선화 제가 다 못 멕이면 앵초에게 앵초는 달맞이꽃에게 이내 손잡아 건네는 어머니의 손, 멕이는 손, 연이어 핀다네 꽃을 가꾸어 보아야 저승까지 보인다네 저승까지 당겨져 보게 된다네 어머니가 보인다네 저승까지 당겨서 꽃밥 멕이는

정진규(1939~2017) 시인의 시 「율려집(律呂集) 45-꽃을 가꾸며」 부분이다. 2008년 서울 생활을 접고 고향인 경기도 안성으로 내려간 시인은 "음양(陰陽)이 만나는 생명의 리듬, 그 실체들의 몸짓이 빼곡하게

차 있는 비의(秘儀)의 공간으로 나의 시가 운행을 시작했다"며 '율려' 연작을 축복인양 부지런히 쓰고 발표하다 타계했다.

위 시에서 나는 꽃을 가꾸고 꽃은 나를 가꾼다. 시인과 삼라만상은, 삼라만상 각각들은 서로가 서로를 먹이며 가꾸고 있다. 이른바 우주 유기체론, 우주 상생(相生)의 생태환경론을 당위나 개념으로 외치지 않고 "해보니까 확실히 그렇다"며 그냥 온몸으로 드러내고 있다.

정 시인은 1960년 동아일보 신춘문예에 당선돼 시단에 나왔다. 대학 시절 조지훈 시인으로부터 시를 배웠고 또 조지훈의 스승인 만해 한용운의 전집간행위원으로 원고를 정리하면서 만해의 불교와 시에 깊은 영향을 받았다.

> 너무도 오랫동안을
> 공허한 벌판, 그 텅 비인 동굴 속에
> 서러운 소리로만 고여 온 당신은
> 허물어진 성터에 찌그러져 구르는 나팔.
> 어쩌면 의미를 잃어버린 항아리.
>
> 이제 투명한 예지로 열려야만 할 강구(江口)의 새벽.
> 거기 나라(裸裸)히 뽑아 올릴 금빛 목청은 없는가.
> 한 번쯤 나누어질 기막힌 화음(和音)의 이야기는 없는가.

신춘문예 등단작인 「나팔 서정(抒情)」 부분이다. 본질이며 도(道)며 화음에 닿지 못해 세상을 열지 못하는 언어에 절망하며 그런 언어와 화음을 희구하는 시로도 읽힌다. 이렇듯 정 시인은 출발부터 생명의 궁극적 실체, 도에 이르는 시의 운율과 언어와 형태와 내용에 정진했다.

> 어제는 안성 칠장사엘 갔다 잘 생긴 늙은 소나무 한 그루 나한전(羅漢殿) 뒤뜰에서 혼자 놀고 있었다 비어 있는 자리마다 골고루 잘 벋어나간 가지들이 허공을 낮게 높게 어루만지고는 있었지만, 모두 채우지는 않고 비어 있는 자리를 비어 있는 자리로 또한 채우고 있었지만, 제 몸이 허공이 되지는 않고 허공 속으로 사라지지는 않고 허공과 제 몸의 경계를 제 몸으로 만들고 있었다 그래서 허공이 있고 늙은 소나무가 있었다 서러워 말자
> ―「알시 63-이별」 전문

등단 후 '현대시동인'으로 활동하며 언어와 시 형식에 관심을 기울이던 시인은 1990년대부터 '몸시'와 '알시' 연작을 발표하기 시작했다. 나와 대상의 경계이면서도 그 둘을 껴안는 몸과 둥그런 알, 그리고 그런 몸과 알을 행과 연 나눔으로 끊어지지 않고 둥글게 이어주기 위해 산문시를 개척하게 된다.

안성 칠장사 나한전 뒤뜰 노송을 소재로 한 위 시에서 비움과 채움, 있음과 없음이 음양의 한 짝처럼 서로서로 채우고 의지하고 있음을 드러내고 있다. 상반되는 것을 하나로 끌어안은 것, 불이(不二)를 몸으로 발견한 것이다.

나의 안과 밖, 마음과 육체, 정신과 물질이 만나는 곳이 몸이다. 나와 우주가 만나는 곳이 몸이다. 사물의 안과 밖이 만나는 곳이 몸이다. 현실과 꿈이 만나는 곳이 몸이다. 몸은 안과 밖, 순간과 영원이 만나는

구체적 공간이며 실체다. 그런 화엄세계의 실감을 산문시의 직정적 언어와 이미지, 그리고 끊임없는 운율과 형태로 드러낸 율려시를 선보인 시인이 정진규 시인이다.

정현종

고해를 가볍게 건네주는 시의 위안과 감동

주고받음이 한 줄기
바람 같아라
마음을 버리지 않으면
차지 않는 이 마음.

내 마음의 공터에 오셔서
경주를 하시든지
잘 노시든지
잠을 자시든지

굿나잇.

정현종(1939~) 시인의 시 「마음을 버리지 않으면」 전문이다. 앞서 잠깐 살펴본 시 「마음먹기에 달렸어요」에서는 마음을 먹어라 했는데 이 시에서는 마음을 버려라 하고 있다. 버려야 차는 게 마음이고, 비워야 먹을 수 있는 게 마음이라고. 이렇게 마음을 마음대로 가지고 놀며 만물도 만물대로 자연스레 놀게 놔두며 많은 애독자들과 소통하고 있는 시인이 정 시인이다.

연세대 철학과에 입학해 실존철학에 심취하며 시를 쓰기 시작한 정 시인은 교수로 재직하고 있던 박두진 시인의 추천으로 1965년 『현대문학』을 통해 시단에 나왔다. 등단 초기, 전후(戰後)의 허무주의적 포즈와 재래적 서정시 미학을 극복한 자리에서 출발한 시인은 오랫동안 현실의 고통을 넘어설 수 있는 초월의 가능성을 탐구해왔다.

초기 시선집 『고통의 축제』 제목처럼 '고통'과 '축제'라는 이율배반을 동시에 아우르는 시적 탄력성, 마침내 고통을 축제로 뒤바꿀 수 있는 시를 통해 인간의 삶도 그렇게 환하다는 것을 보여주려 했다. 무거운 삶을 가볍고 환하게 들어 올리는 시, 그래서 덧없는 삶, 고통까지도 환하게 투사해 축제가 되게 해 고해를 건네주는 시와 언어를 '깃-언어', '빛-언어'라 스스로 명명하며 그런 시세계를 열어젖혔다.

방 안에 있다가
숲으로 나갔을 때 듣는
새소리와 날개 소리는 얼마나 좋으냐!
저것들과 한 공기를 마시니
속속들이 한 몸이요
저것들과 한 터에서 움직이니

그 파동 서로 만나
만물의 물결,
무한 바깥을 이루니……
- 「무한 바깥」 전문

깃털같이 가벼운 언어, 만물을 삼투하는 빛 같은 시를 얻기 위해 정 시인은 위 시에서처럼 책상머리에 앉아 언어와 사유에 갇히지 않고 밖으로 나와 만물과 어우러진다. 온몸으로 우주가 보내는 파동을 감촉하며 그들과 한 몸임을 실감으로 감동한다.

사람이 온다는 건
실은 어마어마한 일이다

그는
그의 과거와
현재와
그의 미래와 함께 오기 때문이다
한 사람의 일생이 오기 때문이다

부서지기 쉬운
그래서 부서지기도 했을
마음이 오는 것이다

그 갈피를

아마 바람은 더듬어볼 수 있을 마음

내 마음이 그런 바람을 흉내 낸다면

필경 환대가 될 것이다.

만남을 중히 여기는 우리 국민이 애송하고 있는 시 「방문객」 전문이다. 몇해 전 중국서 열린 한중정상회담에서도 낭송돼 화제를 모은 이 시도 마음을 다루고 있다.

지금 우리네 마음의 단면을 잘라보면 과거의 추억과 현재와 미래의 예감이 불교에서 말하는 삼세인연처럼 중첩돼 있다. 마음뿐 아니라 삼라만상 모두가 그런 마음, 연기의 결과물이다. 이처럼 대상과 직접 온몸으로 만나는 마음을 의미의 주박에서 풀려난 언어의 실감으로, 가볍게 보여주고 있는 시인이 정현종 시인이다.

오세영

은산철벽(銀山鐵壁)을 깨뜨리는 지성과 감성의 중도(中道)

까치 한 마리
미루나무 높은 가지 끝에 앉아
새파랗게 얼어붙은 겨울 하늘을
엿보고 있다
은산철벽(銀山鐵壁),
어떻게 깨뜨리고 오를 것인가.
문 열어라, 하늘아.
바위도 벼락 맞아 깨진 틈새에서만
난초 꽃 대궁을 밀어 올린다.
문 열어라, 하늘아.

오세영(1942년~) 시인의 시 「은산철벽」 전문이다. '은산철벽(銀山鐵壁)'이란 불가에서 화두를 잡고 수행할 때 말과 생각이 꽉 막혀 나아갈 수도 돌아올 수도 없는 절대상황을 이른다. '백척간두진일보'란 이 절대상황에서 한 걸음 더 나갈 때 은산철벽은 깨지고 참진 세계에 이를 수 있다는 것이다.

　　위 시는 높은 미루나무 가지 끝에 앉아 하늘을 바라보고 있는 한 마리 새의 풍경에서 그런 백척간두의 극한 상황을 보고 있다. 이율배반의 어느 한쪽으로 기우는 것을 경계하며 끊임없이 새로운 상상력으로 참진 세계를 탐구해오고 있는 시인이 오 시인이다.

　　1965년 『현대문학』을 통해 나온 오 시인은 '현대시동인'으로 활동했다. 초기부터 이어온 시정신을 살필 때 '그릇'과 '무명연시(無明戀詩)' 연작은 빼놓을 수 없다. 있음과 없음, 참과 빔, 이성과 감성, 사랑과 증오, 물과 불 등 모든 이율배반, 모순된 존재를 반죽하여 시라는 그릇으로 구운 시가 '그릇' 연작이다.

　　시인의 시구(詩句)대로 "인간의 욕망을 다스리는 영혼의 형식"(「들끓는 물」 부분)이 그릇인 것이다. 그러면서도 그릇같이 틀에 갇힌, 정형화된 현실을 깨뜨리고 자유와 순수한 영혼의 세계를 보여주려 시인은 출발부터 절제와 균형의 중도(中道)에 서있었다.

　　　새벽 세 시
　　　강물이 강물로 흐르고
　　　바다는 바다로 푸르고
　　　까투리 장끼 곁에 눕고
　　　(중략)

세시에 깨어
경(經)을 읽는다.

일(一)은 다(多)이며 다(多)는 일(一)이며, 가르침에 따라서 의미를
알고 의미에 의하여 가르침을 알며, 비존재는 존재이며 존재는 비존재
이며, 모습을 갖지 않은 것이 모습이며 모습이 모습을 갖지 않은 것이
며, 본성이 아닌 것이 본성이며 본성이 본성이 아니며……

화엄경(華嚴經) 보살십가품(菩薩十佳品) 그 말씀.
아, 가슴으로 내리는 썰물 소리
갈잎 소리.
- 「무명연시 43」 부분

화엄경을 읽으며 그 한 대목을 그대로 인용하고 있는 시다. '무명
(無明)'은 부처나 보살의 깨달음에 이르지 못한 중생, 그래서 고해를 헤
어나지 못한 상태를 이른다. 그런 무명상태에서 연애시 형식을 빌려 깨
달음으로 나가고 있는 시가 '무명연시' 연작이다. 위 시에서도 '산은 산
이요, 물은 물이다'는 깨달음의 세계로 나아가고 있지 않은가.

새들은
누군가가 이미 낸 길은
가지 않는다.

새들은

길 아닌 길도 길임을 아는 까닭에
결코
뒷걸음을 치지 않는다.

새들은 스스로
제 몸을 버려 가벼워질수록
더 무거운 짐을 끌 수 있음을 안다.

줄도 매달지 않고
봄, 여름, 가을, 겨울을 날아
망막한 우주로 쉼 없이
지구를 끌고 가는
새.

비교적 근래에 발표한 「새 2」 전문이다. 하늘, 허공의 길 없는 길
을 나는 새에 기대 삶과 인생의 본질에 대한 깨우침을 주고 있다. 네 번
이나 반복된 '길'은 새의 길이며 삶의 길이며 시인의 길이며 우주의 길,
도(道)임을 어렵잖게 알 수 있게 한 시다. 그 길을 내고 끌고 나는 새에
서 불교의 불(佛), 법(法), 승(僧) 삼보(三寶)도 어렵잖게 떠올릴 수 있는
시다.

오 시인은 승려들이 여름, 겨울 한 철 하안거(夏安居), 동안거(冬安
居)에 들듯 여름, 겨울이면 미황사, 구룡사, 백담사 등 깊은 산 속 산사
(山寺)에 들어 용맹정진하며 시를 써오고 있다. 동서양 시론에도 정통
한 서울대 시학교수로 『현대시와 불교』 등 저서와 논문, 평문 등을 통

해 우리 현대시에서 불교적 요소를 찾아 내기도하고 젖줄을 대주기도
하는 시인이 오세영이다.

홍신선

부정을 넘어 실감으로 드러나는 불교의 핵심

올겨울 제일 춥다는 소한 날

남수원 인적 끊긴 밭 구렁쯤

마음을 끌고 내려가

항복 받든가

아니면

내가 드디어 만신창이로 뻗든가

몸 밖으로 어느 틈에 번개처럼 줄행랑치는

저

눈치꾸러기 그림자

홍신선(1944~) 시인이 1990년대 들어 선보이기 시작한 '마음경(經)' 연작시 첫 편인 「마음경 1」 전문이다. 마음 하나 들여다보고 붙잡으려 용맹정진하는 시인의 모습이 인상적으로 드러난 시다. 마음을 개구쟁이 시절 싸움친구 쯤으로 의인화시켜 구체적으로 드러내면서도 붙잡으려하면 빠져나가는 마음, 그 형이상학적 본질을 천착하고 있는 작업이 '마음경' 연작이다.

홍 시인은 동국대 국문과을 나와 1965년 『시문학』을 통해 데뷔했다. 서정주 시인으로부터 시를 배우고 불교 영향을 강하게 받은 대학을 나왔으나 홍 시인의 시는 기존의 불교시와는 다르다. 불교적 소재나 취향쯤의 군불만 쬔 게 아니라 마음과 공(空) 등을 위 시에서처럼 의인화, 활물화시키며 불교의 핵심에 육감적으로 직격해 들어가고 있다.

죽으면 어디 강진만 갈밭쯤에나 가서

육괴(肉塊)는 벗어서

시장한 갯지렁이 시궁쥐들의 뱃속이나

소문 없이 채워주고

그래도 남는 것이 있으면

찬 뼈 두 날 정도로 견디다가

언젠가는

그것도 다아

이름 없는 불개미 떼나 미물들에게 툭툭 털어

벗어줄 일이지

쇠막대 울 앞

애꿎은 시누대들만 수척한 띠풀들 사이 끌려 나와서

새파랗게 여우눈 맞고 있다.

 -「부도(浮屠)」 전문

고승들이 죽으면 사리를 안치한 탑이 부도다. 이름 난 사찰에 가면 부도들이 즐비하다. 그런 부도에 참배는커녕 비아냥거리고 있는 시다. 부도를 남겨 행인들의 눈길을 끌고 시누대 등 자연에도 못할 짓 하지 말고 살아생전 공양해준 천지간 미물들에게 다시 공양해주는 것이 우주 인드라망을 위해서도 낫고 부처님 가르침에도 맞는 것 아니겠는가.

겹창 너머 독한 싸락눈 날리다 그치고

천근같은 적막에

추운 살 하얗게 깎이우는

매화 마른 줄기

말 시키면 입 꾹꾹 다문다.

입을 지운다.

앞 뒤 좌 우

성근 꽃잎들 헤쳐 보아도

너는 누구인가

안 보이고,

보일 듯 보이지 않는

이 현실의 뒷마당은 어디인가.

뒷 면상은
누구인가

문득
출처 모르게 내민 밥풀만한 혀,
열쇠구멍,
누군가 내다보는.
- 「허공을 쳐부수니 안팎이 없고」 부분

제목을 보면 고승의 활달한 오도송처럼 보이나 한겨울 핀 매화와 적막 속에 말을 나누고 있는 시다. 허공 너머, 앞뒤좌우 없이 원만한 불이(不二)의 세계를 본 것 같은데 그냥 입 다물고 있다. 입 열면 흔적 없이 사리질 그 언어도단의 지경을 솔직하게, 긴장되게 전하고 있는 시다.

무너진 축대 위 양귀비 붉은 꽃이 스스로 피었다 저절로 진다.

그 자리 해진 구멍이라도 남았나
살펴보면 세제로 씻은 듯 흘린 거 묻은 거 없는 허공이 천연덕스
럽게 깊은데
내 가고 난 뒷자리는……

경전 한 페이지 사적(私的)으로 퍼든 한해살이 저 풀에게도
이제 한 무릎 꺾고
방과 후 뒤늦은 나머지 공부

졸업인 듯 해야 하리.

충남 당진으로 귀촌해 전원에 살며 일군 시편들을 모아 2018년 펴낸 10번째 시집 『직박구리의 봄노래』에 실린 시 「늦깎이 공부」 전문이다. "스스로 피었다 저절로 진다", "천연덕스럽게 깊은데" 등 구절에서 도교의 핵인 무위자연(無爲自然)을 자연스레 떠올릴 수도 있다. 그러나 시 제목이며 "방과 후 뒤늦은 나머지 공부/졸업인 듯 해야 하리"라는 마지막 구절에 이르면 우리가 쉽게 쉽게 말하곤 하는 무위자연 너머의 그 어떤 경지에 이르려하고 있음을 알 수 있다.

무위자연으로 우주를 운항하는 허공을 실감하는 공부다. 그 공부에 불경 등 경전은 필요 없다. 양귀비나 한해살이 풀, 자연이 경전이고 부처다. 자연과 온전히 한 몸이 되어 천연덕스럽게 허공으로 돌아가는 공부다. 열반이며 원적을 실감으로 드러내고 있는 시다.

"내가 사라지니 걸릴 것 아무 무엇도 없는/저 마음은/누구도 무슨 생각도/차별 없이 앉았다 가는 푹신한 좌석일 뿐.//소릿값 없는 활구(活句)처럼 걸린/벽공(碧空) 그 바깥인가 안인가를/상수리나무는 산 자드락에 서서 겨우내 들락거린다."

10번째 시집에 실린 시 「겨울 상수리나무」 부분이다. 하나하나 잎 다 내려놓고 뻥 뚫린 하늘을 향해 선 겨울 상수리나무를 보며 한 소식 하고 있는 시다. 다 내려놓고 '나'라는 아집마저 내려놓으니 마음은 푸르디푸른 허공 같다. 그런 마음에서 나온 말이며 시 역시 벽공 같은 활구여서 소릿값, 차별의 의미 없이 모든 것을 다 포근하게 껴안는다.

이렇듯 홍신선 시인은 수행을 위한, 부정을 위한 부정 단계를 넘어 이제 나와 대상과 언어를 푹신하게 껴안으면서도 벽공을 실감하는 지경에 이르고 있다. 선이나 포스트모더니즘의 방법론이나 이론이 아니라 온몸의 체험으로.

박제천

몸 바꿔가며 만물과 즉물적으로 어우러지는 극락

신새벽 머릿속 환해지는 노을

먹바다 지우며 솟구치는 아침 해

무지개처럼 명랑한 낮 날

마침내 이 세상 누구나 입 다무는 화엄 어둠

그리하여 그리운 그대,

마음대로

눈이 내리면 눈

비가 오면 비

번개 치면 번개

우레 울면 우레

내가 바로 그대인즉
좋은날, 노을 속, 해도 되고, 달도 되고,
선녀 별도 되네, 신선 별도 되네,
극락이 따로 없네.

박제천(1944~) 시인의 시 「풍류세상」 전문이다. 제목에 드러난
풍류(風流)는 문자 그대로 바람과 물같이 자연스레 흐르는 것이다. 나
무며 돌이며 인간이며 고정된 형체 있는 것이 아니라 바람이며 물같이
형체 없이 흐르며 삼라만상을 몸 바꾸게 하는 것이 풍류요 우주의 도
(道) 아닐 것인가.

신라 최치원이 화랑의 비문(碑文)에 "우리나라에는 깊고 오묘한 도
가 있다"고 기록해 전해준 유불선(儒佛仙)의 모체가 되는 도. 햇살과 노
을과 바람과 물과 한 몸으로 살다 신선이 됐다는 단군 이래의 우리 민
족의 도가 바로 풍류도다.

그런 풍류세상을 제목으로 내건 위 시는 신새벽부터 밤까지 삼라
만상이 두루 환하고 즐겁다. 어둠까지도 화엄, 극락으로 동어반복의 세
상을 드러내고 있지 않은가. 노을도 아침 해도 낮달도 별도 선녀도 신
선도 시인도 몸 바꾸어가며 한 몸으로 영겁의 풍류를 그리운 이와 연애
하듯 즐기고 있다.

박 시인은 1965년 『현대문학』을 통해 등단해 1970년 『현대문
학』에 서른 세 편의 '장자시(莊子詩)' 연작을 발표하며 동양정신과 쉬
르리얼리즘 언어와 기법으로 신선한 충격을 줬다. 그 연작으로 단박에

'장자시인'으로 불리며 동서양 고금의 사상과 지성, 기법을 넘나들고 있는 시인이다.

"불교와 시는 같은 몸의 나뉘어진 두 얼굴처럼 생각되었다. 시를 쓰기 위해서 부처의 말씀을 받아들이는 것인지, 부처가 되기 위해 부처의 말씀을 풀어나가는 것인지 나 자신조차 어리병병할 정도로 저들의 경전을 두루 읽게 되었다."

위같이 밝힐 정도로 박 시인의 시의 뿌리는 불교. 불교 경전에 끊임없이 나오는 '무(無)', 혹은 '공(空)'과 공즉시색이요 색즉시공을 어떻게 표현할까가 화두가 돼 그걸 쉽게 풀기 위해 노장(老莊)의 무위자연이며 풍류로 흘러든 것이다.

어디론가 흘러가는 바람소리밖에 없던 허공에 문득 고추잠자리 한마리가 나타나 팔천 개의 눈으로 나를 내려다보고 팔천 개의 나도 그를 바라볼 때 허공에서 부딪치는 우리의 눈길에 어느 위의 민들레 꽃씨가 뿌리를 내리며 그만큼의 꽃망울을 피워 흔들 때 마침내 부딪치고 부딪치던 우리의 눈길을 휘몰아오는 불길로 모든 것은 불붙어 슬어지고 허공엔 꽃망울 흔드는 것 같은 어디론가 흘러가는 바람소리만 남아

－「어디론가 흘러가는 바람소리」 전문

불교의 요체인 허공이 흘러가는 바람과 동일시되고 있는 시다. 텅 빈 허공이지만 민들레가 뿌리내리고 살고 고추잠자리와 내가 동일하게 만나 한바탕 어우러지다 슬어지는 시공을 낳는다. 공이면서도 만유의 색을 낳는 그 터전은 흘러가는 바람, 풍류인 것이다.

문득 공중에 떠 있는 공 하나를 보았다

사람들이 무어라 하든 알 바가 아니었다

저것이 갑자기 총구의 이빨을 드러내든

성 미카엘, 성 어거스틴의 머리 위에 빛나는 광채이든

내가 알 바가 아니었다

(중략)

너무도 심심해서

낮이면 해가 되고, 밤에는

달이 되어 세상만사를 다 구경하든 말든

나도 산을 보면 산, 물을 보면

물이 되며, 그렇게

내 만나는 것들과 몸을 섞으며 살기로 했다

　　　-「공에게, 나에게」 부분

　'공'을 가지고 놀고 있는 시다. 공이 추상적, 형이상학적인 공(空)
이든 구체적, 형이하학적인 공놀이하는 공이든 상관없다. 명(名)과 실
(實), 나와 대상 등 이분법을 뛰어넘어 산은 산이요 물은 물인 경지에서
모든 것과 한 몸으로 살고 있는 시다. "내가 알 바가 아니었다"며 깨침
까지도 무화(無化)시켜가며 화엄풍류세상에서 즉물적으로 즐겁게 어
우러지고 있는 시인이 박제천 시인이다.

문효치

천수관음 대자대비에서 우러난 연민과 그리움의 서정

그렇지, 님을 실어 저승으로 저어가던 한 척(隻)의 배가 세월의 끝 깊은 앙금에 익어 지금 여기에 머무르다. 이별을 서러워하던 혈육의 눈물이 아직도 마르지 않은 채 쉬임없이 들려오는 창생(蒼生)의 울음소리, 짭짜름한 저승의 바람 냄새가 잡혀와, 그렇지, 우리가 또 빈손으로 타고서 아스름한 바다를 가르며 저어가야 될 한 척의 배가 여기에 왔지.

문효치(1943～) 시인의 시 「무령왕의 목관(木棺)」 전문이다. 동국대 국문과를 나와 1966년 한국일보와 서울신문 신춘문예에 동시에 당선돼 등단했다. 1971년 공주에서 백제 무령왕릉이 발굴되자 "1500년 전에 죽은 자들의 손길과 숨결이 느껴지는 유물을 보면서 충격적인 감동을 받았다"며 불교를 찬란히 꽃피웠던 백제를 현재화하고 있는 시인이다.

위 시에서도 단박에 "그렇지"라는 대긍정의 감동으로 백제로 가는, 이승과 저승을 잇는 배에 올라타고 있다. 이제는 가버려 썩어문드러진 줄 알았던 불교적 유토피아를 백제의 목관에서 구체적으로 만나고 있다.

> 개개비 쑥꾹새
> 딱정벌레나 딱정벌레의 새끼들도
> 언제나 몸부림치며 살지만
> 이 길에 들어서면
> 환한, 아주 아주 환한 금빛이 된다.
>
> 길을 가다말고 앉아서
> 그가 생각하는 것은
> 로댕의 저 '생각하는 사람'의 생각과는 달라서
> 저 미물의 목숨.
> 목숨의 애틋함에까지도 닿아 있다.
> - 「백제시-금동미륵보살반가사유상」 부분

생각에 잠긴 채 걸터 앉아있는 금동미륵보살상을 소재로 한 시다. 아니 '그'라는 보살상 모습을 그린 것이 아니라 그의 '생각'을 구체화하고 있다. 그의 생각은 로댕의 조각상 '생각하는 사람'의 생각과는 다르다.

서구의 이분법적인 사유가 아니라 개개비며 쑥꾹새, 딱정벌레 같은 미물까지도 혈육처럼 애틋하게 여기는 생각이다. 이때의 생각은 생각에만 머물지 않고 천개의 손과 천개의 눈을 가지고 몸부림치며 사는 뭇 생령을 자신의 몸같이 여기고 돌보는 천수관음(千手觀音)보살의 대자대비 행이 되게 된다.

　　이때 시는 서구의 메타포를 넘어서게 된다. 비유나 은유로 세계를 인간 편으로 끌어들이는 독단이 아니라 세계와 인간이 무등하게 나열되게 된다. 해서 위 시에서 '그'는 '보살'이면서 '미물'이면서 또 시인인 '내'가 되는 것이다.

> 구름의 모양이
> 바뀔 때마다
> 산은 몸을 틀었다
>
> 산사나무 층층나무 아그배나무 등속
> 뿌리를 내린 것들도
> 함께 몸을 흔들었다
>
> 나무에 붙은
> 자벌레 송충이 비단거미들도
> 모두 놀라 일어나 어정거리고 있었다
> 생명은 구름과 산과 나무와 벌레들에게
> 모두 한 줄로 연결되어

　　너와 나, 삼라만상이 한 끈으로 연결된 유기체, 우주 인드라망을 그대로 보여주고 있는 시 「끈」 한 부분이다. "아프다/모서리가/아직도

쨍그랑 소리…//깨어져/떨어져 나간/저쪽 편 몇 조각//안부가/더 궁금
하다/서리 같은/그리움" (「사금파리」 전문)에서와 같이 원래 한 몸이
었다가 사금파리처럼 깨어져 지금은 헤어진 것들, 연인이며 친구며 꽃
이며 벌레 같은 미물 등을 향한 우주에 미만한 그리움, 애틋함을 불교
적 세계관으로 서정화하고 있는 시인이 문효치 시인이다.

이승훈

서구적 아방가르드 백척간두에서 만난 선

연꽃 옆에 물고기 있고 물고기
옆에 게도 있고 거북이도 있고
거북이가 한 세상이네 거북이
옆에 개구리도 있네 바람 자면
바람이 그대로 거북이 바람이
그대로 물고기 저 물고기 하늘
을 나는 물고기 연꽃과 연꽃
사이에 한 세상이 있네

이승훈(1942~2018) 시인의 시 「연꽃 옆에」 전문이다. 연꽃, 물고기, 게, 거북이, 개구리, 바람 등 삼라만상이 나란히 연결돼 하나가 되고 있는 시다. 서로 서로 주종 관계가 없어 문맥의 관계도 행 나눔 등 시 형태에 의해 차단되고 오로지 '옆'과 '사이'와 '그대로'와 '있다'만 강조되고 있다. 일즉다, 다즉일의 세계이면서 그 '일'과 '다'의 본체이며 형상인 삼라만상을 그대로 현전시키고 있는 시다.

1962년 『현대문학』을 통해 등단한 이 시인은 '현대시동인'으로 활동하며 모더니즘 시에 앞장섰다. 시뿐 아니라 서양 최신의 철학과 문학이론을 수렴하며 포스트모더니즘, 해체시 등 우리 시 최전선에서 아방가르드를 창작과 이론으로 이끌었다. 1990년대 들어서부터는 불교와 선을 접목시키며 우리 시 고유의 아방가르드를 개척한 시인이다.

너무 날씨가 좋아
밖에 나와 하늘 한번 보네
무슨 말도 그리움도
없어라
삶과 죽음 모두 잊고
내일은 내일 생각하면 되는 것
이런 날은 귀신이 잡아가도
그만이지
모두 나도 모르는 일
맑은 바람 맑은 해
그대가 내 친구 내 이웃
내 애인이므로
날씨가 너무 좋아
글 쓰다 말고 밖에 나오니

간 것도 없고

온 것도 없네

이미 떠났지만 여기 있고

여기 있지만 이미 떠난 것

오늘 이 햇빛 속엔

오고 감도 없어라

天眞(천진)이여

내 몸 그대에게 맡기고

세상이나 한 바퀴 돌고 오자

- 「천진(天眞)」 전문

날씨 좋은 날 맑은 해와 바람과 물과 한 몸이 되어 자연스레 흐르고 있는 시다. 그러면서 유독 '천진'만을 내세우고 있다. 불교에서는 이런 오고 감도 없는 '천진'을 불생불멸의 참된 마음으로 보고 있다.

자아, 대상, 언어를 꼭짓점으로 한 삼각형 구도의 시의 세계에서 세 꼭짓점의 본질을 탐구하며 하나씩 지워나가 자아도 없고 대상도 없고 의미도 없는 서구적 아방가르드 끝에서 만난 것이 선. 아방가르드의 방법론에서 그 방편의 잔도마저 태워버리고 선의 본질로 들어와 위 시와 같이 가고 오는 것도 없고, 있고 없음도 없는 마음의 본래, 천진으로 편안히 돌아온 것이다.

"「반야심경」은 나, 자아에는 고정된 실체, 본질, 자성이 없음을 강조한다. 그러므로 자아는 공(空)이고, 공은 자아가 인연의 화합에 지나지 않는다는 뜻이다. 반야 지혜는 자아가 자성이 없는 공의 세계라는 것을 깨닫는 지혜이다. 그러므로 일체의 분별, 사량, 알음알이를 떠나야 하고, 순진한 아이들의 청정한 마음이 되어야 한다. 반야 지혜는 지식, 머리와는 관계없기 때문이고 머리로 안다고 해서 되는 것도 아니다. 선은 깨달음과 미혹의 경계마저 해체하는 경지"라는 것을 평생의 민감한 시 쓰기와 공부로 깨닫고 천진의 세계로 천진하게 넘어간 시인이 이승훈 시인이다.

오규원

선적 직관의 날이미지로 드러낸 두두물물의 실상

남산의 한 중턱에 돌부처가 서 있다
나무들은 모두 부처와 거리를 두고 서 있고
햇빛은 거리 없이 부처의 몸에 붙어 있다
코는 누가 떼어갔어도 코 대신 빛을 담고
빛이 담기지 않는 자리에는 빛 대신 그늘을 담고
언제나 웃고 있다
곁에는 돌들이 드문드문 앉아 있고
지나가던 새 한 마리 부처의 머리에 와 앉는다
깃을 다듬으며 쉬다가 돌아앉아
부처의 한쪽 눈에 똥을 눠놓고 간다
새는 사라지고 부처는

웃는 눈에 붙은 똥을 말리고 있다

오규원(1041~2007) 시인의 시 「부처」 전문이다. 산 전체가 신라 시대 화려한 불교박물관이랄 수 있는 경주 남산에 서 있는 돌부처를 그리고 있는 시다. 부처를 그린 시라면 으레 어떤 불심이나 신심이 들어 있어야 하는데 대상과 현상 그 자체만 묘사하고 있다.

풍경과 새가 똥 누고 간 사건을 있는 그대로 그릴 뿐 시인의 마음은 시 어느 구절에서도 찾을 수 없다. 그런데도 눈 밝은 독자들은 부처의 본모습을 그대로 볼 수 있게 하는 시다.

1965년 『현대문학』을 통해 등단한 오 시인은 처음부터 기성시의 문법을 파괴하는 해체파 시인으로 일관해왔다. 언어와 형식 양 측면에서 시에 대한 고정관념을 깨부수고 항상 새로운 시로 나간 아방가르드 시인이다. 사물에 인간의 감정을 배제하며 있는 그대로 그린 '날(生)이미지'란 말도 처음 만들었다.

위 시 「부처」도 그런 날이미지 시다. 코도 입도 문드러져가는 돌부처의 날이미지에서 우리는 왜 부처의 본모습을 본 듯도 한가. 선에서 말하는 '두두시도 물물전진(頭頭是道 物物全眞)'이라, 모든 사물 하나하나 모두 다 도이고 진리, 즉 제법실상(諸法實相)이기 때문이다. 그래 똥에 아랑곳 않고 웃고 있는 물건도 부처요 돌부처에 똥을 누고 날아간 새도 또 부처 아니겠는가 하고 깨닫게 하는 시다.

그래 시인은 "있는 그대로 읽으라. 내 시는 두두시도 물물전진의 세계다. 모든 존재가 참이 아니라면 그대도 나도 참이 아니다"고 말하며 날이미지로 두두물물의 세계를 보여줬다. 선(禪)이란 무엇인가. 파자(破字)해보면 단순하게, 있는 그대로 보는 것 아닌가. 그런 선적 시선에 잡힌 게 날이미지다.

　　　겨울 숲을 바라보며
　　　완전히 벗어버린
　　　이 스산한 그러나 느닷없이 죄를 얻어
　　　우리를 아름답게 하는 겨울의
　　　한 순간을 들판에서 만난다.

　　　누구나 함부로 벗어버릴 수 있는 것은 아니다.
　　　더욱 누구나 함부로 완전히
　　　벗어버릴 수 없는
　　　이 처참한 선택을

　　　겨울 숲을 바라보며, 벗어버린 나무들을 보며, 나는
　　　이곳에서 인간이기 때문에
　　　한 벌의 죄를 더 얻는다.

　　　한 벌의 죄를 더 겹쳐 입고
　　　겨울의 들판에 선 나는
　　　종일 죄, 죄 하며 내리는
　　　눈보라 속에 놓인다.
　　　-「겨울 숲을 바라보며」 전문

떨굴 것은 다 떨군 맨몸으로 한겨울 눈보라 속에 묵묵히 서 있는 나목들을 보며 버리기가, 떨구기가 얼마나 힘든가를 보여주고 있는 시다. 비유며 상징 등 인간의 관념이나 사량(思量)들을 극구 배제하며 두두 물물의 날이미지를 보여주는 시인도 '죄'가 되어 두두물물로 끼어들고 있는 시다.

"날이미지의 시 세계는 돈오의 세계가 아니다"라고 했던 시인이 자신의 깨달음, 혹은 깨닫지 못한 무명의 세계까지 구체적 현상으로 보여주며 그것마저도 두두물물의 천진임을 보여주고 간 시인이 오규원 시인이다.

이승훈, 오규원 시인이야말로 부처를 만나면 부처를 죽이고 조사를 만나면 조사를 죽이듯 기성의 인식과 문화 양식, 시에 반기를 들고 매양 사물과 세상을 새롭게 보는 아방가르드의 첨예한 시의식으로 시선일체(詩禪一體) 지경에 자연스레 이른 시인들이다.

허영자

민족 심성에 밴 불심의 자연스런 서정화

마음이 어지러운 날은
수를 놓는다.

금실 은실 청홍실
따라서 가면
가슴속 아우성은 절로 갈앉고

처음 보는 수풀
정갈한 자갈돌의
강변에 이른다.

남향 햇볕 속에
수를 놓고 앉으면

세사 번뇌
무궁한 사랑의 슬픔을
참아 내올 듯

머언
극락정토 가는 길도
보일 상 싶다.

　허영자(1938~) 시인이 1966년에 펴낸 첫 시집에 실린 시 「자수
(刺繡)」 전문이다. 교과서에 실려 있으며 요즘도 많이 애송되고 있는
시다. 수를 놓는다는 여성적 소재에 여성적 감성이 잘 어우러지고 있
다. 그러면서도 민족 심성에 알게 모르게 수처럼 놓아진 선(禪), 마음공
부가 이 시를 보면 쉽고도 정갈하게 다가온다.
　허 시인은 민족의 정한이 밴 모국어를 운율감 있게 잘 살려낸다는
평과 함께 박목월 시인 추천으로 1962년 『현대문학』을 통해 등단했
다. 이듬해에 한국시사상 최초의 여성시동인 '청미(靑眉)'를 결성해 여
성시의 신서정시대를 열어간 시인이다.

인연은 질겨라
두렵기도 하여라

전생에 내가 빗던
참빗 얼레빗

이승까지 따라온
하늘 위의 조각달

내 마음이 헝클리나
지켜보고 있구나.

얼레빗처럼 생긴 조각달을 보며 인연설을 떠올리고 있는 시
「빗」 전문이다. 빗으로 언어와 어조, 심상을 빚어놓은 듯 정갈한 시
다. 윤회는 물론, 그래서 마음 가지런히 해야 한다는 불교적 심성이 이
끌고 있는 시다.

검은 새떼들
멀리 날아가버린
빈 하늘은
몇 만 리

그리움도 안타까움도
아득히 사라져버린
마음 속 빈 하늘은
또 몇 만 리.
- 「이순(耳順)을 넘어」 전문

노년의 마음속의 풍경을 아주 솔직하게, 서정적으로 그린 시다. 모국어의 정한과 운율이 빈 하늘 하얀 여백에 먹의 농담(濃淡)의 수묵화 한 점으로 번져 가고 있는 극서정 미학의 절창이다. 그 '빈 하늘' 여백의 울림에서 어쩔 수 없이 절간의 풍경소리가 들려오는 듯 불교가 바탕에 깔린 시다.

지금은
가만한 응시의 시간입니다
별도 하늘도 땅도 사람도
새로 태어나는 시간입니다

사랑, 행복, 슬픔, 인연
모두 새로 출발하는 시간입니다

생명 있는 것
생명 없는 것
모두 가엾어 눈물 나는 시간입니다
무한 영원의 한 끝에서
제가 저를 돌아보는 시간입니다.

허 시인이 2017년 펴낸 연작시집 『마리아 막달라』에 실린 「가만한 시간」 전문이다. 창녀 출신으로 예수의 제자가 돼 마지막을 지켜본 그 여인의 서사를 빌려 시인의 원과 한을 펼친 연작시 27번째인 위 시에서 우리는 성경 속 여인이 아니라 생각에 잠긴 미륵반가사유상이나 대자대비한 관음보살을 보는 것과도 같다. 이처럼 허 시인의 시 중에는 우리 심성에 밴 불교를 모국어와 운율에 실어 정갈하게 서정화하고 있는 시편들이 많다.

김초혜

인간적인 애증의 사랑굿, 그리움으로 이른 열반

꽃이거나
꽃이 아니거나

바람이거나
바람도 아니거나

지우거나
그려내거나

천만 가지 마음의 형태다

빛이거나

어둠이거나

김초혜(1943~) 시인의 시 「마음의 형태」 전문이다. 삼라만상은 다 마음이 지어낸 것이라는 일체유심조를 드러낸 시다. 그것도 '이다, 아니다'로 상반된 관념의 경계를 허물어버리는 불교 특유의 문법으로.

동국대에서 서정주 시인한데 시를 배우며 1964년 『현대문학』을 통해 등단한 김 시인의 시에는 불교가 배어있다. 불교 교리나 관념, 문법이 아니라 살며 시 쓰며 겪은 마음앓이의 체험을 통해 쉽고 감동적으로.

1960년대 시인으로서 김 시인도 처음에는 시를 어렵게 썼다. 그러나 시인 자신도 잘 알 수 없는 것을 대충 어렵게 쓰는 것은 '가짜시'임을 알고 시의 최고의 덕목인 감동의 소통으로 돌아와 '사랑굿' 연작시집 등을 펴내 공전의 베스트셀러로 만든 시인이 김 시인이다.

묵은 그리움이

나를 흔든다

망망하게

허둥대던 세월이

다가선다

적막에 길들으니

안 보이던

내가 보이고

마음까지도 가릴 수 있는

무상이 나부낀다
-「가을의 시」 전문

'마음까지도 가릴 수 있는 무상이 나부끼는'·'적막 세계'야말로 불교 최고 경지인 적멸이며 열반 아니겠는가. 사랑과 증오, 몸과 마음 등 상반의 양쪽을 인간적으로 괴로워하며 김 시인이 시로써 이룬 경지다. 때문에 이 경지는 종교적, 초월적이라기보다 "묵은 그리움이", "허둥대던 세월"이 나부끼는 늦가을의 정취, 인간적인 경지에서 이른 것이다.

떨어져 누운 꽃은
나무의 꽃을 보고

나무의 꽃은
떨어져 누운 꽃을 본다

그대는 내가 되어라
나는 그대가 되리

꽃잎 하늘하늘 흩날리며 지지 않고 목째 뚝뚝 진 동백꽃을 보고 쓴 「동백꽃 그리움」 전문이다. '그리움' 하나로 너와 나, 이승과 저승을 잇고 있는 시다.
아직 피어 있고, 이미 땅에 떨어져 누운 꽃은 다른가. 그대와 나는 다른가. 아니다. 서로는 서로를 바라보며 하나가 되기를 희원하고 있지 않은가. 아니다. 동백꽃도, 그대도, 그대를 바라보는 시인도 모두가 한 몸, 한 마음이라는 것을 말하고 있는 시다.

애증의 마음앓이라는 인간의 한계를 솔직히 보여주면서 그 아픔, 그 한계가 다시 그대와 합치되게 하는 힘은 그리움. 그 괴로움과 기쁨의 모순된 에너지가 충만한 그리움으로 오늘도 인간적인 사랑굿판을 펼치며 열반의 지경에 이르고 있는 시인이 김초혜 시인이다.

천양희

생체험의 절정에서 터져 나온 불이(不二)의 절대 지경

웃음과 울음이 같은 음이란 걸 어둠과 빛이
다른 색이 아니란 걸 알고 난 뒤
내 음색이 달라졌다

빛이란 이따금 어둠을 지불해야 쬘 수 있다는 생각

웃음의 절정이 울음이란 걸 어둠의 맨 끝이
빛이란 걸 알고 난 뒤
내 독창이 달라졌다

웃음이란 이따금 울음을 지불해야 터질 수 있다는 생각

어둠 속에서도 빛나는 별처럼

나는 골똘해졌네

어둠이 얼마나 첩첩인지 빛이 얼마나

겹겹인지 웃음이 얼마나 겹겹인지 울음이

얼마나 첩첩인지 모든 그림자인지

나는 그림자를 좋아한 탓에

이 세상도 덩달아 좋아졌다

천양희(1942~) 시인의 시 「생각이 달라졌다」 전문이다. 웃음과 울음, 어둠과 빛 등 양 극단을 불이(不二)로 꿰고 있는 시다. 한 소식 했다고 의뭉스럽거나 호들갑 떨지 않고 마음에서 자연스레 우러나고 있어 좋은 시다.

특히 "어둠이 얼마나 첩첩인지 빛이 얼마나/겹겹인지"라며 첩첩이고 겹겹인 만물만상의 속살을 봐내고 있어 숙연하다. 그런 생체험의 속살이 종교적 각성보다 얼마나 인간적이고 실하고 믿음직스러운가. 생살 찢어지는 아픔과 울음으로 어둠이 빛이요 울음이 웃음이요 실체가 그림자인, 극과 극이 불이(不二)인 지경에 이르고 있는 것이다.

1965년 박두진 시인의 추천으로 『현대문학』을 통해 나온 천 시인은 거의 20년 가까이 지나서야 첫 시집을 펴낼 정도로 고통스런 삶을 살았다. 고통의 나락에서 살아보겠다며 진솔하게 길어 올린 것이 천 시인의 시편들이다.

마음이 또 수수밭을 지난다. 머위 잎 몇 장 더 얹어
뒤란으로 간다. 저녁만큼 저문 것이 여기 또 있다.
개밥바라기 별이
내 눈보다 먼저 땅을 들여다본다
세상을 내려놓고는 길 한 쪽도 볼 수 없다
논둑길 너머 길 끝에는 보리밭이 있고
보릿고개를 넘은 세월이 있다
바람은 자꾸 등짝을 때리고, 절골의
그림자는 암처럼 깊다. 나는
몇 번 머리를 흔들고 산 속의 산,
산 위의 산을 본다. 산은 올려다보아야
한다는 걸 이제야 알았다. 저기 저
하늘의 자리는 싱싱하게 푸르다.
푸른 것들이 어깨를 툭 친다. 올라가라고
그래야 한다고, 나를 부추기는 솔바람 속에서
내 막막함도 올라간다. 번쩍 제 정신이 든다
정신이 들 때마다 우짖는 내 속의 목탁 새들
나를 깨운다. 이 세상에 없는 길을
만들 수가 없다. 산 옆구리를 끼고
절벽을 오르니, 천불산(千佛山)이
몸속에 들어와 앉는다.
내 맘 속 수수밭이 환해진다.

1994년에 펴낸 네 번째 시집 『마음의 수수밭』 표제작 전문이다. 천 시인은 전국 각지를 걷고 또 걸으며 마음의 짐을 내려놓으려 아예 출가도 고민해봤다. 그럴 때 바람에 으스스 비명을 지르면서도 의연히 맞서고 있는 키 큰 수수밭을 봤다. 그때 시 쓰기가 곧 구도(求道)요 출가임을 깨달았다.

> 올라갈 길도 없고
> 내려갈 길도 없는 들
>
> 그래서
> 넓이를 가지는 들
>
> 가진 것이 그것밖에 없어
> 더 넓은 들

산과 들을 걷고 또 걸으며 자연스레 무등(無等)의 지경에 들어서고 있는 시 「들」 전문이다. 산과 들, 오름과 내림, 이쪽과 저쪽 나뉨 없는 무등한 세상, 차안이 곧 피안인 달관의 편안한 지경에 이르고 있는 시다. 오로지 시인의 생체험을 바탕삼아 그런 달관의 지경을 진솔하게 보여주고 있는 시인이 천양희 시인이다.

김지하

이 땅에 극락정토를 이루려는 생명과 살림의 시

대흥사 동백은
날 위해 피었는가

대흥사 동백 위해
내 가슴속 피멍 여기 피었는가

모든 것 다 잃었는데
사슬소리는 여전히 거느리고

피안교 건너가는 내게
동백이 오네

붉은 붉은 꽃사슬 두른

동백숲이 내게 오네

아

맵디매운

동백꽃 떨기들

피안교 너머 내게로 밀려오네

　　김지하(1941~) 시인의 시 「겨울 거울」 한 대목이다. 1960, 70년
대 민주화 투사 시인의 상징으로서 독재에 맞서 싸우고 그런 시를 발표
하다 해남 대흥사로 숨어들어와 쓴 이 대목 참 처연하다. 오죽하면 붉
고 찬란한 동백꽃 숲마저 몸을 옥죄는 사슬로 보며 그런 동백꽃과 한
몸이 돼가고 있겠는가.

　　1969년 『시인』 지를 통해 등단한 김 시인은 데뷔작 「황토길」
에서부터 “황톳길에 선연한/핏자욱 핏자욱 따라/나는 간다 애비야/(중
략)/두 손엔 철삿줄/뜨거운 해가/땀과 눈물과 모밀밭을 태우는/총부리
칼날 아래 더위 속으로”라며 독재에의 저항의지를 불태웠다.

　　죽임의 세력에 대항해 만물을 살리는 길을 시와 행동으로 택한 것
이다. 무속이나 동학 등 민족종교, 그리고 판소리 등의 민족예술 형식을
차용한 김 시인의 시세계와 형식은 민중시와 민중예술로 확산돼갔다.

생명

한 줄기 희망이다

캄캄 벼랑에 걸린 이 목숨

한 줄기 희망이다

돌이킬 수도
밀어붙일 수도 없는 이 자리

노랗게 쓰러져버릴 수도
뿌리쳐 솟구칠 수도 없는
이 마지막 자리

어미가
새끼를 껴안고 울고 있다
생명의 슬픔
한 줄기 희망이다.

　민주화운동을 펼치다 붙잡혀 감옥 사형수 독방에 갇혔을 때 쓴 시
「생명」전문이다. 건듯 바람에 솟구쳐 둥둥 떠다니던 민들레 홀씨가
감방 콘크리트 창틀에 뿌리 내렸다. 캄캄 벼랑에 걸린 목숨의 마지막
자리. 그 곳에서 솟구쳐 오르는 생명을 김 시인은 보았다.
　절체절명의 순간 생명의 기쁨도 슬픔도 모두 희망임을 민들레와
한 몸이 되어 깨닫고 있는 시가 「생명」이다. 이렇게 김 시인의 시는
저항을 넘어 죽임의 세력까지도 껴안는 생명과 살림의 화엄세계로 나
아간다.

　바람이거나 구름이거나 귀신이거나 간에

변하지 않고는 도리 없는 땅 끝에

혼자 서서 부르는

불러

내 속에서 차츰 크게 열리어

저 바다만큼

저 하늘만큼 열리다

이내 작은 한 덩이 검은 돌에 빛나는

한 오리 햇빛

애린

나.

이 땅을 화엄세계로 가꾸려 투쟁하고 살리고 껴안은 모든 것을 불가의 구도그림인 '심우도(尋牛圖)'에 빗대 서정시화한 장편 연작시 '애린' 중에서 「그 소, 애린 50」 마지막 대목이다. 심우도에서도 찾아 나선 소가 바로 자기, 자신의 참된 마음이듯 투쟁 현장이며 거리거리를 헤매다 찾은 '애린'도 결국은 시인이며 본디의 마음이었다는 것이다. 김지하 시인 시세계에 드러난 이런 생명과 살림의 불교적 화엄세상은 1970, 80년대 죽임의 독재정권에 맞선 민중시세계로 들불처럼 번져나가게 된다.

5부

상구보리
하화중생
(上求菩提
下化衆生)을
구현한
1970년대 시

"돌아오라 새들아 밤안개를 데리고
고요히 미소를 지으며 돌아와 나를 쪼아 먹어라
오늘밤에는 극락전 너머로 첫눈이 내린다"

- 정호승 「헌식대에 누워」 부분

순수와 참여,
불교적 깨달음과 시는 불이(不二)

　　경제개발과 민주화 세력이 맞서며 각자의 세를 불리고 공고히 해
가며 오늘의 보수와 진보의 명분이 되게 한 연대가 1970년대다. 1961년
5.16쿠데타로 집권한 군사독재 정권은 조국의 근대화 명분을 내걸었
다. 이듬해부터 경제개발5개년 계획을 순차적으로 수립하고 총력으로
밀어붙이며 1970년대 산업화시대에 들어서게 된다.

　　가난을 몰아낸 경제성장을 내세우며 집권을 영구화하기 위해 1972
년 군사정권은 10월유신을 단행, 헌법에 보장된 기본권마저 제한하려
들었다. 이런 초법적 독재에 맞서 민주화 세력이 본격적으로 대두된 연
대가 1970년대. 산업화에 따른 도시와 농촌의 격차, 도시로 몰려든
인구들에 의한 빈민 등 소외층 대두, 노동문제 등이 불거지며 사회 각
층에서 터져 나온 민주화 요구에 부응하며 민주화 세력이 세를 불려나

간 연대이기도 하다.

우리 문학, 시도 이런 시대 분위기에서 결코 자유로울 수 없다. 아니 그런 시대의 징후를 누구보다 먼저 읽고 이끌고 위무하는 것이 우리 시의 영예롭고 당당한 역사적 책무 아니었던가. 하여 1970년대 우리 시는 독재에 맞서며 경제와 성장 제일주의에 소외당한 이웃과 인간 본디의 마음자리를 돌보게 해줬다.

엄혹했던 독재시대에 시대와 사회 상황과 유리된 순수문학은 그 입지를 잃은 연대가 1970년대이기도 하다. 1960년대 순수문학과 예리한 논쟁을 벌였던 참여문학이 대세를 이루며, 대신 그 예리한 선전 선동의 이념이나 목적성을 순화해 서정성을 띠어간 연대이기도 하다.

풀을 밟아라
들녘엔 매 맞은 풀
맞을수록 시퍼런
봄이 온다
봄이 와도 우리가 이룰 수 없어
봄은 스스로 풀밭을 이루었다
이 나라의 어두운 아희들아
풀을 밟아라
밟으면 밟을수록 푸른
풀을 밟아라

1970년 동아일보 신춘문예를 통해 등단한 정희성 시인의 초기시 「답청(踏靑)」 전문이다. 유신독재시대의 어둠을 걷고 봄을 부르자는 메시지가 어렵잖게 읽히는 시다. 그러면서도 직설적이지 않고 시의 미학, 규율을 충실히 지키고 있는 시이기도 하다.

이렇듯 유신독재와 민주화 세력, 산업화와 소외된 민중이 나뉜 1970년대 우리 시단에는 많은 시인들이 나와 시대와 함께했다. 상구보리 하화중생이라, 위로는 깨달음을 구하고 아래로는 중생을 구하는 불교의 수행 덕목을 시를 통해 실천했다.

특히 상구보리의 불립문자 지경과 하화중생의 불이문자 지경을 아우르려는 언어적, 문법적 모색이 치열하게 이뤄지며 시의 현대성과 선적 직관이 만나고 있음도 볼 수 있다. 해서 순수와 참여, 불교적 깨달음과 시가 불이(不二)임을 1970년대 출신 시인들의 불교적 시편들은 보여주고 있다.

윤후명

차안(此岸)에서 꿈꾸며 실현하는 피안(彼岸)의 유토피아

지금 또 내 겨울새는

야수의 이글거리는 눈빛으로 빙하 끝에서

생명의 불씨를 물고 온다.

부리에 가득히 물고 온다.

꺼져가던 여리고 여린 목숨을 되살려

당신과 함께 내 그림자를 띄워 보낸

가을 강 위의 목마른 높은 바람을 불러 세우며

발갛게 빙하 끝에서

내 인류와 치열을 당신의 젖은 눈매와 내 천년의 불씨를, 당신과

나의 새 원천을

부리 가득히 물고 날아온다.

윤후명(1946～) 시인의 1967년 경향신문 신춘문예 당선작 「빙하(氷河)의 새」 마지막 대목이다. 양성우 시인이 읊었듯 군사독재 치하는 '겨울 공화국'이었고 빙하기였다. 그래도 시인들은 빙하에서도 생명의 불씨를 물고 오는 존재 아니던가. 그런 시대의 당위성을 떠나 존재론적으로도 고해(苦海)와 화탕(火湯) 지옥 같은 현실에서도 생명과 해탈을 구하는 몸부림이 우리네 삶 아니겠는가. 당선소감에서 "'한 알의 모래 속에 세계를 보며' 산다는 것은 잊을 수 없는 이야기로서 내 모든 소유를 바쳐 그런 시간을 향유하고 싶다"고 다짐했듯 상구보리 하화중생의 대자대비(大慈大悲)한 불심으로 창작에 여일한 작가가 윤 시인이다.

　　윤 시인은 1969년 임정남과 강은교, 그리고 김형영, 박건한 시인과 시 동인지 『70년대』를 창간했다. 1960년대와는 분명 다른 시를 보여주기 위해 동인 명칭을 그렇게 잡고 승려 출신 석지현 시인과 정희성 시인도 동참해 시의 시성(詩性)과 시대성의 균형을 잡아나갔다.

　　　날새의 제일 유심히 반짝이는

　　　두 눈깔을 꿰뚫음에

　　　공명(共鳴)하며 하룻밤을 흔들린 이의

　　　사무치는 뜬 눈의 웃음

　　　드넓고 광포해라,

　　　새가 온 들을 채어 쥐고

　　　한 기운으로 푸드드득 오를 때

　　　활짝 당겨 개이는 먼오금

　　　숲과 들을 벗어나 휘달려

　　　그는 죽음의 사랑에 접근한다

1977년 펴낸 윤 시인의 첫 시집 표제작인 「명궁(名弓)」 부분이다. 온 들판을 채어 나는 새의 반짝이는 두 눈깔과 활시위를 당기는 듯 팽팽한 시인의 마음이 긴장되게 공명하고 있다. 윤 시인은 현상이 아니라 사물의 '눈깔', 본질적 핵심을 꿰뚫으려한다. 그러면서 현상과 본질, 사랑과 죽음의 이율배반을 넘어 불이의 세계에 들어서려한다.

1979년 한국일보 신춘문예에 단편 「산역(山役)」이 당선돼 1983년 첫 소설집 『돈황의 사랑』을 펴내며 소설에서도 그런 문학세계를 펼친다. 표제작에서 한 가난한 중년 실직자 '나'는 꿈속 세계로 여행한다. 서역 타클라마칸사막과 그 곳을 건너가는 한 마리 사자와 신라승 혜초와 돈황 벽화 속의 비천녀 옷자락 등 환상의 세계로 들어간다. '나'의 하루를 그리며 현실과 꿈, 영원과 찰나, 과거와 현재 등 2분법을 뛰어넘어 세상과 삶의 본질을 꿰려하고 있는 것이다.

언젠가는 가려고 했던 곳이 있었습니다
그곳이 어디인지 몰라서 떠돌다가
젊어서도 늙어 있었고
늙어서도 젊어 있었습니다
무지개가 사라진 곳에 있다고도,
사랑이 다한 곳에 있다고도,
슬픔이 묻힌 곳에 있다고도,
짐짓 믿었습니다
그러나 어디인지 그곳은 끝끝내 멀고 아득하여
세상 길 어디론가 헤매어갑니다
꽃 한 송이 필 때마다 그곳인가 하여

영원히 머물면서 말입니다

그런 윤 시인의 삶과 문학이 고스란히 묻어나는 최근 시 「고향」
전문이다. 윤 시인은 젊어서도 늙어서도 세상 길 어디론가 항상 헤매어
가고 있다. 아니 머묾과 떠남이 함께하는 헤맴의 영원한 출발선상에 있
다. 인간의 순수 혼, 사랑과 그리움의 근원 혹은 고향의 참모습을 유토
피아 혹은 피안이 아닌 이 세상 차안에서 보여주고 확인시켜주기 위해
서. '수처작주 입처개진(隨處作主 立處皆眞)' 이란 『임제록』의 화두
를 풀어내고 있는 게 윤후명 시인의 삶이요 시와 소설이다.

조정권

동서양 사상과 종교, 문학 궁극의 정신으로 맞닿은 불교

내 화두는 추위 한 점 안 먹은 달
설월(雪月)의 처마 끝

조정권(1949~2017) 시인의 시 「청빙가(聽氷歌)」 한 대목이다.
1970년 『현대시학』을 통해 등단한 조 시인은 "설원의 처마 끝", 은산
철벽에서 위 시 제목처럼 쇠 같이 단단하면서도 하얀 얼음 같이 빛나고
투명한 100% 순도의 도(道)를 구가한 시인이다. 불교와 한학에 정통한
김달진 시인의 영향을 받은 조 시인은 이 물질문명의 시대에 '청빙가'를
화두 삼아 정신의 궁극을 보여주고 간 시인으로 평가받고 있다.

십삼 촉보다 어두운 가슴을 안고 사는 이 꽃을
고사모사(高士慕師) 꽃이라 부르기를 청하옵니다.
뜻이 높은 선비는 제 스승을 홀로 사모한다는 뜻이오나
함부로 절하고 엎드리는
다른 무리와 달리, 이 꽃은
제 뜻을 높이되
익으면 익을수록
머리를 수그리는 꽃이옵니다.
눈 감고 사는 이 꽃은
여기저기 모여 피기를 꺼려
저 혼자 한 구석을 찾아
구석을 비로소 구석다운 분위기로 이루게 하는
고사모사 꽃이옵니다.

첫 시집에 실린 위 시 「코스모스」 전문에는 조 시인의 시작태도가 공손하면서도 분명하게 드러나 있다. 코스모스를 음상(音像)에 따라 '고사모사'라 부르자며 지조 높은 선비의식을 드러내고 있다. 그러면서 "구석을 비로소 구석다운 분위기로 이루게"한다며 선비의 높고 넓고 깊은 정신들을 다 껴안은 불법(佛法)의 원융함도 배어들게 하고 있다.

독락당(獨樂堂) 대월루(對月樓)는
벼랑 꼭대기에 있지만
예부터 그리로 오르는 길이 없다.
누굴까, 저 까마득한 벼랑 끝에 은거하며
내려오는 길을 부숴버린 이.

조선조 선비 이언적이 경주에 낙향해 지은 독락당을 소재로 한 「독락당」 전문이다. 다섯 행의 이 짧은 시에서 조 시인은 자신만의 정신적 정자를 짓고 있다. 선가에서 화두가 막힐 때 흔히 쓰는 '은산철벽'이니 '백척간두진일보'니 하는 관념 그대로가 빛나게 구체화되고 있다.

겨울 산을 오르면서 나는 본다.
가장 높은 것들은 추운 곳에서
얼음처럼 빛나고,
얼어붙은 폭포의 단호한 침묵.
가장 높은 정신은
추운 곳에서 살아 움직이며
허옇게 얼어터진 계곡과 계곡 사이

바위와 바위의 결빙을 노래한다.

(중략)

한때는 눈비의 형상으로 내게 오던 나날의 어둠.

한때는 바람의 형상으로 내게 오던 나날의 어둠.

그리고 다시 한때는 물과 불의 형상으로 오던 나날의 어둠.

그 어둠 속에서 헛된 휴식과 오랜 기다림

지치고 지친 자의 불면의 밤을

내 나날의 인력으로 맞이하지 않았던가.

어둠은 존재의 처소에 뿌려진 생목의 향기

나의 영혼은 그 향기 속에 얼마나 적셔두길 갈망해 왔던가.

내 영혼이 내 자신의 축복을 주는 휘황한 백야를

내 얼마나 꿈꾸어 왔는가.

육신이란 바람에 굴러가는 헌 누더기에 지나지 않는다.

영혼이 그 위를 지그시 내려누르지 않는다면.

연작 장시 「선정묘지(山頂墓地) 1」 처음과 마지막 대목이다. 동서고금의 견인주의 사상과 종교, 그리고 고전과 낭만주의 시혼과 어조가 웅혼하게 빛나는 시다. 온 길, 갈 길 다 끊긴 은산철벽 벼랑 끝에서 오로지 심혼에서 길어 올린 시다.

그런 심혼이 궁극엔 불교에 맞닿고 있다. 이런 정신의 궁극에서 나온 시로 한 천년이 다음 천년으로 넘어가던 지난 세기말 혼란기에 인간의 위의를 지켜내게 한 시인이 조정권 시인이다.

나태주

어린애 같은 맨몸 맨 마음으로 드러내는 해맑은 시편

아이들 몽당연필이나
깎아 주면서
아이들 철없는 인사나 받아 가면서
한 세상 억울한 생각도 없이
살다 갈 수만 있다면
시골 아이들 손톱이나 깎아 주면서
때 묻고 흙 묻은 발이나
씻어 주면서 그렇게
살다 갈 수만 있다면.

나태주(1945~) 시인의 시 「초등학교 선생님」 전문이다. 40여

년 간 공주 등 지방에서 초등학교 선생님으로 지내다 정년퇴직한 시인이어서 그런가. 마음의 고향인 동심, 초심(初心)을 열망하고 있는 시다. 말년의 피카소가 "아이들처럼 그림 그리기 위해서 나는 이렇게 늙었다고 말했다"며 나 시인은 "아이의 감성으로, 아이의 시선으로 대상을 바라보며 아름다운 시를 쓰고 싶다"고 말하고 있다.

해서 시인은 자신의 시에 대해 쓴 시론시로 볼 수 있는 「시」 전문에서 "그냥 줍는 것이다/길거리나 사람들 사이에/버려진 채 빛나는/마음의 보석들"이라 간단하게 정리하고 있다. 버려진 마음의 보석들이 시라고. 마음의 본디에 대해 수행자처럼 처음부터 물고 늘어진 시인이 나 시인이다.

"1/바람은 구름을 몰고/구름은 생각을 몰고/다시 생각은 대숲을 몰고/대숲 아래 내 마음은 낙엽을 본다." 1971년 서울신문 신춘문예에 당선작 「대숲 아래서」 첫 장이다.

'일체유심조'라며 온갖 세상과 사물을 낳는 마음에 집착하고 있는 시다. 그런 마음을 들여다보며 마음을 차츰 버리고 그냥 어린애같이 맨몸, 맨 마음으로 써내려가며 외려 독자들과 큰 공감을 나누고 있는 시인이 나 시인이다.

> 내 이승에서 빚진 마음들을 모두 갚게 되는 날,
> 너를 사랑하는 마음까지
> 백발로 졸업하게 되는 날
> 갈꽃 핀 등성이 너머
> 네가 웃으며 내게 온다 해도
> 하낫도 마음 설레일 것 없고

하낫도 네게 들려줄 얘기 이제 내게 없으니
너를 안다고도
또 모른다고도
숫제 말하지 않으리.

그 세상에 흔한 이별이며 눈물,
그리고 밤마다 오는 불면들을
내 모두 졸업하게 되는 날,
산에 다시 와서
싱그런 나무들 옆에
또 한 그루 나무로 서서

비교적 초기시인 「다시 산에 와서」 마지막 대목이다. 속세의 인
연을 끊고 또 끊으며 산문(山門)에 드는 수도승의 결기가 엿보인다. 이
렇게 세상과의 이러저러한 연, 언어와 시에 묻어날 수밖에 없는 의미의
연을 끊으며 맨몸 맨 마음으로 다가오는 시가 나 시인의 시편이다.

숨을 들이 쉰다
초록의 들판 끝 미루나무
한 그루가 끌려 들어온다

숨을 더욱 깊이 들이 쉰다
미루나무 잎새에 반짝이는
햇빛이 들어오고 사르락 사르락

작은 바다 물결 소리까지
끌려 들어온다
(중략)
산 위에 두둥실 떠 있는
흰 구름, 저 녀석
조금 전까지만 해도 내 몸 안에서
뛰어 놀던 바로 그 숨결이다.

나 시인의 시적 자세가 잘 드러난 「멀리까지 보이는 날」 부분이다. 통과제의(通過祭儀)라 했던가, 우리가 나이 들어 사회에 편입돼 아등바등 살아가며 잃어버리게 마련인 유년의 고향, 삼라만상과 거리감 없는 동무로 일체가 돼야만 우러날 수 있는 시다.

'흰 구름'을 '저 녀석'이라 부르며 동무 삼아 초록 들판, 미루나무, 햇빛, 바다 물결 소리, 뻐꾸기 꾀꼬리 울음, 봉숭아꽃나무, 산 등과 함께 숨을 들이 쉬고 내어 쉬고 있지 않은가. 그것들을 대상으로 보아 뭐라 꾸미고 해석하려 들지 않고 그냥 그대로 맨몸으로 어울리고 있다.

무심히 지나치는
골목길

두껍고 단단한
아스팔트 각질을 비집고
솟아오르는
새싹의 촉을 본다

얼랄라

저 여리고

부드러운 것이!

한 개의 촉 끝에

지구를 들어올리는

힘이 숨어 있다.

-「촉」 전문

　　나 시인의 그런 맨몸 맨 마음의 시학은 '얼랄라'라는 동심과 여리고 부드러운 마음, 어느 곳에 갇히지 않고 어느 것에도 걸리지 않은 천진난만에서 나온 것이다. 『불교문예』 주간을 맡아 불교와 문학을 구체적으로 접목하려 애썼던 나 시인의 시를 읽으면 불교의 고단위 추상과 관념들도 한층 살갑고 여리게 다가온다.

이성선

설악산 도량 삼아 일군 우주와 겹치는 찰나의 황홀한 시학

내가 지금 아픈 것은
어느 별이 아프기 때문입니다.

내가 이렇게 밤늦게 괴로운 것은
지상의 어느 풀잎이 아프기 때문입니다.

그래도 이토록 외로운 것은
이 땅의 누가 또 고독으로 울고 있기 때문입니다.

저 하늘의 외로운 별과 나무와
이 땅의 가난한 시인과 고독한 한 사람이

이 밤에 보이지 않은 끈으로나

서로 통화하여 앓고 지새는

병으로 아름다운 시간이여.

　이성선(1941~2001) 시인의 시 「별의 아픔」 전문이다. 사랑에 아
파하는 독자들에겐 위안이 되는 연시(戀詩)로 읽힐 수 있다. 우주는 한
끈으로 연결된 한 생명체, 불교의 인드라망이나 자신은 물론 중생을 구
하는 실천덕목인 대자대비(大慈大悲)가 아무런 작위 없이 그대로 드러
난 시이기도 하다.

　사랑의 아픔을 설악산을 도량으로 삼아 오르내리며 황홀로 바꿔나
간 시인이 이 시인이다. 1971년 『시문학』을 통해 등단한 이 시인은
설악산자락 고성에서 태어나 설악산에서 살다 백담계곡에 뿌려져 그
대로 설악산이 된 시인이다.

　"설악은 하늘의 첫 마음을 받은 산. 그러기에 단풍 빛이 가장 곱고
산의 자태 또한 신성하다. 이런 때 설악 어디를 찾아가든 도량 아닌 곳
이 있으랴. 산 전체가 큰 절이다. (중략) 길 따라 흐르는 물의 백 개 연못
에 백 번 얼굴을 비치고 백 번 마음을 고쳐야 열리는 산문(山門). 연꽃
보다 더 오묘한 구중심처의 이 산문 깊숙이 들어서면 귓가에 넘치는 물
소리가 모두 부처님 설법으로 들리고 가지를 스치는 바람소리가 전부
오도송이며 우거진 쑥대풀과 억새꽃이 다 시다."

　설악이 단풍으로 붉게 물들 때 내게 청탁 받아 중앙일보에 실린 위
「설악 찬가」 한 대목처럼 설악산은 이 시인에게 우주와 교호하는 불

법을 깨쳐준 도량이다. 그런 깨달음을 얻어 '산시(山詩)' 연작 시편을 쓰면서 확실히 자신이 설악의 주인임을, 아니 자기 자신이 곧 설악임을 각인시키고 간 시인이다.

당신을 껴안고 누운 밤은
잠이 오지 않았습니다

돌 하나 품어도
사리가 되었습니다
- 「산시 5」 전문

설악의 돌 하나, 나무 한 그루, 바람소리, 벌레 한 마리 등등 삼라만상은 다 시인에게 부처님으로 보이고 설법으로 들렸다. 자신은, 자신의 시는 그들이 노래하는 통로이기에 그 통로를 맑게 비워내는 일이 시 쓰기라고 밝히곤 했다.

저녁 공양을 마친 스님이
절 마당을 쓴다
마당 구석에 나앉은 큰 산 작은 산이
빗자루에 쓸려 나간다
산에 걸린 달도
빗자루 끝에 쓸려 나간다
조그만 마당 하늘에 걸린 마당
정갈히 쓸어놓은 푸르른 하늘에

푸른 별이 돋기 시작한다
쓸면 쓸수록 별이 더 많이 돋고
쓸면 쓸수록 물소리가 더 많아진다

위 시 「백담사」 전문에서처럼 스님이 도량을 쓸 듯 시인은 마음을 닦았다. 그래서 맑게 비워지면 비워질수록 더 차오르는 것들, 기존의 상식을 뛰어넘는 언어도단의 실한 세상을 살다갔다.

달빛 젖은 강물 위로 꺼질 듯
작은 생명 하나 불꽃 시를 쓰며 가는구나
어둠의 강가강에 혼자 앉아 다짐한다
이제 삶이 무엇인지 더 묻지 않으리라
내가 누구인지도 다시 묻지 않으리라
시인의 강물인 대지 위를 흐르며
저 꽃등처럼 목숨 사루어 시를 쓰며 떠가면 되리라

말년 인도를 여행하며 성지 바라나시에 흐르는 강가강에서 얻은 시 「깊은 강」 마지막 대목이다. 삶이 무엇인지, 나는 누구인지 등 물음을 떠난 곳에서 나온 것이 이 시인의 시다. 물음과 언어의 사다리는 걷어치우고 만물과 황홀하게, 혹은 서럽게 어우러지는 찰나를 살며 시로 붙잡다 간 시인이다.

작은 날개로
길을 다 지우고 가 버려서

그가 떠난 뒤에는 아무것도 남지 않았다

가지 위에 떨림 하나
그것도 잠깐 만에 사라졌다

그의 삶
불립문자(不立文字)
황홀한 조도(鳥道)

　　말년에 임종게처럼 쓴 시 「조도(鳥道)」 전문이다. 나는 새는 허
공 길에 족적을 남기지 않는다고 했던가. 불법의 세계는 말로 전할 수
없어 부처님도 입적하시며 나는 한 마디도 안했다고 했던가.
　　이성선 시인도 그래서 아무 것도 남기지 않은 불립문자의 삶이라 해
소원대로 몸은 백담계곡물에 뿌려졌다. 그런 시인이 남긴 시를 통해 독
자들은 물론 삼라만상이 불법의 황홀한 떨림에 오늘도 젖어들고 있다.

김영석

서정과 불도(佛道)를 융합하는 언어도단의 길

찔레꽃이 없는 빈자리가
무더기로 싸리꽃을 피워내고
소나무가 없는 빈 곳에 기대어
서어나무는 비로소 제 푸름을 짓는다
서로가 없는 만큼 서로는 비어 있어
그 빈 곳에 실뿌리 내리고
너와 나 풀잎처럼 흔들리고 있으니

그대여 이제 오라
꽃과 꽃 사이
그리고 너와 나 사이

보이지 않는 옛 사원 하나 있으니
아침저녁 어스름에 울리는 종소리 따라
눈 감고 귀 막고 어서 오라
오는 듯 가는 듯 무심히 오라.

　　1970년 동아일보, 1974년 한국일보 신춘문예로 등단한 김영석
(1945~) 시인의 「꽃과 꽃 사이」 전문이다. "그대여 이제 오라"며 '오
라'를 연발하고 있어 연시로 읽을 수 있다. 서로의 빈 곳을 채워주는 것,
이것이 사랑에 대한 그 흔하디흔한 언사 아니겠는가.

　　그러나 사랑에 목말라 하는 연애시 만은 아니다. '빈 곳'과 '사이',
그리고 '무심'이 강조돼 있는 구도를 열망하는 시이기도 하다. 이 시 전
반부에서 '빈 곳'은 '없는 빈자리'가 아니다. 주체에게는 빈자리일지라도
객체에게는 실뿌리를 내려 살아가는 공간이다. 후반부에서 '사이'는 '꽃
과 꽃', '너와 나' 사이, 사물과 사물, 주체와 객체 사이를 말한다. 그 사이
에 "보이지 않는 옛 사원 하나 있으니" "무심히 오라"며 자연스레 불교
의 요체로 들어가고 있는 시다.

　　김 시인의 시편들은 너와 나, 대상과 시인 사이에서 우러나는 그리
움이나 정을 서정적으로 펴고 있다. 그러면서도 태초의 공허나 고요 등
현상과 언어에 가려진 본질, 형이상학적 깊이를 파고들며 불교와 만나
고 있다.

　　"육지의 모든 길/멸망시키고/모국어도 멸망시키고/허공 천 길/투
명한 낭 세워놓고/(중략)/교과서는 믿지 말라고/사정없이/푸른 채찍으
로 갈기는구나." 교과서도 믿지 말고, 모국어도 멸망시키고, 모든 길도
끊으라는 메시지가 강한 시 「바다는」 부분이다. 모든 지식과 언어에

켜켜이 쌓인 인식의 틀을 멸망시키고 "허공 천 길 투명한 낭", 그 백척간
두에 서서 새로 출발하라는 것이다.

> 자신은 사십구 년 동안 쉬지 않고 설법을 했지만
> 사실은 한 마디도 하지 않았노라고
> 한 말씀을 더 보태고
> 고요히 홀로 입적하였다
>
> 부처님이 지쳐버린 팔만대장경
> 그 경전 밖에서
> 봄 여름 가을 겨울
> 꽃은 피고 지고
> 새는 날고
> 송이송이 눈이 내린다.
> ─「경전 밖 눈은 내리고」 부분

평생 설법을 한 부처님도 말로써는 참진이며 본질의 세계를 제대로
전할 수 없어 한 마디도 하지 않았노라고 했다. 그래서 부처님의 말씀을
담은 경전 밖에서 세상은 피어나고 있다는 시다. 그런 스스로 여여(如
如)한 세상 자체, 본질에 언어와 시는 어떻게 가닿을 수 있을 것인가.

김 시인은 시집 『나는 거기에 없었다』 서문에서 "나의 시가 공
(空)과 존재와 언어의 일여적(一如的) 순환과 생성 속에서 태어나 생명
과 존재와 자유와 하나가 되기를 희망한다"고 밝혔다. 돈오적 각성을
어떻게 여여하게 시화해야 할까 하는 고민을 그대로 드러낸 말이다.

소금이 어디서 왔는지
사람들은 모른다

바람은 잡초 밭에서 일어나고
잡초는 바람 속에서 생기는 것
잡초와 바람이 한 몸으로 흔들리면서
밤낮으로 어둠을 낳고
이름 모를 수천 마리의 짐승들이
그 어둠을 몰고 바다에 투신하여
흰 소금이 되면
소금이 제 살 속에
방울방울 진주처럼 키운 빛들은
하늘로 올라가 별이 되는 것

별들이 왜 아슬히 먼지
눈물은 왜 짠지
사람들은 모른다.
ㅡ「잡초와 소금」 전문

시인이 말한 '일여적 생성과 순환'의 양상을 윤회로, 서정적으로 드
러내고 있는 시다. "사람들은 모른다"면서도 소금과 바람과 별 등 사물
들의 내력을 말하고 있다. 깨달은 사실을 '-것'이라는 명사 종결로 단정
적으로 말하고 있다. 지식이나 그것들을 종합해내는 인식에 의해 깨달

은 것이 아니라 시적인 깨달음, 사물들과 우주의 내력과 통하는 '도통 (道通)'한 것을 말하고 있는 시다.

　　나는 거지라네
　　몸도 마음도 다 거지라네
　　천지의 밥을 빌어다가
　　다시 말하면
　　햇빛과 공기와 물과 낟알을 빌어다가
　　세상에서 보고 겪은
　　온갖 잡동사니를 빌어다가
　　마른 수수깡으로 성글게 엮듯
　　잠시 나를 지었다네
　　달이 뜨면 달빛이 새어 들고
　　마파람 하늬바람 거침없이 지나간다네
　　그래도 거지는
　　빌어 온 것들로 날마다 꿈을 꾸고
　　빌어 온 물과 소금으로 눈물을 만든다네
　　나는 처음부터 빈털터리 거지였다네.
　　 - 「거지의 노래」 전문

　　김 시인의 일여적 순환론적 세계관이 인간으로서의 개성 혹은 자아를 지우게 하고 있는 시다. 캄캄한 우주 속 처음 대폭발로 생긴 원소들을 빌어 잠시 형상을 이뤘다 다시 원소로 돌려주고, 그 원소마저 블랙홀로 빨려들어 다시 한 점도 없는 무로 돌아간다는 것이 우주탄생의 정설이 된 빅뱅이론이다. 우리네 삶 또한 그렇다고 불교의 제행무상 (諸行無常)은 말하고 있지 않은가.

> 막막한 세상의 끝
> 천지에 더 이상 갈 곳이 없고
> 더 이상 나아갈 길이 보이지 않을 때
> 나는 홀로
> 돌담을 마주하고 선다
> 조용히 돌거울을 들여다보면
> 거기 내가 길이 되어 누워있다
> 지평선 너머로 사라지는 한 줄기
> 길이 되어 외롭게 누워있다.
> -「돌담」 전문

온 길, 갈 길 꽉 막힌 막막한 처지에서 한 소식 하고 있는 시다. 은산 철벽 같이 버티고 선 돌담이 시인이 되고 지평선 너머까지 사라져가는 길이 된다. 나 홀로의 존재가 아니라 내가 돌이 되고 돌은 다시 저 지평 선 너머 광활한 우주까지 가닿는 길이 되어가며 가없이 확장돼 가고 있 다. 이처럼 언어로 갈 수 없는 본질 세계, 우주의 본 모습인 일여적 세계 를 드러내기 위해 서정과 불도를 융합시키고 있는 시인이 김 시인이다.

최동호

불립문자(不立文字)와 불이문자(不離文字) 틈서 우러나는 극서정

황하(黃河) 강변 모래 바람

날 흐리게 불어

보오얀 산그리매를

우이동(牛耳洞) 큰 바위산 너머로

떠메어 가고

깊은 갈증의 밤을

만년필에

맑은 물처럼 담으면

사그럭 거리는 모래 소리에

이 한낮
황사바람이 창문을 때리니,
해맑간 살결을
잔잔한 햇빛 속에 잠그면
거대한 강물이 소리 없이 흐른다.

최동호(1948~) 시인이 1976년 펴낸 처녀시집 『황사바람』 표제
작 부분이다. 고교시절 조정권 시인과 동문으로 함께 시를 공부하고 썼
던 둘은 우리 현대시사에서 정신주의 시세계를 드높인 시인으로 평가
되고 있다. 1979년 중앙일보 신춘문예 평론으로도 등단한 최 시인은 동
양의 사상과 종교, 문학론을 섭렵하며 정신주의 시학을 정립하고 시적
으로 실천해가고 있는 시인이다.

위 시에서도 황사바람의 흐릿함 속에서도 현상 너머 우주를 운항
하는 본질, 도를 갈구하는 시적 자세가 잘 드러나고 있다. 구도의 갈증
의 밤을 맑은 물처럼 만년필에 담아 도의 세계를 사각사각 구체적으로
전하려하는 게 최 시인의 시세계다. 최 시인의 그런 구도적 자세는 또
자연스레 불법에 이르고 있다.

저물녘까지 공을 가지고 놀이하던 아이들이
다 집으로 돌아가고, 공터가 자기만의
공터가 되었을 때
버려져 있던 공을 물고
개 한 마리가 어슬렁거리며
걸어 나와 놀고 있다

처음에는 두리번거리는 듯하더니
아무것도 돌아보지 않고 혼자
공터의 주인처럼 공놀이하고 있다
전생에 공을 가지고 놀아본 아이처럼
어둠이 짙어져가는 공터에서 개가
땀에 젖은 먼지를 일으키며 놀고 있다 다시

옛날의 아이가 된 것처럼 누구도 불러주지
않는 공터에서 쭈그러든 가죽공을 가지고 놀고 있는 개는
놀이를 멈출 수 없다 공터를 지키고 선
키 큰 나무들만 끌똘하게 놀이하는 그를
보고 있다 뜻대로 공이 굴러가지 않아 허공의
어두운 그림자를 바라보는 눈길이 늑대처럼 빛날 때

공놀이하던 개는 푸른빛 유령이 된다 길게 내뻗은 이빨에
달빛 한 귀퉁이 찢겨 나가고
귀신 붙은 꼬리가 일으킨 회오리바람을 타고
공은 하늘로 솟구쳤다 떨어지기도 한다
어둠이 빠져나간 새벽녘
이슬에 젖은 소가죽 공은 함께 놀아줄
달마를 기다리며 버려진 아이처럼 잠든다

2002년에 펴낸 시집 『공놀이하는 달마』 표제작 전문이다. 이 시

집에서 시인은 '달마는 왜 동쪽으로 왔는가'라는 선가의 대표적 화두를 부제로 내건 '달마' 연작시를 통해 우리 일상에서 불법을 구체적으로 파고들어가고 있다.

위 시에서 소가죽 공과 아이들과 개는 인연설에 의해 하나가 되고 있다. 또 공은 통통 튀는 실제의 공이면서 공터의 공(空)이기도 하다. '색즉시공 공즉시색'이란 고단위 관념을 공놀이 하듯 가지고 놀며 구체화하고 있다.

> 아침 딱따구리 계곡의 나무를 둥치 큰 나무를 흔드는데
> 졸면서 마당 쓰는 동자승 바라보고
> 빙그레 미소 짓는 부처님 살풋한 눈빛
>
> 법당의 큰스님 자기 해골 두드리는 소리
> 산과 계곡으로 퍼져나가
> 세상의 햇살이 아기 걸음마처럼 화창하다

'달마' 연작인 「해골바가지 두드리면 세상이 화창하다」 전문이다. 원효스님은 당나라로 구도 유학을 가다 갈증 나 달게 마신 물이 해골바가지 물임을 알고 크게 깨쳐 이 땅에 주저앉아 한국의 자체적 불교를 일궜다.

위 시에서는 온 머리통으로 억센 나무를 두드려 밥을 얻는 딱따구리 소리, 큰스님 자신의 머리통 해골을 두드리는 듯한 목탁 소리에서 한 소식하고 있다. 정신과 구도의 극한 이미지를 띠는 해골바가지가 내는 소리 같은 게 최 시인의 시이기도 하다.

새벽바람을 불러오는
목탁소리

먹물 든 산 그림자를
지우고 있는 사람

마당을 북처럼 두드리다
바다로 가는 빗방울

머리에 피뢰침을 꽂고 간
요절 시인

　『유심』 2010년 11/12월호에 발표한 「빗방울」 전문이다. 같은
지면에 발표한 「트위터 시대와 극서정시(極抒情詩)의 길」이란 시론
에서 최 시인은 장황하고 난삽하며 소통 부재의 시들이 갖는 몽환적 속
박으로부터 우리 시를 구하자며 극서정시를 제창했다. "극도로 정제된
서정시, 다시 말하면 단형의 소통 가능한 서정시"를 쓰자며 그 본보기
인양 위 시를 발표한 것이다.

　위 시에는 수식어가 없어 장황하고 난삽한 감상이 끼어들 틈이 없
다. 새벽바람, 목탁소리, 산 그림자, 마당, 빗방울, 피뢰침, 시인 등 사람
이든 사물이든, 죽은 것이든 산 것이든, 시간이든 공간이든 모두 시어
들이 지칭하는 대상에 착 달라붙어 무등하게 주인으로 행동하고 있다.
그런 우주와 예민하게 만나러 피뢰침 꽂고 스러져가는 시인이란 아주

인상적인 종결이 언어도단의 세계로 들어가게 하고 있다.

그러나 시란 불립문자의 도니 불법마저도 언어로 전해야한다. 해서 시는 불립문자와 불이문자 사이의 벼락 흐르는 피뢰침 같은 긴장에 놓이게 된다. 그런 긴장된 깨우침을 극서정, 해골의 시학으로 전하고 있는 시인이 최동호 시인이다.

정호승

일상에 밴 불교를 차용한 대중적 공감력과 시적 깊이

그는 모든 사람을
시인이게 하는 시인
사랑하는 자의 노래를 부르는
새벽의 사람
해 뜨는 곳에서 가장 어두운
고요한 기다림의 아들.

절벽 위에 길을 내어
길을 걸으면
그는 언제나 길 위의 길
절벽의 길 끝까지 불어오는

사람의 바람.

들풀들이 바람에 흔들리는 것을
용서하는 들녘의 노을 끝
사람의 아름다움을 아름다워하는
아름다움의 깊이.

날마다 사랑의 바닷가를 거닐며
절망의 물고기를 잡아먹는 그는
이 세상 햇빛이 굳어지기 전에
홀로 켠 인간의 등불.

　　1973년 대한일보 신춘문예로 등단한 정호승(1950~) 시인이 1982
년 펴낸 시집 『서울의 예수』에 실린 시 「시인예수」 부분이다. 유신
독재와 5.18광주민주화운동 학살의 참상에 질린 가슴들을 위무하고 속
죄하기 위해 예수님을 내세우고 있는 시다.
　　어둠과 절망을 살라먹는 햇살처럼 어두운 시대 사랑으로 인간의
등불을 밝히는 시를 쓰겠다는 시적 자세도 엿볼 수 있다. 이런 정 시인
의 사랑의 시학은 불교의 소재와 언어, 그리고 불교의 역설적 문법을
만나며 우리 일상 속에서 대자대비 보살심을 구체적으로 나투게 한다.

　　나는 그대의 불전함(佛錢函)
　　지하철 바닥을 기어가는 배고픈 불전함
　　동전 한닢 떨어지는 소리가 천년이 걸린다

내가 손을 내밀지 않아도

내 손이 먼저 무량수전 마룻바닥을 기어가듯

천년을 기어가

그대에게 적선의 손을 내미나니

뿌리치지 마시라 부디

무량수전이 어디 부석사에만 있었던가

무릎과 팔꿈치에 타이어 조각을 덧대고 기어 다니며 구걸하는 걸
인을 소재로 한 시 「걸인」 부분이다. 그런 걸인을 죄업을 사하고 적
선(積善)의 기회를 줘 영원한 극락세계에 이르게 하는 부처님과 동급
으로 보고 있다. 지하철 바쁜 일상도 무량수전 같은 도량임을 자연스레
일깨우고 있는 시다.

돌아오라

날개를 잃고 저물도록 겨울 숲으로 날아간 새들아

돌아와 내 야윈 가슴을 맛있게 쪼아 먹어라

내 오늘 한평생 걸쳤던 맛없는 옷을 벗고

통나무로 만든 헌식대에 알몸으로 누워

쓸쓸히 밤하늘 별들을 바라보느니

(중략)

내 비록 한사람도 사랑하지 못한 더러운 몸

내 비록 돈을 벌기 위해 평생 동안 잠 못 이루던

더러운 마음이지만

돌아오라 새들아 밤안개를 데리고

고요히 미소를 지으며 돌아와 나를 쪼아 먹어라

오늘밤에는 극락전 너머로 첫눈이 내린다

불심 가득한 티베트의 조장(鳥葬)을 떠올리게 하는 시 「헌식대에
누워」 부분이다. 지치고 아픈 새들, 삼라만상 뭇 생령들에게 자신의 몸
과 마음 자체를 쪼아 먹고 기운차리라는 시다. 삶에 지치고 다친 우리들
독자의 영혼에 바치는 희망의 양식이기도 하다. 일상 속에서 대자대비
의 적극적 실천행위, 그런 행위 자체가 극락임을 보여주고 있는 시다.

찾아가보니 찾아온 곳 없네

돌아와 보니 돌아온 곳 없네

다시 떠나가 보니 떠나온 곳 없네

살아도 산 것이 없고

죽어도 죽은 것이 없네

해미가 깔린 새벽녘

태풍이 지나간 허허바다에

겨자씨 한 알 떠있네

서울 조계사에 모인 세월호 유가족들 앞에서 소리꾼 장사익이 곡
을 붙여 노래해 원혼들을 달래고 유가족들을 위로한 시 「허허바다」
전문이다. 처음부터 끝까지 불교적 세계관과 어법에 기댄, 천도재 자체
로 읊어도 좋을 시다.

사람이 여행하는 곳은 사람의 마음뿐이다

아직도 사람이 여행할 수 있는 곳은

사랑하는 사람의 마음의 오지뿐이다

그러니 사랑하는 이여 떠나라

떠나서 돌아오지 마라

설산의 창공을 나는 독수리들이

유유히 나의 심장을 쪼아 먹을 때까지

쪼아 먹힌 나의 심장이 먼지가 되어

바람에 흩날릴 때까지

돌아오지 마라

사람이 여행할 수 있는 곳은

사람의 마음의 설산뿐이다

2013년에 나온 11번째 시집 『여행』 표제작 전문으로 나오자마자 널리 낭송되고 있는 시다. 우리네 삶 가운데 이러저러한 여행의 비중이 점차 높아지면서 제목부터 대중 독자를 끌어들이고 있다. 권유형과 명령형의 단호한 어조가 여행에 초대하고 있으면서도 결국은 자신의 마음으로의 여행이 삶이라는 것을 쉽게 환기시키고 있는 시다.

삼라만상의 본체는 오직 마음뿐이라는 불교의 유심(唯心)을 여행에 실어 쉽고도 단호하게 전하고 있다. 이처럼 불교적 소재와 문법을 시를 위해 차용해 들이고 있으나 되레 우리네 일상의 삶과 사랑 속에서 불교적 요체를 쉽고 인상적으로 독자 대중들에게 널리 전하고 있는 시인이 정호승 시인이다.

최승호

도시문명에 맞선 날선 자의식 끝에 만난 불교

밤의 식료품 가게

케케묵은 먼지 속에

죽어서 하루 더 손때 묻고

터무니없이 하루 더 기다리는

북어들,

북어들의 일 개 분대가

나란히 꼬챙이에 꿰어져 있었다

(중략)

말라붙고 짜부라진 눈,

북어들의 빳빳한 지느러미.

막대기 같은 생각

빛나지 않는 막대기 같은 사람들이

가슴에 싱싱한 지느러미를 달고

헤엄쳐 갈 데 없는 사람들이

불쌍하다고 생각하는 순간,

느닷없이

북어들이 커다랗게 입을 벌리고

거봐, 너도 북어지 너도 북어지 너도 북어지

귀가 먹먹하도록 부르짖고 있었다.

　1977년 『현대시학』으로 등단한 최승호(1954~) 시인이 1983년 펴낸 첫 시집 『대설주의보』에 실린 시 「북어」 부분이다. 표제시에서 조용한 산간에 내린 대설을 "눈보라가 내리는 백색의 계엄령"이라 표현했듯 위 시도 군부독재에 짓눌린 시대를 아가리 쫙쫙 벌린 북어를 통해 부르짖고 있다.

　케케묵은 먼지 속 꼬챙이에 꿰인 북어와 시대와 문명에 짓눌린 인간을 한 쾌로 보며 도시와 문명을 비판하며 미명에 갇힌 인간, 자아의 본모습을 찾고 있는 시이기도 하다. 최 시인은 이렇게 도시와 문명을 비판하며 자아를 찾아가는 과정에서 불교와 만나게 된다.

아마 무너뜨릴 수 없는 고요가

공터를 지배하는 왕일 것이다

빈 듯하면서도 공터는

늘 무엇인가로 가득 차 있다

공터에 자는 바람, 붐비는 바람,

때때로 바람은

솜털로 싸인 풀씨들을 던져

공터에 꽃을 피운다

그들의 늙고 시듦에

공터는 말이 없다

(중략)

공터는 흔적을 지우고 있다

아마 흔적을 남기지 않는 고요가

공터를 지배하는 왕일 것이다.

공터를 소재로 삼아 불교의 핵심인 '공(空)'을 깨달아가고 있는 「공터」 부분이다. 꽉 찬 세속의 문명도시에서 텅 빈 고요의 공터를 바라보며 명상하는 것은 진아(眞我)를 찾는 것에 다름 아닐 것이다. 도시문명의 황폐화, 비인간성을 인상적으로 비판하며 날 세운 자아의식이 이렇게 불교와 접목되며, 또 그 자의식에의 집착마저 떨쳐내며 참진 세계로 들어서고 있다.

자루의 밑이 터지면서 쓰레기들이 흩어진다, 시원하다.

홀가분한 자루, 퀴퀴하게 쌓여서 썩던 것들이

묵은 것들이 저렇게 잡다하게 많았다니 믿기 어렵다.

위에도 큰 구멍, 밑에도 큰 구멍, 허공이 내 안에 있었구나.

껍데기를 던지면 바로 내가 큰 허공이지

1987년에 펴낸 세 번째 시집 『진흙소를 타고』에 실린 시 「세 번째 자루」 전문이다. 위 시 「공터」에서 공을 말했다면 이 시에서는 그 공에 이르는 방법을 말하고 있다. 불교에서 선시나 화두로 자주 보이는 '진흙소'란 실제 소냐 진흙으로 만든 허상이냐의 구분도 넘어서는, 생각이 있기 이전의 진여자성(眞如自性)의 절대경지를 깨우치기 위한 비유다.

위 시에서는 몸과 마음에 쌓인 것들을 버려야 그런 경지에 이를 수 있음을 배설행위를 통해 보여주고 있다. 똥만 가득 찬 육신은 물론 무엇에 집착하는 마음, 욕망도 버리라는 것이다. 그래야 큰 허공에 이를 수 있다는 것이다. 세속도시의 현대문명시대를 살아가면서도 인간의 정체성을 치열하게 탐구하는 시적 작업이 어떻게, 어떤 문법으로 불교와 만날 수밖에 없는가를 최승호 시인의 시편들은 잘 보여주고 있다.

이청화

구도과정에서의 깨달음과 실천의 서정화

타는 목마름에 커진
두 귀를 기울이고

출가는
먼 물소리 따라
물 찾아 가는 길.

손에 감아 쥔
금송아지 고삐를 놓아라

출가는 출가는

저기 저기 저 설산 너머의

눈부신 물 만나러 가는 길.

　　1977년 불교신문 신춘문예에 당선돼 시단에 나온 이청화(1944~)
시인의 시 「출가」 전문이다. 이 시인은 1962년 출가해 조계종 교육원
장과 참여연대 공동대표 등을 역임하며 상구보리 하화중생의 길을 걷
고 있는 승려다. 청평사 주지로 있을 때 시인 분들 몇과 함께 배 타고 소
양강 건너 이 시인을 뵙고 시와 불교에 대한 설법을 들었던 기억이 새
롭다.

　　위 시는 '출가'라는 일대 사건을 다루면서도 시인답게 운율 등 시의
덕목을 십분 살리면서 낭만적으로 시화하고 있다. 그러면서 설산 너머
의 눈부신 물로 부처님을 형상화하며 그 물소리를 따라가겠다는 구도
를 향한 갈애(渴愛), 출가의 의지도 제대로 드러내고 있다.

누가 때리거든

개처럼 맞지 말라

개는 맞으면 깨갱 비명을 지르고

꼬리를 내리고 도망하더라

이왕이면 종처럼 맞아라

세게 맞을수록

소리가 커지는 종

매를 맞는다고 해서

깨져버리는 유리그릇이 된다면
부러지는 나뭇가지가 된다면
내일의 태양은 어디서 뜬단 말이냐

독재의 암울하고 억울한 시대에 나온 시 「죄 없어도 때리는 이 있거든」 전반부다. 자신은 물론 삼라만상을 깨우는 쇠북 종을 치며 암울한 시대도 앞장 서 일깨우는, 이른바 민중시 계열로 볼 수 있는 시다. 이 시인은 이처럼 하화중생의 대승적 불교를 시와 행동을 통해 적극적으로 실천한 시인이기도 하다.

바람같이
끝내는 날아가 버릴
황금빛 날개의
새를 키워 무엇하리
파도는 오고 또 오는데
이 바닷가의 모래 위에
모래탑을 쌓아 무엇하리
가자, 가자
풀꽃 하나 흔들고 가는
그 한 가닥 바람같이

머물지 않고 구름처럼 물처럼 자재로 흐르는 운수납자의 불심이 서정화 된 시 「바람같이」 전문이다. 「출가」에서 "손에 감아 쥔/금 송아지 고삐"나 이 시에서 "황금빛 날개의/새" 등 허상 혹은 무상 등에

대한 불교적 비유가 시에 들어와 쉽게쉽게 서정화 되며 이 시인의 시편
들은 더 큰 울림을 준다. 시대와 사회의 부조리를 타개하면서도 이청화
시인은 이렇게 구도과정에서의 깨우침을 서정화 해가며 중생들에게
돌려주고 있다.

6부

1980년대 시의
백척간두에 찾아든
불성(佛性)과
선(禪)

"적설 20㎝가 덮은 운주사(雲舟寺),
뱃머리 하늘로 돌려놓고 얼어붙은 목선(木船) 한 척
내, 오늘 너를 깨부수러
오 함마 쇠뭉치 들고 왔다
해제, 해제다"

- 황지우 「산경(山經)을 덮으며」 부분

폭압적 상황에서
중생을 위한 지옥의 길을 걸은 시의 연대

　유신독재의 박정희 대통령이 부하의 총탄에 죽고 정권공백기에서 민주화 열기가 꽃 피는듯하던 1980년 서울의 봄은 잠깐, 춘래불사춘(春來不似春)이었다. 1980년 5.18광주민주화운동을 전두환 신군부가 도륙하고 정권을 잡으며 1980년대는 열렸다.

　"아우슈비츠 이후 서정시를 쓰는 것은 야만이다." 유대인 출신 독일 철학자 아도르노가 히틀러의 유대인 학살을 두고 살아남은 자의 슬픔과 최소한의 양심으로 한 말이다. 학생과 선량한 시민들이 무차별 총격과 총검으로 자신들의 군대에 무참히 학살당하는 것을 목격하고 어찌 서정시가 한 줄이라도 써질 수 있겠는가.

　그럼에도 우리 현대문학사는 1980년대를 시가 어느 연대보다 융성했던 시대로 기록하고 있다. 많은 시인들이 쏟아져 나왔고 그들이 쓴 시에 수많은 독자들이 호응했던 시의 연대가 1980년대였다.

1980년 7월 신군부정권에 의해 『창작과비평』, 『문학과지성』 등 주요 문예지들이 폐간되자 우후죽순처럼 창간된 부정기 간행물인 무크지와 시동인지들이 1980년대 시를 견인했다. 이념의 스펙트럼에 따라, 또는 지역별로 소규모로 모여 펴내며 잘못된 현실을 곧바로 증언하고 바로잡으려는 유격성이 강했던 것이 특징이다.

또 다른 한편에선 소위 '해체파'가 등장해 기존의 시 문법을 파괴하며 광주 참상을 부르고 못 막은 기성권위에 도전해나갔다. 기성의 틀이나 답습된 시대사조가 갑갑해 아방가르드는 어느 시대에나 튀어나오게 마련이지만 1980년대 해체파는 5월광주가 잉태했을 정도로 강한 정치성을 띠고 있다.

노동문학이 주체적으로 떠오른 것도 이 시대의 특징이다. 산업화가 급속히 진행되며 드러나기 시작한 사회의 제반 모순을 민족 주체적, 민중적 시각에서 형상화해나가자는 1970년대 민족, 민중문학에서 이제 노동자들이 직접 주체가 되는 노동문학이 떠오른 것이다.

이런 1980년대 시문학의 특징은 기존의 시에서 탈피해 형식이나 내용, 창작자 측면에서 시의 시성(詩性)을 확장시켰다. 그러면서 다각도로 시의 정치적, 사회적 응전력을 확산, 강화시키며 많은 독자들의 호응을 불러일으킬 수 있었다.

"부처님이 되려거든/중생을 여의지 마라/극락을 가려거든/지옥을 피치마라/성불(成佛)과 왕생(往生)의 길은/중생과 지옥". 일제 탄압 아래서 나온 한용운의 위 시 「성불과 왕생」처럼 폭압적 정치 사회 상황에서 시는 기꺼이 중생을 위한 지옥의 길을 걸어 1980년대를 시의 연대로 기록되게 한 것이다.

기성권위를 철저히 부정하고 해체해버리는 해체시는 시대적 아방가르드로 그 막다른 지점에서 살불살조(殺佛殺祖)의 선과 만나고 있음을 볼 수 있다. 노동과 자본, 지배와 피지배 등 피아를 나눠 투쟁하며 민주의 대동세계를 건설하려한 투쟁시는 불교를 만나 우주상생의 인드라망으로 나가며 더 깊어지고 있음도 볼 수 있다.

　　한편으론 우리네 일상적 삶이나 풍경에서 자연스레 불성을 깨닫고 환기시키는 시편들도 만날 수 있다. 평상심시도나 마음이 곧 부처라는 즉심시불(卽心是佛)이 시로 자연스레 드러나고 있는 것이다.

황지우

시적(詩的)인 것이 선적(禪的)인 전위적 시편

여기는 초토입니다

그 우에서 무얼 하겠습니까

파리는 파리 목숨입니다

이제 울음소리도 없습니다

파리 여러분!

이 향기 속의 살기에 유의하시압!

황지우(1952~) 시인이 1983년도에 펴낸 첫 시집 『새들도 세상을 뜨는구나』에 실린 시 「에프킬라를 뿌리며」 전문이다. 1980년 중앙일보 신춘문예를 통해 시단에 나온 황 시인은 1980년대 시의 제반 특성을 그대로 드러낸 대표적 시인으로 꼽힌다.

5.18광주민주화운동의 피해자이기도 한 황 시인은 학살로 열린 1980년대 억압적 현실을 파리나 모기 목숨보다 못한 '초토(焦土)'로 보고 있다. 해충을 박멸하는 에프킬라에 비유, 조롱하며 쓴 시이지만 국민 대중을 때려잡는 신군부 폭압임을 당대 상황에서는 누구든 쉽게 읽어낼 수 있었다.

그런 억압적, 환멸적 상황에서 무얼 할 수 있었겠는가. 탈출구는 기성권위의 해체. 광고문구, 기사, 예비군소집통지서 등을 그대로 시로 인용해 기성 시의 문법을 파괴하고 풍자와 야유와 욕설 등 불경스런 말이 난무해 독자들을 당혹케 하며 '형태 파괴'니 '해체'라는 말을 낳게 한 시인이다. 그런 해체시에 대해 황 시인은 '지배 이데올로기를 교란하는 언어의 난센스', '검열의 장벽을 넘는 수화(手話)의 문법' 등이라 밝힌바 있다.

이렇게 전위적으로 해체시를 쓰다 황 시인은 전위로서는 더 이상 나아갈 길이 막혔을 때 『임제록』을 읽고 정수리가 빠개지는 경험을 했다. 그러면서 시적인 것이 선적이라는 것을 깨달았다고 고백했다.

기실 부처를 만나면 부처를 죽이라는 선도 기성의 권위를 깨뜨리는 것이고 미소 지으며 연꽃을 들어 보인 부처의 미소도 언어의 장벽을 넘어서는 수화의 문법 아니겠는가. 이처럼 황 시인은 절체절명의 1980년대 상황에서 해체시로 자연스레 선에 이르며 이후 아방가르드와 선을 접목한 창작과 논의의 길을 튼 시인이다.

"언어의 결핍이되 역시 언어를 필요로 한다는 점에서 시와 선은 상당히 닮아 있는 게 아닌가 생각합니다. 차이가 있다면 선은 언어라는 사다리를 타고 올라가 깨달음을 얻으면 사다리를 걷어차 버리지만, 시는 도의 경지까지 가버리면 끝나버리죠. 시는 도의 경지까지 가면 안 되고 그 근처에서 어른거리다가 다시 내려오고 하는 경계상의 떨림이 시가 아닌가 생각합니다."

자신의 시세계를 독자들에게 설명한 「불교의 선(禪)에서 새로운 가능성을 발견하고」라는 산문에서 밝힌 말이다. 선이 불립문자를 으뜸으로 치지만 그걸 전하기 위한 화두선이 최소한의 언어에 의존하고 있듯 시도 언어를 최소한으로 결핍시킨, 말하지 않은 것의 여백에서 그 시성이 나온다는 것이다.

2
게 눈 속에 연꽃은 없었다
보광(普光)의 거품인 양
눈꼽 낀 눈으로
게가 뻐끔뻐끔 담배연기를 피워 올렸다
눈 속에 들어갈 수 없는 연꽃을
게는, 그러나, 볼 수 있었다

3
투구를 쓴 게가
바다로 가네
포크레인 같은 발로
걸어온 뻘밭
들고 나고 들고 나고
죽고 낳고 죽고 낳고
바다 한 가운데에는

바다가 없네

사다리를 타는 게,

게좌(座)에 앉네

선적인 깨달음을 많이 담고자 애썼다며 펴낸 시집 『게 눈 속의 연
꽃』 표제시 2, 3장이다. 파주 보광사 불당 벽에 그려져 있다는 게를 소
재로 뻘밭 같은 한계상황의 현실에서 선적인 깨달음에 이르고 있는 3
장으로 구성된 시다.

낮은 곳이나 높은 곳이나, 더러운 곳이나 깨끗한 곳이나 차별 없이
비추는 월인천강(月印千江)의 보광. 게는 그런 보광을 거품처럼 물고
있다. 내뿜는 담배연기로 그런 게와 시인은 하나가 돼가고 있다. 그러
나 2장에선 원만한 불성(佛性)으로서의 연꽃은 눈 속엔 들어있지 않고
바라만 볼 뿐이다.

3장에선 그런 게가 바다로 가고 있다. 지옥 같은, 실존의 한계상황
같은 뻘밭을 투구를 쓰고 죽을힘을 다해 기어가고 있다. 이르려는 바다
는 들고 남도 없고 나고 죽음도 없는 화엄의 바다다.

거기에 이르려 게는 투구나 사다리를 방편으로 사용 하나 이르러
서는 그런 방편의 사다리마저 치우고 게좌가 된다. 우주의 운항과 같이
하는 성좌(星座), 불성이 된다는 각성을 언어의 사다리를 통해 보여주
고 있는 시다.

|

적설 20cm가 덮은 운주사(雲舟寺),

뱃머리 하늘로 돌려놓고 얼어붙은 목선(木船) 한 척

내, 오늘 너를 깨부수러

오 함마 쇠뭉치 들고 왔다

해제, 해제다

(중략)

3

운주사 다녀오는 저녁

사람 발자국이 녹여놓은, 질척거리는

대인동 사창가로 간다

흔적을 지우려는 발이

더 큰 흔적을 남겨 놓을지라도

오늘 밤 진흙 이불을 덮고

진흙 덩이와 자고 싶다

넌 어디서 왔냐?

3장으로 된 「산경(山經)을 덮으며」 부분이다. 빚고 다듬다 만듯한 천불천탑이 있는 전남 화순 운주사. 누운 와불이 일어나면 구름 속으로 배를 띄워 화엄세상으로 간다는 그 절을 겨울에 다녀와 쓴 시다. 그런 절을, 배를, 약속을 깨부수고 해제하기 위해 쇠망치를 들고 운주사에 갔다 와 도심 사창가로 간다는 시다.

소재며 주제, 특히 "진흙 이불"이며 "진흙 덩이", "넌 어디서 왔냐?" 등 선문답이나 선시에서 많이 본 용어들에서 그대로 불교시로 읽히는 시다. 부처를 만나면 부처를 죽이며 참진 세계에 들려하고 있다. 잃어버린 소, 참마음을 찾아 떠났다 소를 찾아 돌아와 다시 저자거리로 나서는 십우도 줄거리도 떠오르게 하는 시다.

부처도 중생도 다 차별 없이 평등한 곳이 화엄세상이다. 똥방석에 앉아 참선만 하는 자세를 꾸짖고 중생과 지옥에서 부처와 극락을 찾는 대승적 자세로 1980년대 학살의 광주에서 화엄광주을 일궈낸 시인이 황지우 시인이다.

이성복

해체를 통해 이른 이언절려(離言絕慮)의 선적 시세계

우리는 어디에서 왔나 우리는 누구냐

우리의 하품하는 입은 세상보다 넓고

우리의 저주는 십자가보다 날카롭게 하늘을 찌른다

(중략)

농담과 환멸의 꺼지지 않는 불덩이를 폐차의 유리창 같은

우리의 입에 말하게 하라 우리가 누구이며 어디에서 왔는지를

1977년 『문학과지성』에 「정든 유곽에서」 등을 발표하며 시단
에 나온 이성복(1952~) 시인이 1980년 펴낸 첫 시집 『뒹구는 돌은 언
제 잠 깨는가』에 실린 시 「다시, 정든 유곽에서」 부분이다. 유곽(遊
廓), 창녀촌 같은 타락한 현실을 그대로 까발리며 우리는 누구이고 어

디서 왔는가를 묻고 있다. 선가의 '부모미생전 본래면목(父母未生前 本來面目)'이란 화두를 그대로 떠올리게도 하는 시다.

"아버지, 아버지······ 씹새끼, 너는 입이 열이라도 말 못해"(「그해 가을」 부분)라며 아버지로 대표되는 기성권위를 폐차의 유리창 같은 입으로 욕하고 농담하고 환멸하고 부숴버린다. 그래서 1980년대 시의 한 흐름이었던 '살부시(殺父詩)'란 조류까지 낳게 했다. 대학시절부터 시우(詩友)였던 황지우 시인과 함께 해체시를 열어나간 시인이면서도 이성복 시인은 욕하고 저주한 그 시대를 함께 아파한다.

"아무도 그날의 신음 소리를 듣지 못했다/모두 병들었는데 아무도 아프지 않았다"(「그날」 부분)에서처럼 병들어 신음하는 현실인데도 아파하지 않는 것을 더 아파했다. 유마거사의 법문처럼 "중생이 아프니 내가 아프다"는 것을 타락한 현실에서 절감한 것이다.

> 한 여자 돌 속에 묻혀 있었네
>
> 그 여자 사랑에 나도 돌 속에 들어갔네
>
> 어느 여름 비 많이 오고
>
> 그 여자 울면서 돌 속에서 떠나갔네
>
> 떠나가는 그 여자 해와 달이 끌어 주었네
>
> 남해 금산 푸른 하늘가에 나 혼자 있네
>
> 남해 금산 푸른 바닷물 속에 나 혼자 잠기네

1986년 펴낸 세 번째 시집 『남해금산』 표제작 전문이다. 1980년대 벽두부터 해체시의 전위에 섰던 이 시인이 한용운과 김소월 등의 한국 전통적 시와 동양사상을 공부하며 펴낸 시집이어서 많은 독자들이 애송하는 위 표제작처럼 사랑과 이별의 정한이 서정적으로 묻어나고 있다. 헤어질 수밖에 없는 사랑의 슬픔을 읊으면서도 돌과 여자와 시인이 한 몸이 되는, 슬픔 없는 화엄의 세계도 아득히 열고 있는 시다.

> 내 혼은 사북에서 졸고
> 몸은 황지에서 놀고 있으니
> 동면 서면 흩어진 들까마귀들아
> 숨겨둔 외발 가마에 내 혼 태워오너라
>
> 내 혼은 사북에서 잠자고
> 몸은 황지에서 물장구 치고 있으니
> 아우라지 강물의 피리 새끼들아
> 깻묵같이 흩어진 내 몸 건져오너라

2013년에 펴낸 일곱 번째 시집 『래여애반다라(來如哀反多羅)』에 실린 시 「정선」 전문이다. 불교의 무슨 경(經) 한 대목 같기도 한 시집 제목은 신라 향가 「풍요, 공덕가」의 한 구절 "오다, 서럽더라"로 풀이된 이두문자. 시인은 '래여애반다라'를 "이곳에 와서(來), 같아지려 하다가(如), 슬픔을 보고(哀), 맞서 대들다가(反), 많은 일을 겪고(多), 비단처럼 펼쳐지고야 마는 것(羅)"이라며 자신의 경험적 삶을 담으려했다. 그러면서 또 '만다라'와 '여래'와 '열반' 등을 합친 불교적 음향이 울리고 있는 말이라며 의미보단 음향으로 언어도단(言語道斷)의 세계에 이르려하고 있다.

시인이 특히 아끼는 위 시는 강원도 정선에 놀러 갔다가 말장난처럼 언어들이 들러붙어 나온 시라고 밝힌다. 이언절려(離言絶慮)라, 말을 떠나고 생각이 끊긴 자리에서 말들이 제 홀로 뛰놀고 있는 시, 이게 바로 선시(禪詩) 아니던가. 위 시에서 몸 따로 혼 따로 삼라만상 각자 따로 놀고 있으면서 또 서로서로 통하고 있지 않은가. 시인 특유의 가없이 서러운 서정적 음향에 만물이 조응(照應)하고 있지 않은가.

"생각해 보라／우리가 어떤 누구인지,／／어디서 헤어져서,／어쨌길래 다시 못 만나는지를". 표제 연작시 「래여애반다라 6」 마지막 부분에서처럼 시인은 우리는 누구인지를 시종 화두로 내걸어오고 있다. 어디서 온 어떤 누구들이기에 지금 헤어져 못 만나는 서러움으로 우리네 본성과 분별 없는 화엄세상을 가없이 환기시키고 있는 시인이 이성복 시인이다.

박노해

우주적 인드라망으로 나가는 순정한 혁명정신

전쟁 같은 밤일을 마치고 난

새벽 쓰린 가슴 위로

차거운 소주를 붓는다

아

이러다간 오래 못 가지

이러다간 끝내 못 가지

(중략)

어쩔 수 없는 이 절망의 벽을

기어코 깨뜨려 솟구칠

거치른 땀방울, 피눈물 속에

새근새근 숨 쉬며 자라는

우리들의 사랑

우리들의 분노

우리들의 희망과 단결을 위해

새벽 쓰린 가슴 위로

차거운 소줏잔을

돌리며 돌리며 붓는다

노동자의 햇새벽이

솟아오를 때까지

　　박노해(1957~) 시인이 1984년 펴낸 첫 시집 『노동의 새벽』 표제작 첫 연과 마지막 연이다. 시인의 얼굴 사진도 없이 '15세에 상경하여 현재 기능공'이란 약력만 간단히 소개한 『노동의 새벽』은 서슬 퍼런 신군부 5공정권의 금서(禁書)조치에도 불구하고 1백만 권 넘게 팔려나가며 1980년대를 시의 시대로 이끈 시집이다.

　　1983년 동인지 『시와경제』에 「시다의 꿈」 등을 발표하며 시단에 나온 박 시인은 노동자로서 노동의 실상과 좌절과 꿈을 현장에서 탁월하게 그려나갔다. 위 표제작에서도 첫 연에서는 노동자 개인적 서정이 비장하게 펼쳐지더니 끝 연에서는 그 비감들이 연대해 노동자의 햇새벽을 낙관적으로 전망하고 있다.

　　박 시인은 빼어난 시적 자질을 발판 삼아 기성문인들이 책상머리에서 머나라 굴리는 관념적 통박놀음인 소시민적 민중문학에 경종을 울렸다. 나아가 노동자가 주체가 되어 창작하는 노동문학을 본격문학의 장으로 들어오게 하며 문학주체논쟁까지 불러일으켰다. 얼굴 없는 시인으로 숨어 다니며 시를 발표하고 노동운동과 사회변혁운동을 이

끌던 박 시인은 1991년 이적표현물 제작 등 국보법 위반으로 체포돼 투옥됐다가 1998년 김대중 대통령의 특별사면으로 풀려났다.

찬 새벽
고요한 묵상의 시간
나직이 내 마음 살피니

나의 분노는 순수한가
나의 열정은 은은한가
나의 슬픔은 깨끗한가
나의 기쁨은 떳떳한가
오 나의 강함은 참된 강함인가

우주의 고른 숨
소스라쳐 이슬 털며
나팔꽃 피어나는 소리
어둠의 껍질 깨고 동터오는 소리

시인이 옥중에서 쓴 시 「나는 순수한가」 전문이다. 경주교도소 수감 중 저 너머 감은사에서 들려오는 새벽종소리를 들으며, 우주의 고른 숨소리를 들으며, 마음 닦으며 쓴 시다. 체포 당시의 포효하는 맹수 같았던 시인의 모습은 석방 때는 8년 용맹정진 끝에 토굴을 나서는 수도승 같았다. 감옥에서 1만 권의 책을 읽고 명상했다는 시인의 얼굴이 해맑았듯 이 시도 참 맑고 순수하다.

감옥에서 나온 박 시인은 전북 무주 대안학교 목사님, 남원 실상사 스님 등 전국의 현자를 찾아 어울려 잘 사는 사회를 위한 지혜를 구하려 다녔다. "21세기 진보란 개인의 자유가 이기적 개체로 소외되는 것이 아니라 공존의 바탕위에서 지구적인 '큰 개인' 으로 실현되는 것"이라며 지구촌 곳곳 소외받은 지역을 찾아다니며 인류 공동체를 향한 새로운 희망 찾기에 나서고 있다.

인다라의 하늘에는 구슬로 된 그물이 있는데 구슬 하나하나는 다른 구슬 모두를 비추고 있어 어떤 구슬 하나라도 소리를 내면 그물에 달린 다른 구슬 모두에 그 울림이 연달아 퍼진다 한다-화엄경

(중략)

지구 마을 저 편에서 그대가 울면 내가 웁니다

누군가 등불을 켜면 내 앞길도 환해집니다

내가 많이 갖고 쓰면 저리 굶주려 쓰러지고

나 하나 바로 살면 시든 희망이 살아납니다

『화엄경』 에 나오는 '인다라망'을 인용하며 대동세계, 화엄세계를 이루자는 메시지를 전하고 있는 시 「인다라의 구슬」 부분이다. 노동자, 피지배자들이 겪는 고통에서 벗어나자는 투쟁의 연대에서 이제 하나로 연결돼 있는 지구촌, 우주적 생명의 연대인 인드라망으로 나가고 있는 시인이 박노해 시인이다.

백무산

혁명의 막다른 길에서 만난 공(空)과 화엄의 대동세계

무슨 밥을 먹는가가 문제다
우리는 밥에 따라 나뉘었다
그 밥에 따라 양심이 나뉘고
윤리가 나뉘고 도덕이 나뉘고
또 민족이 서로 나뉘고
(중략)
그대들은 무슨 밥을 먹는가
게으른 역사의 바퀴를 서둘러
움직일 수 있는 사람은 오직
지상의 모든 노동자들이여
형제들이여!

백무산(1955~) 시인이 1988년에 펴낸 첫 시집 『만국의 노동자여』 표제작 부분이다. 1984년 무크지 『민중시』 1집에 「지옥선」을 발표하며 시단에 나온 백 시인은 현대중공업 노동자 출신이다. 두 번째 시집 『동트는 미포만의 새벽을 딛고』는 1988년 말부터 4개월여 벌인 울산 현대중공업 파업을 한 편의 장시로 엮어 노동계급의 투쟁을 올곧게 이끌었다는 평가를 받으며 백 시인을 박노해 시인과 함께 1980년대를 대표하는 노동자 시인으로 꼽히게 했다.

위 시에서도 먹는 밥에 따라 계급을 나누며 만국의 노동자계급이 단결해 자본계급을 몰아낼 것을 선동하고 있다. 광주학살로 열린 1980년대는 노동계급과 자본계급 등 사회 모든 세력을 피아로 나눠 대립각을 선명히 해 투쟁을 부추길 수밖에 없었다. 민중을 학살하는 절대 악을 물리치는 게 급선무였고 백 시인도 그런 시대적 상황에 복무했다.

누가 이런 길 내었나
가던 길 끊겼네
무슨 사태 일어나 가파른
벼랑에 목이 잘린 길 하나 걸렸네
(중략)
아, 나 이제 경계에 서려네
칼날 같은 경계에 서려네

나아가지도 못하나 머물지도 못하는 곳

아스라이 허공에 손을 뻗네

나 이제 모든 경계에 서려네

1996년 펴낸 시집 『인간의 시간』에 실린 시 「경계」 부분이다. 1990년대 들어 소련의 붕괴 등으로 현실의 사회주의가 몰락하고 또 김대중 대통령의 국민의 정부가 들어서며 민주와 반민주 세력 등 우리와 적을 구분하는 1980년대식 혁명의 길, 시간은 끊겼다.

이런 시대에 백 시인은 칼날 같은 경계에 서 아스라이 허공에 손을 뻗겠다한다. 백척간두에 서서 허공을 응시하겠다는 자세가 용맹정진하는 선과 같다. 실제 이때부터 백 시인의 시에는 불교적 시어와 사유가 곳곳에 드러난다.

이 쬐그만 풀씨는 어디서 왔나
무성하던 잎을 비우고
환하던 꽃을 비우고
마침내 자신의 몸 하나
마저 비워버리고
이것은 씨앗이 아니라
작은 구멍이다
이 텅 빈 구멍 하나에서
어느 날 빅뱅이 시작된다

씨앗을 텅 빈 구멍으로 보고 있는 시 「풀씨 하나」 부분이다. 1980년대 같았으면 씨앗을 새 생명, 새 세상의 희망, 혁명 등 낙관적으로만 보았을 것이다. 그러나 이 시에서 구멍은 그리 간단치만은 않다. 자신마저 비워버리고 얻은 구멍은 불교의 요체인 공(空)과도 같다.

우주창생을 낳은 빅뱅의 대폭발같이 사유의 코페르니쿠스적 전환을 통해 혁명과는 차원이 다른 세계에 이르고 있는 시다. 이렇게 1980년대 노동문학, 혁명시에도 화엄적 세계관이 배어들어 인간과 세상을 향한 본원적 혁명의 진정성과 보편성을 띠게 하고 있다.

공광규

일상 속에서 사실적으로 만나는 불교적 세계

오랜만에 아내를 안으려는데

'나 얼마만큼 사랑해'라고 묻습니다

마른 명태처럼 늙어가는 아내가

신혼 첫날처럼 얘기하는 것이 어처구니없어

나도 어처구니없게 그냥

'무량한 만큼'이라고 대답을 하였습니다

무량이라니!

그날 이후 뼈와 살로 지은 낡은 무량사 한 채

주방에서 요리하고

화장실에서 청소하고

거실에서 티비를 봅니다

내가 술 먹고 늦게 들어온 날은
목탁처럼 큰소리를 치다가도
아이들이 공부 잘하고 들어온 날은
맑은 풍경소리를 냅니다
나름대로 침대 위가 훈훈한 밤에는
대웅전 나무문살 꽃무늬단청 스치는
바람소리를 냅니다

1986년 『동서문학』을 통해 등단한 공광규(1960~) 시인의 시 「무량사 한 채」 전문이다. 등단 이후 공 시인은 『실천문학』 등에 항쟁과 노동현장시 등을 발표하고 진보적 문학단체 활동도 하고 있는 진보적 시인. 그러면서도 『불교문예』 주간을 맡았고 위 시와 같이 우리네 일상을 불교적으로 바라보고 사는 시세계를 펼치고 있다.

우리가 자주 쓰는 '무량(無量)'이란 말은 헤아릴 수 없이 많은 양과 시간을 뜻한다. 영원한 극락정토(極樂淨土)를 주재하는 아미타불이 무량수불(無量壽佛)이다. 위 시에서는 아내가 곧 그런 무량수불의 현현(顯現)임을 하찮은 일상에서도 깨닫게 하고 있다.

양수강이 봄물을 산으로 퍼올려
온 산이 파랗게 출렁일 때

강에서 올라온 물고기가
처마 끝에 매달려 참선을 시작했다

햇볕에 날아간 살과 뼈
눈과 비에 얇아진 몸

바람이 와서 마른 몸을 때릴 때
몸이 부서지는 맑은 쇠.

남한강과 북한강이 만나는 두물머리 산턱에 있는 수종사를 그리고
있는 시 「수종사 풍경」 전문이다. 그런 절 처마 끝에 매달린 작은 종
풍경(風磬)을 소재로 하고 있는 시다. 비울 대로 비운 마른 몸을 치며
내는 소리가 쇠까지 바스러뜨린다며 참선의 한 지경을 풍경을 통해 전
하고 있다.

고향에 돌아와 담장을 허물었다
기울어진 담을 무너뜨리고 삐걱거리는 대문을 떼어냈다
담장 없는 집이 되었다
눈이 시원해졌다
(중략)
공시가격 구백만원짜리 기울어가는 시골 흙집 담장을 허물고 나서
나는 큰 고을 영주가 되었다

담장을 허물고 대문을 떼어내니 자연과 우주와 일체가 된 듯한 한
소식의 실감을 전하고 있는 「담장을 허물다」 부분이다. 이런 일상 속
한 소식을 의뭉스럽지 않고 직설적으로, 사실적으로 전해 많은 공감을
얻고 있는 게 공광규 시인의 시세계 특장이다.

윤제 림

인지상정의 일상과 풍경이 드러내는 불심

청소 당번이 도망갔다.
걸레질 몇 번 하고 다 했다며
가방도 그냥 두고 가는 그를
아무도 붙잡지 못했다.

'괜히 왔다 간다.'
가래침을 뱉으며
유유히 교문을 빠져나가는데
담임선생도
아무 말을 못 했다.

1987년 『문예중앙』을 통해 등단한 윤제림(1959~) 시인의 시 「걸레스님」 전문이다. 계율에 얽매임 없는 파격적 행보로 승적까지 박탈당한 중광 스님의 자호(自號)가 걸레스님이고 말년 백담사에서 보내다 "괜히 왔다 간다"며 입적했다.

승속도 출세간과 세간도 분간 않는 걸레스님의 막힘없는 무애(無碍)를 불량학생의 행보로 해학적으로 드러내고 있는 시다. 이처럼 윤 시인의 시편들은 우리네 일상, 세간의 일들과 풍경을 인간적으로 출세간의 화엄세상 그것으로 바꾸어놓는다.

할머니를 심었다. 꼭꼭 밟아주었다. 청주 한 병을 다 부어주고 산을 내려왔다. 광탄면 용미리, 유명한 석불 근처다.

봄이면 할미꽃을 볼 수 있을 것이다.

2009년도 불교문예작품상 수상작인 「꽃을 심었다」 전문이다. 두 연으로 된 짧은 이 시는 평범한 일상을 그대로 전하면서도 생사 구분 없는 윤회를 아주 비범하면서도 자연스레 전하고 있다.

첫 연에서는 할머니를 묻는 장례를 속도감 있게 그대로 드러내고 있다. '묻는다' 대신 '심는다'는 시어 하나가 둘째 연으로 이어지며 "봄이면 할미꽃을 볼 수 있을 것"이라는, 짧지만 단단한 구성의 시가 시인의 불교적 세계관을 잘 드러내고 있다.

공양간 앞 나무백일홍과,
우산도 없이 심검당 섬돌을 내려서는

여남은 명의 비구니들과,

언제 끝날꼬 중창불사

기왓장들과,

거기 쓰인 희끗한 이름들과

석재들과 그 틈에 돋아나는

이끼들과,

삐죽삐죽 이마빡을 내미는

잡풀꽃들과,

목숨들과

목숨도 아닌 것들과.

나무 백일홍, 비구니, 기왓장, 이름, 이끼, 잡풀, 꽃들이 '과'라는 접속조사로 대등하게 연결되고 있는 시 「함께 젖다」 전문이다. 귀한 것이나 하찮은 것, 생물이나 무생물 등이 구분 없이 활물화(活物化) 돼 한 목숨으로 모두 함께 젖고 있다.

'함께 젖다'라는 제목이 시인의 화엄적 세계관을 그대로 구체화시키고 있는 시다. 이처럼 잘 짜인 시로 정 많은 우리 일상에서 화엄세상을 드러내고 있는 시인이 윤제림 시인이다.

반상합도(反常合道)라, 상식을 벗어난 지독한 패러독스나 아직 미숙해 의뭉스런 시만이 선시나 불교시로 보이는 것은 아니다. 평상심시도(平常心是道)라, 우리네 평범한 일상을 사실적으로 그리면서도 비상한 시선의 한 활구(活句)가 아연 선시의 진정한 반열에 오를 수 있음을 윤제림과 공광규 시인의 좋은 시편들은 보여주고 있다.

송찬호

반야에 이르려 용맹정진 하는 언어와 이미지와 상상력

장지의 사람들이 땅을 열고 그를 봉해 버린다 간단한

외과 수술처럼 여기 그가 잠들다

(중략)

오래 구르던 둥근 바퀴가 사각의 바퀴로 멈추어 서듯

죽음은 삶의 형식을 완성하는 것이다

미래를 예언하듯 그의 땅에 꽃을 던진다

미래는 죽었다 산 자들은 결코 미래에 도달할 수 없다

그러나 산다는 것은 얼마나 찬란한 한계인가

1987년 무크지 『우리 시대의 문학』 6집에 시를 발표하며 시단에
나온 송찬호(1959~) 시인이 1989년 펴낸 첫 시집 『흙은 사각형의 기

억을 갖고 있다』 표제시 일부다. '장지', '죽음', '산자들이 도달할 수 없는 미래' 등에서 1980년대 죽임의 시대적 징후가 드러나면서도 흙 등 원초적 물질의 상상력이 돋보이는 시다. 동서양의 상상력을 망라해가며 '존재의 현현과 구원'이라는, 시는 물론 철학과 종교 등 인문학의 심부를 꿰뚫고 있는 시인이 송 시인이다.

"말은 이 세계를 찾아온 낯선 이방인이다/말을 할 때마다 말은/이 세계를 더욱 낯설게 한다". 첫 시집에 실린 시 「달빛은 무엇이든 구부려 만든다」 마지막 부분이다.

원초적 이미지, 사물과의 합일된 교감을 드러내기에 말, 언어는 이방인과 같다. 말하는 순간 그 원초적 감각 혹은 느낌이나 깨침은 가뭇없이 날아가 버린다. 해서 송 시인은 이언절려의 찬란한 한계의 순간을 잡는 언어와 이미지와 표현에 심혈을 기울이며 선과 만나고 있다.

"대가리를 꼿꼿이 치켜든 독 오른 뱀 앞에/개구리 홀로 얼어붙은 듯이 가부좌를 틀고 있다/(중략)/에서 길이 끝나는구나 벼랑 끝에 서고 보니/길 없는 길은 세상이 더 가까워 보이는구나" (「문 앞에서」 부분)처럼 목숨 걸고 길 없는 길을 가며 본질 탐구에 용맹정진하고 있다.

멀리서 보니 그것은 금빛이었다

골짜기 아래 내려가 보니

조릿대 숲 사이에서

웬 금동 불상이

쭈그리고 앉아 똥을 누고 있었다

어느 절집에서 그냥 내다버린 것 같았다

금칠은 죄다 벗겨지고
코와 입은 깨져
그 괘변의 표정을 다 읽을 수는 없었다

다만, 한줄기 희미한 미소 같기도 하고 신음 같기도 한 표정의 그것이
반가사유보다 더 오래된 자세라는
생각이 잠깐 들기는 했다
가야할 길이 멀었다
골짜기를 벗어나 돌아보니 다시 그것은 금빛이었다

비교적 근래에 발표한 「금동반가사유상」 전문이다. 반가사유상(半跏思惟像)은 문자 그대로 반쯤 앉아 깊은 생각에 빠진 상. 절집에서 내다버린 그런 상을 있는 그대로 본 느낌을 그리며 시인은 생각을 버리고 있다.

우선 금빛이었다가 금칠은 죄다 벗겨졌다가 다시 금빛이라는 '이다, 아니다, 이다'라는 선가의 변증법적 문법 같은 시적 진행이 눈에 띤다. 다음 반가사유상의 그 사유, 생각보다는 표정이 더 오래된 자세라는 각성에서 지식 등에 물들지 않은 원초적 마음으로 존재의 본질에 다가가려는 시인의 자세가 잘 드러나고 있다. 이렇듯 존재의 본질을 탐구하는 자세나 언어가 반야의 지혜와 겹쳐지고 있는 시세계를 펼치고 있는 시인이 송찬호 시인이다.

장석남

시성이 곧 불성임을 활물론(活物論)적으로 보여주는 시

바람에 흔들리러 집 나온

들꽃들을 보겠네

봄 들판이 나를 불러 그것들을 보여주네 갑자기 저,

노을을 헤쳐가는 새들

의 숨소리가 가까이 들리네 숨가쁨이 삶이 아니라면

온 들판 저 노을이 새들을 끌고 내려와 덮인들

아름답겠나

봄은

참았던 말들 다 데려다 어디서 어디까지 웅얼대는 걸까

울컥

떠오르는 꽃 한 송이가 온
세상 흔드는 것 보겠네

오래 서 있으면 뿌리가 아프고
어둠은 어느새 내 뿌리 근처에 내려와 속닥거리고
내 발소리 어둠에 뒹굴다 별이
되면 거기
내 뿌리가 하얗게 글썽임에 젖고 있네
살아 있는 것이 글썽임이 아니라면 온
하늘 별로 채워진들
아름답겠나 그렇게 봄
들판은 나를 불러 봄 들판이게 하고

1987년 경향신문 신춘문예로 등단한 장석남(1965~) 시인이 1991
년 펴낸 첫 시집 『새떼들에게로의 망명』에 실린 시 「들판이 나를 불
러」 전문이다. 들도 살아있고 봄도 살아있고 말도 살아있고 꽃 한 송
이도 살아있다. 덩달아 시인도 살아 나무뿌리가 되고 별도 되고 봄 들
판도 된다. 활물론적 상상력에 의해 우주 삼라만상이 서로서로 젖어들
고 있다.

장 시인은 이렇게 시인과 사물과 하나가 된 말들을 잘 부리며 서정
주 시인으로 대표되는 우리네 전통서정을 꿋꿋하게 잇는 시인이다. '너
와 나의 외로운 마음이 만나는 순간의 시학'이 서정의 요체라면 그런
서정시학과 불교의 연기설과 대동의 화엄세계를 순하게 잇고 있는 시
인이다.

IMF 외환위기로 개봉하지는 못했지만 영화 '성철'에서 성철 스님의 타이틀 롤을 맡아 온몸과 혼으로 연기하며 불교에 몰입한 이래 시에서도 알게 모르게 불교에 빠져들고 있다고 시인은 말한다.

번짐,
목련꽃은 번져 사라지고
여름이 되고
너는 내게로
번져 어느덧 내가 되고
나는 다시 네게로 번진다
(중략)
번짐,
번져야 사랑이지
산기슭의 오두막 한 채 번져서
봄 나비 한 마리 날아온다

수묵화의 번짐 기법을 소재로 한 「수묵정원 9. 번짐」 부분이다. 화선지에 먹이 잘 번져 형태와 여백, 선과 면의 경계를 없애듯 서로 잘 번져 경계 없이, 차등 없이 사랑이 충만한 화엄세상을 그리고 있다. 언뜻 사랑시로 읽혀도 좋을 시이면서도 만물이 생장 순환하는 이치도 순하게 전하고 있다.

새로 짓는 집에
지고 다니던 문을 내려놓다

경첩을 달고 문을 맨다
수평자를 대고 문을 고친다

안팎으로 문은
사람과 사물을 가리지 않고
달과 바람을 가리지 않고
식욕과 성욕을, 짐승과 꽃을 가리지 않고
어둠과 빛을
놀람 없이 들이고 보낸다

가끔 문을 잠그고
적적한 어둠속에서
아이를 만든다

2018년에 펴낸 여덟 번째 시집 『꽃 밟을 일을 근심하다』에 실린 시 「문을 내려놓다」 전문이다. 시집을 받고 읽어나가다 2부 '한 소식' 에 실린 이 시에 이르러 나도 몰래 탄성이 터져 나왔다. 물활론적 세계 를 열어가던 언어가 이제 그런 언어의식도 없이 우주창생의 태초의 말 로 돌아가 한 소식하고 있다고.

모든 경계를 넘어 서로서로를 들이고 내보내며 세상을 낳는 위 시 의 언어와 문법을 보시라. 이리보아도 저리보아도 무량한 불법의 그 오 묘한 세계를 그대로 품고 있는 시 아닌가. 이게 시성(詩性)이고 불성(佛 性)임을 서정적으로 여실히 보여주고 있는 시인이 장석남 시인이다.

7부

밀레니엄 격변기
인간과 시의
항심(恒心)을
잡아주는 불교

"그대가 피어 그대 몸속으로
꽃별 한 마리 날아든 것인데
왜 내가 이다지도 아득한지
왜 내 몸이 이리도 뜨거운지"

- 김선우 「내 몸속에 잠든 이 누구신가」 부분

사이버 신유목시대 정처와 정체성을 위한 시심 불심

1990년대와 2000년대는 세기말과 한 천년이 새 천년으로 접어드는 소위 밀레니엄의 혼돈과 격변의 시대였다. 소비에트공화국이 해체되고 동유럽 공산권 국가들이 잇달아 민주화되면서 1990년대 들어 한때 아연하기는 했으나 우리 문학은 김대중 정권이 들어서기 이전까지 진보적인 참여, 저항문학이 주류를 이뤘었다.

당시의 문학은 아이러니컬하게도 신군부독재 전두환 정권의 표어와 같이 '정의사회 구현'이란 목적 하에 양심에 흔들림이 없었다. 그러나 1998년 김대중 대통령의 국민의 정부가 들어서 민주화 결실을 거두고 나서부터 문학은 혼란에 빠져들었다. 현실적 사회주의 국가의 몰락과 함께 역 시너지효과를 내며 참여, 저항문학의 견실한 이념이 썰물처럼 빠져나갔다.

1997년에 불어 닥친 IMF 외환위기는 수없이 많은 실업자를 거리로 내모는 경제구조조정을 거쳐 우리 사회를 후기자본주의 사회에 편입시켰다. 거기에 인터넷 공간의 생활화로 글로벌 사이버 신유목시대로 대책 없이 접어들며 정체성의 혼란을 가중시켰다.

이런 혼란과 격동의 시대를 우리 시는 다양하게 반영, 대처해나갔다. 리얼리즘 시, 소위 민중시는 이념 대신 삶의 디테일한 세목을 서정적으로 펼쳐나가며 민중서정시 세계로 완연하게 들어섰다. 자연에서 서정을 구하는 시들은 우주적 질서, 코스모스로서의 자연관이 아니라 정체성을 잃고 해체돼가는 내면을 비추는 파토스로서의 자연이 됐다.

특히 2000년대 접어들면서 사이버 신유목 시대의 신세대 시인들에겐 자아를 타자(他者)가 대신한 가상현실과 환상성이 대거 드러나며 새로운 흐름을 이루게 된다. '미래파'로 불리기도 한 이들 신세대 시들엔 괴기성, 잔혹성, 비속성, 불온성, 서술성이 장황하게 드러난다. 또 독서체험이나 감상체험 등 대중문화장르의 혼종적 상상력이 주를 이루고 있어 '시는 과연 무엇인가'를 다시 묻게까지 하고 있다.

이런 와중에 문학평론가이자 시인인 최동호는 1990년대 세속성, 주관성, 정체성, 해체성 등 시의 난제를 극복하기 위해 정신주의 시 운동을 제창하고 나섰다. 우리의 전통 정신, 특히 불교의 선을 접목해 시의 고갱이인 정신을 불어넣자는 것이다.

2010년대로 접어들며 최 시인은 그런 정신주의 일환으로 극도로 정제된 서정시인 극서정시를 제창한바 있다. "간결하고 경쾌하며 독자들이 함께 공감할 수 있는 시들이 활성화되도록 하는 것이 앞으로 시인과 비평가가 해야 할 시대적 책무"라며.

새 천년이 시작되던 2001년 봄 『유심』의 시전문지로서의 복간도

2000년대 시사에서는 빼놓을 수 없다. 만해 한용운이 1918년 9월 창간해 3호까지 냈던 『유심』을 2018년 5월 입적한 오현대종사가 복간해 경향과 파벌 가리지 않고 시인들은 지금 이곳 오늘의 시에 불교를 접목하는 시심을 일굴 수 있었다.

    면벽한 자세만
    철로 남기고
    그는 어디 가고 없다

    어떤 것은 자세만으로도
    생각이므로
    그는 그 안에 있어도 없어도 그만이겠다

    한 자세로
    녹이 슬었으므로
    천 갈래 만 갈래로 흘러내린 생각이
    이제, 어디 가닿는 데가 없어도
    반짝이겠다

2014년도 문화일보 신춘문예 당선시인 최찬상 시인의 「반가사유상」 전문이다. 신춘문예 당선시 대부분이 30행 넘나드는 긴 시인데 반해 이리 짧아 울림이 더 크다. "천 갈래 만 갈래로 흘러내린 생각"을 선적(禪的)으로 후려치며 끝 간 데 없이 도저한 생각, 정신의 깊이를 반짝, 잡아내고 있다.

이처럼 격변과 혼돈의 시대 불교는 시의 항심을 다시 세우게 하면서 인간의 정체성, 그 끝 간 데 없는 정신과 혼을 지켜내고 있음이 1990년대 등단한 주요 시인들의 시편들에 드러난다. 아울러 격변의 시대를 직관하면서 각자에게 내재된 대자대비한 불성에 기초해 이 신유목시대 전 지구적, 우주적 시정신으로 서로서로 도움이 되는 불교적 인드라망, 그 화엄세상을 내세우고 있음도 볼 수 있다.

이홍섭

성(聖)과 속(俗) 사이에서 우러나는 간절한 서정

나는 이제 갈 데 없는 사내가 되었다

몸으로 밀고 간 산골짜기 끝에는 모난 돌이 하나
마음으로 밀고 간 언덕 너머에는 뭉게구름이 한 점

노래와 향기가 흐른다는 건달바성은 멀고

내 손바닥 위에는
구르는 돌멩이 하나와
흩어지는 뭉게구름이 한 점

내가 부른 노래는 구름과 함께 흘러가버렸고
내가 맡은 향기는 당신이 떠나면서 져버렸다

나는 이제 정녕 갈 데 없는 사내가 되었으니
참으로 건달이나 되어야겠다
참으로 건달이나 되어야겠다

1990년 『현대시세계』를 통해 등단한 이홍섭(1965~) 시인의 시 「갈 데 없는 사내가 되어」 전문이다. 갈 데 없는 사내가 이제 "참으로 건달이나 되어야겠다"고 다짐하고 있는 시다.

대학 재학 중 등단한 이 시인은 기자가 되어 취재하며 속세 곳곳을 들여다봤다. 그러다 산중 절간에서 불목하니로 10여년 보내다 하산했다고 밝히고 있다.

불교용어에서 온 '건달'은 원래 수미산 남쪽 금강굴에 살면서 제석천의 음악을 맡아보는 '건달파' 신이었다. 산중에서 시인도 불법과 함께 신들과 중생들의 심금을 울리는 노래, 시의 도를 트려했을 것. 그러다 하산해 속세에서 이제 '참으로' 건달이 되겠다한다.

이 시인은 "건달은 신기루를 먹으며 그 어디에도 매이지 않는다"며 "시의 궁극은 자유를 얻는 것인데, 이 자본주의 사회에서 최소한의 자유를 얻고, 누리기 위해서는 건달처럼 살아야 한다"고 밝힌 바 있다. 그러면서 "불교 경전에 '초발심시변정각(初發心是便正覺)'이라는 말이 있다"며 "순수했던 그 초발심이 곧 정각이기 때문에, 수행이란 그 초발심을 끝까지 유지하는 행위이고 시도 여기에서 멀지 않다"고 자신의 시관을 털어놓기도 했다.

토굴에서 수행이든, 속세에서 시 쓰기든 정각인 초발심을 지키는 것에서는 같다는 것이다. 그래서 이 시인의 시편들은 순수하다. 성과 속 사이에서 우러난 간절한 서정이 심금을 울린다. 선(禪)처럼 이 시인은 "서정은 대상을 단박에 꿰뚫을 수 있는 능력"이라 하기에.

젊은 수좌들은 한 소식 하기 위해 선방으로 들어가고
노보살은 정성스레 무청을 다듬어 요사채 처마에 매단다

첫눈은 그제서야 돌부처의 눈썹을 스친다

산중 절간에 살면서 목도한 것을 서정적으로 묘사한 「겨울안거」 전문이다. 아무것에도 물들지 않고 때타지 않은 이 정경(情景)이 바로 첫 마음, 초발심 아닐 것인가. 선방에서의 한 소식과 이 맑은 서정시편의 한 소식이 무에 다를 게 있겠는가.

이 시인은 "경험상, 화두를 타파하기 위해 정진하는 모습은 시의 장르성을 타파하기 위해 절치부심하는 모습과 참으로 닮았다. 따뜻한 기운이 지속되어야 하고, 마음과 눈이 움직이지 않아야 하며, 무엇보다 간절해야 한다. 그래야 터진다"며 시인과 선객을 같이 보고 있다.

한여름인데
흥건하게 땀에 젖는데
갑자기
자선냄비가 보고싶다

종을 흔들며

깊은 산속

절간 처마 끝에 매달린

풍경처럼

맑게, 아주 맑게 머리를 박으며

찌그러진 냄비 속에

가진 것

다 털어 넣으며

죄 없이, 죄도 없이

한여름 산중 절간에서 풍경소리를 들으며 연말 한겨울 혼잡한 도심 구세군 자선냄비 종소리를 떠올리고 있는 시 「자선냄비」 전문이다. 흥건히 땀에 젖는 무더위 속이라 구세군 종소리 나는 한겨울이 자연스레 떠올랐을 것이다.

초발심을 지키려는 시인에게 종교며 성속에 무슨 구분이 있겠는가. 머리도 비우고 마음도 비우고 가진 것도 비우며 기독교의 원죄 같은 것도 털어버리라고 풍경소리, 자선냄비 종소리는 울리고 있지 않은가.

멀리 와서 바다를 본다

아팠구나

저리도 많은 손 갈퀴가 몰려와
모래를 긁어대는 것은
아직도 못다 한 얘기가 남아있기 때문

얘기를 안 하면 귀신도 모른다 했는데
귀신의 입과 귀도 막아버리고
검은 파도가 친다

내려놓자

내 것이 아니어서
슬펐던 것들

산도, 별도
골짜기를 떠돌던 반딧불도
반딧불 같았던 여인도
내려놓는다

미안하다

멀리 와서
비로소 바다에 닿았구나

휴전선 인근 동쪽 바다 끝 무렵에 있는 아야진 바닷가에서 쓴 시

「아야진」 전문이다. 해변 나루 이름 '아야진'의 음상(音像)처럼 참 아픈 시다. 연과 연을 나눈 여백에 말로 다 못한 이별의 아픔이 머뭇머뭇 배어있어 더 아픈 시다. 불가에서는 내려놓아라, 버려라 하는데 속세에서는 이런 저런 인연으로 끝끝내 버리지 못할 것들을 내려놓아야 하는 마음 얼마나 아프고 쓰리겠는가.

그런데도 시인은 "미안하다"며 연민을 드러내고 있다. 그런 도저한 연민, 간절한 마음으로 선과 서정을 이으며 귀신도 감읍할 시를 쓰고 있는 시인이 이홍섭 시인이다.

박형준

일상의 산보, 만행(萬行)으로 가닿은 불교의 요체

가구란 그런 것이 아니지

서랍을 열 때마다 몹쓸 기억이나 좋았던 시절들이

하얀 벌레가 기어 나오는 오래된 책처럼 펼칠 때마다

항상 떠올라야 하거든

나는 여러 번 이사를 갔었지만

그때마다 장롱에 생채기가 새로 하나씩은 앉아 있는 것을 보았다.

그 집의 기억을 그 생채기가 끌고 왔던 것이다.

새로 산 가구는

사랑하는 사람의 눈빛이 달라졌다는 것만 봐도

금방 초라해지는 여자처럼 사람의 손길에 민감하게 반응하지만

먼지 가득 뒤집어쓴 다리 부러진 가구가

고물이 된 금성라디오를 잘못 틀었다가
우연히 맑은 소리를 만났을 때만큼이나
상심한 가슴을 덥힐 때가 있는 법이다.
가구란 추억의 힘이기 때문이다.
세월에 닦여 그 집에 길들기 때문이다.
전통이란 것도 그런 맥락에서 이해할 것……

박형준(1966~) 시인의 1991년 한국일보 신춘문예 당선작 「가구
(家具)의 힘」 부분이다. 위 시에 잘 드러나듯 밀레니엄 혼란기 기존의
것들을 묵살하고 새롭고 신기한 것만 좇는 신세대 시인들 사이에서 원
체험과 추억과 전통을 새로운 시법으로 풀어내 믿음을 주고 있는 시인
이 박 시인이다.

나는 천변에서 밤산보를 하고 있었다
낮에는 흩어졌던 오리들이
물가에 서로 모여 깃털을 붙이고 잠을 자고 있었다

앞에서 전동 휠체어를 타고 가는 중년 사내가
전기 대신 손으로 바퀴를 움직이며 지나가고 있었다
사내는 잠깐잠깐 휠체어를 멈추고선
천변의 꽃 쪽으로 허리를 숙이곤 하였다

코가 닿을 정도로 가까이
꽃들에게 얼굴을 내밀고선

꽃들이 잘 자는지 숨 냄새를 살피고 있었다
사내는 자전거도로가 끝날 때까지 그렇게 나아갈 것 같았다

나도 옆을 바라보며 느리게 걷는
밤산보길이었다
사내의 뒤에 한 걸음 떨어져서
밤오리처럼 가까워져서 옆에서 나는 밤길 냄새를 맡고 있었다
 -「느리게 걷는 밤산보길」 전문

　박 시인에게 "언제 시가 나오느냐" 물었더니 "걸으면서 시가 나온다"고 했다. 젊은 날 서울 변두리를 전전하며 산 시인은 그 변두리를 걸으며 주변의 가난하고 짠한 풍경에 자신의 어린 시절 농촌의 원체험에서 우러난 것들을 보탰다. 춥고 외로운 오리들이 서로 체온을 나누려 붙어 자는 정경(情景)처럼.
　박 시인에게 이러한 산보와 시 쓰기는 서로의 연민으로 뭇 중생들, 우주만물과 몸을 섞는 불가의 만행과도 같다. 코를 들이대고 꽃들의 숨 냄새를 맡는 휠체어 탄 병든 사내와 물가에 모여 깃을 붙이고 자는 밤오리와 시인과 밤길은 연민으로 한 마음, 한 몸이 돼가고 있지 않은가.

학생 식당 창가에 앉아
늦은 점심을 먹습니다
손대지 않은 광채가
남아 있습니다
꽃 속에 부리를 파묻고 있는 새처럼

눈을 감고

아직 이 세상에 오지 않은

말 속에 손을 집어넣어봅니다

사물은 어느새

광대뼈가 툭 튀어나온 어머니

나를 감싸고 있는 애인

오래 신어 윤기 나는 신발

느지막이 혼자서 먹는

밥상이 됩니다

죽은 자와도,

아직 태어나지 않은 자와도

만나는 시간

이마에 언어의 꽃가루가 묻은 채

나무 꼭대기 저편으로

해가 지고 있습니다

-「서시(序詩)」 전문

식당에서 점심을 먹는 일상에서 아연 아득히 시공을 초월해 삼라
만상과 하나가 되고 있는 시다. "아직 이 세상에 오지 않은" 말로 저 편
으로 해가 지는 풍경을 드러내고 있는 시다. 말이 끊기고 생각이 끊긴
이언절려의 순간, 해탈한 이미지들이 그리는 우리 본디의 내면 풍경으
로 볼 수 있는 시다.

시공을 뛰어넘은 이미지들이 "죽은 자와" "아직 태어나지 않은 자"
를 만나게 하고 시인도 만나게 하고 있다. 아직 이 세상에 오지 않은 말

이 적광보전(寂光寶殿) 부처님의 "손대지 않은 광채"를 더욱 은은하게
떠올리게도 하는 시다.

　　　공중(空中)이란 말
　　　참 좋지요
　　　중심이 비어서
　　　새들이
　　　꽉 찬
　　　저곳

　　　그대와
　　　그 안에서
　　　방을 들이고
　　　아이를 낳고
　　　냄새를 피웠으면

　　　공중이라는
　　　말

　　　뼛속이 비어서
　　　하늘 끝까지
　　　날아가는
　　　새떼
　　　-「저곳」 전문

'공중'이란 말을 태어나기 이전으로 환원시켜보고 있는 시다. '공중'을 화두로 삼은 이 짧은 시편을 보았을 때 필자는 시로서도, 세속의 욕망으로서도 이렇게 해탈할 수 있구나하고 감탄했었다.

공즉시색이란 불교 요체의 고단위 관념을 그 처음 말로 돌아가 참 구체적으로, 감동적으로 풀어내고 있지 않은가. 공중이 비었기에 새들은 꽉 차서 날 수 있다. 그런 공중에 시인은 신혼 방 차리고 애 낳고 살고 싶다는 욕망을 슬쩍 넣어본다.

그러나, 아서라. 뼛속까지 텅텅 비워야 날 수 있는 데가 공중인 것을. 그래 시인도 공중을 '이곳'이라 하지 않고 '저곳'이라 하지 않는가. 이렇듯 불교에 대한 표 나는 의식 없이도 혼돈의 시대, 시의 중심을 잡아가며 자연스레 불교의 요체에 닿고 있는 시인이 박형준 시인이다.

문태준

말과 침묵 사이 숨골 같은 시어에 맺힌 화엄세상

오늘은 어쩌자고 숨골 생각뿐이네

갈탄을 쌓아놓고 갈탄에 숨을 넣는 노인을 보았네
갈탄더미에 꼬막만한 숨골을 내려고
꼬막만한 숨을
푸후, 푸후,
불어 넣는 노인을 보았네
참게처럼 엎드려
참게처럼 엎드려
연기에 주름눈을 씻으며
사이를 두고
목주름이 출렁이는 것을 보았네

늙은 칠면조의 목주름처럼 헐렁했지

숨골, 그걸 얻기가 어려워
잎이 어긋나는 것도 숨골이지

마른 갈대 사이에 선 추레한 바람 같은 것
당신과 나 사이에 있는 말의 아가미 같은 것
건널 다리 같은 것
가을이 오는 것
지느러미처럼 움직이는 것
겨우 알벌만하고 예쁘기는 감꽃만한 것

주름눈을 질끈 감고
칠순(七旬)에도
숨골, 그걸 얻기가 어렵지

1994년 『문예중앙』을 통해 등단한 문태준(1970~) 시인의 시
「숨골 생각」 전문이다. 제목에도 드러나듯 '숨골', 생명의 원천이 되
는 숨구멍에 대해 실생활에서 묘사하고 또 명상하고 있는 시다. 문 시
인 시의 특장은 자연이나 삶의 묘사가 어느새 시인 내면으로 들어와 은
밀히 교류하며 서로 같이 꿈꾸고 명상하는데 있다.

위 시 또한 그 좋은 본보기다. 어긋나든 맞든, 추레하든 예쁘든 '사
이'가 삶을, 세상을 아기자기하게 살맛나게 살아가게 하는 '숨골'이란
각성을 쉽고 정감 있게 적확한 이미지를 조밀조밀 운용하며 드러내고

있지 않은가. 젊은 시인이면서도 칠순 노인의 삶의 깊이를 통해, 또 젊은 시인답게 젊고 싱싱한 이미지들로.

　　어느 날 어머니는 찬 염주를 돌리며 하염없이 앉아만 계시는 것이었습니다.
　　어머니는 머리를 숙이고 해진 옷을 깁고 계시는 것만 같았습니다. 꽃, 우레, 풀벌레, 눈보라를 불러 모아서. 죽은 할머니, 아픈 나, 멀리 사는 외숙을 불러 모아서. 조용히 작은 천 조각들을 잇대시는 것이었습니다. 무서운 어둠, 계곡 안개, 타는 불, 높은 별을 불러 모아서. 나를 잠재울 적에 그러했듯이 어머니의 가슴께서 가늘고 기다란 노래가 흘러나오는 것이었습니다. 사슴벌레, 작은 새, 여덟 살의 아이와 구순의 할머니, 마른 풀, 양떼와 초원, 사나운 이빨을 가진 짐승들이 모두 다 알아 온 가장 단순한 노래를 읊조리시는 것이었습니다. 어머니가 부르는 노래는 찬 염주 속에 갇혀 어머니가 불러 모은 것들을 차례로 돌고 돌다 명명(明明)한 겨울 하늘로 올라가는 것이었습니다.

　어릴 적 어머니를 회상하고 있는 시 「어머니는 찬 염주를 돌리며」 전문이다. 시인은 물론 뭇 생령들을 불러 모아 편안히 잠재우는 어머니의 모습이 중생들의 아픔을 보고 듣고 구제해주는 관음보살과도 같다.
　실제 독실한 불자였던 어머니를 회상하는 글에서 시인은 "표정은 부드럽고 온화하며, 눈빛은 자비로우시다"고 했다. 누구에게나 다 그럴 어머니를 통해 관세음 세상을 보고 있는 시다. 그런 어머니와 함께 절에 다니며 불법을 궁구했던 문 시인은 대학 졸업 후 불교방송국에 입사, 부처님과 불법과 승가에 귀의해 시를 쓰고 있다.

"한 편의 시를 통해 '변화한다는 사실을 잊지 마세요.', '우리는 유기적으로 연결되어 있어서 서로가 서로에게 기대고 의지하고 있다는 사실을 잊지 마세요'와 같은 말을 가만가만한 시의 음성으로 들려줄 수 있다면 얼마나 좋겠는가. 그러나 이와 같은 말도 큰 침묵보다 못하며 상(相)에 지나지 않으니 번거롭고 허황되긴 마찬가지 일 것"이라며 말과 침묵 사이의 말의 아가미, 언어의 숨골 같은 시로 서로서로 기대어 사는 우주 인드라망, 화엄세상을 가만가만 보여주고 있다.

　어물전 개조개 한 마리가 움막 같은 몸 바깥으로 맨발을 내밀어 보이고 있다

　죽은 부처가 슬피 우는 제자를 위해 관 밖으로 잠깐 발을 내밀어 보이듯이 맨발을 내밀어 보이고 있다

　펄과 물속에 오래 담겨 있어 부르튼 맨발

　내가 조문하듯 그 맨발을 건드리자 개조개는

　최초의 궁리인 듯 가장 오래하는 궁리인 듯 천천히 발을 거두어갔다

　저 속도로 시간도 길도 흘러왔을 것이다

　누군가를 만나러 가고 또 헤어져서는 저렇게 천천히 돌아왔을 것이다

　늘 맨발이었을 것이다

　사랑을 잃고서는 새가 부리를 가슴에 묻고 밤을 견디듯이 맨발을 가슴에 묻고 슬픔을 견디었으리라

　아- 하고 집이 울 때

　부르튼 맨발로 양식을 탁발하러 거리로 나왔을 것이다

315

맨발로 하루 종일 길거리에 나섰다가
가난의 냄새가 벌벌벌벌 풍기는 움막 같은 집으로 돌아오면
아- 하고 울던 것들이 배를 채워
저렇게 감감하게 울음도 멎었으리라

어물전 개조개가 움막 같은 껍데기 밖으로 내미는 맨살을 보고 개펄 같은 이 세상 맨발로 살아가는 삶에 대해 궁리하고 있는 시 「맨발」 전문이다. 열반에 든 부처님은 그를 슬퍼하는 가섭에게 관 밖으로 발을 내밀어보였다. 그 발에는 천개의 바퀴살과 그것들을 한 개로 묶는 바퀴 축이 새겨져 있었다. 각기 다른 우리네 쓰린 삶도, 삶과 죽음도 한 축임을 보여준 것이다.

부처님의 그런 일화에 기대어 위 시도 우리네 궁핍한 삶을 위무하고 있다. 사랑하는 이와 헤어져 부르튼 맨발로 돌아오는 이, 강아지 같은 자식들을 위해 개펄 같은 세상에서 살아내야 하는 우리네 아픈 삶을 부처님의 그 대자대비한 마음으로 보듬고 깨쳐주고 있다.

절마당에 모란이 화사히 피어나고 있었다
누가 저 꽃의 문을 열고 있나

꽃이 꽃잎을 여는 것은 묵언

피어나는 꽃잎에 아침나절 내내 비가 들이치고 있었다
말하려는 순간 혀를 끊는
비

깊고도 혜량 없는 불법의 세계를 말로는 다 전할 수 없어 제자들에게 빙그레 웃으며 꽃 한 송이 들어 보였다는 부처님의 염화시중의 미소를 떠올리게도 하는 시 「묵언(默言)」 전문이다. 말하면 깨달음의 세계가 무너질까 묵언정진하는 선승의 자세를 시 쓰기로 보여주고 있는 시로도 읽힌다. 이렇듯 언어와 침묵 사이 숨골 같은 시로써 불법의 오묘한 세계를 꽃피우고 있는 시인이 문태준 시인이다.

김선우

우주만물과 어우러지는 에코페미니즘

누군가 갉아 먹었다

기름한 타원 모양

구멍 난 이파리

신기해 눈 가까이 대보는데

그 틈새로 빗방울이 툭, 떨어졌다

눈물 같다

누군가에게 자기를 덜어 먹인

기름한 눈동자

깜빡였다

깜-빡-, 이런 순간 있어 허공이 생기나 보다

허공이 있어 천지에

시력(視力)이 생기나 보다

저무는 서편 하늘

길게 눈 감은 먹구름

따던 깻잎 서둘러 마저 딴다

　　1996년 『창작과비평』을 통해 등단한 김선우(1970~) 시인의 시
「허공의 내력」 전문이다. 제목처럼 깻잎 구멍을 들여다보며 허공의
내력을 떠올리고 있는 시다. 그 내력 첫 번째로 벌레인가 누군가에 자
신의 몸을 덜어 먹였다는 헌신적 모성성의 상상이 돋보인다.

　　일상의 행위, 깻잎 따는 노동을 밋밋하게 보여 주면서 시인과 세계
를 한순간 구체적으로 엮어, 천지간에 이어진 우리네 삶의 생생함을 들
려주는 노동하는 몸으로서의 생산적 상상력이 김 시인 시세계의 특장
이다.

　　위 시는 깻잎의 구멍, 구멍 속으로 보이는 허공을 빌어 시의 핵인
서정, 서정의 요체인 동일성과 순간성의 시학을 잘 드러내고 있다. 그
러면서 서정이 곧 우주 삼라만상에 미만한 그리움이며 연민의 인드라
망임을 보여주고 있다.

　　'구멍'이나 '틈새'는 너와 내가 만나는 동일성의 공간의 구체적 이미
지고, '깜-빡-'은 순간성의 구체적 행위고, '허공'은 동일성과 순간성이
합치된 시공간이다. 그래 이 우주는 너와 내가 서로 갚아 먹고 덜어 먹

이며 유기체적으로 한 가족 한 몸이 되는 것이며 이것이 김 시인의 서
정적 유토피아다.

불영산 수도암에 갔다가
비로자나 부처님과 한바탕 엉겼네

신랏적 부처들은 왜 그리 섹시하냐고
슬쩍 농을 건넸더니 반개한 두 눈 스르르 뜨시네
'실라' 라는 발음은 로맨틱해요
허리춤을 간질였더니 예끼, 손을 저으시네
천년 예술의 균형미 따위
선화공주와 서동방은 아랑곳 않을 걸요
아사달 아사녀의 달아오른 눈빛이
부럽지 않았나요 허허, 웃는 비로자나 부처님
아름다운 귓불이 벌게지셨네

색즉시공(色卽是空)을 설한 부처의 몸을 빌려
관능을 조각한 석공의 번뇌……

법당 앞 고즈넉이 서 있는 삼층석탑
금 간 탑신 아래 주먹만한 벌집이 매달려 있었네
천년 세월 돌꽃은 피고 지고
벌집 속으로 무상하게 드나드는 달마들
선남선녀 옷자락이 하염없이 스쳐가네

이 뭣꼬!

부처를 범했더니 거기 내가 있네

신라시대에 조성된 고찰에 있는 비로자나불과 삼층석탑을 섹시하
게 도발하고 있는 시 「벌집 속의 달마」 전문이다. 비로자나불은 불
법, 진리의 빛을 온 누리에 비춰 사방을 제도하는 청정법신(淸淨法身)
이다. 그런 불법, 사랑과 연민을 여성스럽게 전하고 있는 시다. 그런 사
랑과 번민과 연민이 있기에 시공을 초월해 돌에도 꽃이 피지 않겠는가.

그렇지 않다면 돌이 어떻게 부처가 되고 부처와 불법을 모시는 탑
이 될 수 있겠는가. '색즉시공', '이 뭣꼬' 등 불교의 화두를 도발하며 그
런 불교적 관념세계에 피가 돌게 하고 있지 않은가.

그대가 밀어 올린 꽃줄기 끝에서
그대가 피는 것인데
왜 내가 이다지도 떨리는지

그대가 피어 그대 몸속으로
꽃벌 한 마리 날아든 것인데
왜 내가 이다지도 아득한지
왜 내 몸이 이리도 뜨거운지

그대가 꽃피는 것이
처음부터 내 일이었다는 듯이

많은 독자들이 애송하며 김 시인을 젊은 시단에 우뚝 서게 한 시 「내 몸속에 잠든 이 누구신가」 전문이다. 남성과 여성을 갈라 여성성을 강조하는 페미니즘에서 한 걸음 나아가 불교에 잇닿으며 김 시인을 우주 삼라만상을 낳고 어우러지는 영원한 모성성, 여성성으로서의 에코페미니즘 시인으로 만든 본보기 시다.

가만히 다시 한 번 읽어보시라. 우리 모두는 서로서로를 꽃피우고 있는 그 간절함이 섹시한 촉감으로 느껴지지 않으신가. 그러면서도 우주는 한 생명체라는 불교 인드라망 세계를 간절하게 짜나가고 있지 않은가.

그 풍경을 나는 이렇게 읽었다
신을 만들 시간이 없었으므로 우리는 서로를 의지했다
가녀린 떨림들이 서로의 요람이 되었다
구해야 할 것은 모두 안에 있었다
(중략)
온갖 정교한 논리를 가졌으나 아무 일도 하지 않은 채
옛 파르티잔들의 도시가 무겁게 가라앉아 가는 동안
수 만 개의 그물코를 가진 하나의 그물이 경쾌하게 띄워 올려졌다
공중천막처럼 펼쳐진 하나의 그물이
무한 하늘 한 녘에서 하나의 그물코가 되는 그 순간
별들이 움직였다
창문이 조금 더 열리고
두근거리는 심장이 뾰족한 흰 싹을 공기 중으로 내밀었다
그 순간의 가녀린 입술이 이렇게 말하는 것을

나는 들었다 처음과 같이

지금 마주본 우리가 서로의 신입니다

나의 혁명은 지금 여기서 이렇게

혼돈과 전망 부재의 이 시대를 둘러보며 시인의 의지를 밝힌 시 「나의 무한한 혁명에게」 부분이다. 이 사이버 신유목시대의 새로운 전망으로 각자가 불성(佛性)인 참나와 불교적 인드라망 세계를 펼치고 있는 대목이다.

이 물신주의 시대에 인간이 서로서로의 신이 돼 대자대비로 창생을 두루두루 살리는 화엄세상을 여는 것이 우리시대의 혁명이란 것이다. 원효와 요석공주의 사랑과 화쟁사상을 다룬 장편소설 『발원』을 펴내는 등 혼돈에 빠진 시대와 우리 문단에서 우주만물을 감싸는 여성성과 불교적 세계관으로 융숭하고도 믿음직한 문학세계를 펼치고 있는 시인이 김선우 시인이다.

이덕규

현실체험과 불교적 세계관에서 우러나는 뚝심의 시

공장 굴뚝 위로 솜사탕처럼 달콤한 이야기들이 피어오른다

한 때 나는 그 달콤한 구름을 타고 다닌 적이 있었는데 어떤 고도의 바람을 추진력으로 날아가는 그 허풍쟁이 근육질의 조종사는 핸들이나 브레이크가 없다는 이유로 방향과 속도를 무시하고 엉뚱한 곳으로 나를 데려가곤 했다

결국 지상으로 돌아온 나는 생의 반을 외곽도로 공사현장에서 보냈는데 날마다 삽을 쥐고 그 적자뿐인 손익 계산서를 쓸 때

(중략)

그때 지상에서도 구름을 사칭한 대머리독수리가 갑자기 기수를 돌

려 그 거대한 자본의 심장을 뚫고 들어간 이후, 현대의 신은 토마호크 미사일처럼 저돌적으로 날아오는 생체의 제물을 즐겨 먹는다는 것을 알았다

  그러니까 한 세계에서 한 세계로 마음만 이사 가기 위해 제공된 천민자본의 출처는 역사기록 어디에도 없다.

  1998년 『현대시학』으로 등단한 이덕규(1961~) 시인의 첫 시집 『다국적 구름공장 안을 엿보다』 표제작 부분이다. IMF 외환위기로 거덜난 경제에 실업자가 길거리로 내몰리던 지난 세기말과 한 천년에서 다음 천년으로 넘어가던 밀레니엄 전환기의 시대상을 잘 드러내고 있는 시다.
  당시 젊은 시단은 위 시 제목 '다국적 구름공장 안을 엿보다'처럼 뿌리와 지향점 없이 여기저기 엿보고 흘끗거리며 기존의 것과는 전혀 다르게 시를 짜맞춰내고 있었다. 바뀐 시대와 젊은 시단을 직시하면서도 공사판에서 흙도 파고 농사도 지으면서 뚝심 있는 시를 일궈오고 있는 시인이 이덕규 시인이다.

  조계산자락 선암사 입구
  덩치 큰 굴참나무들이 툭툭 갈라터진 갑옷으로 중무장 한 채
  두어 명씩 조를 지어 서성대다가
  느닷없이 나를 불러 세우고 검문검색을 한다

  이것저것 마냥 쑤셔 넣은 식탐 많은 어린 아이처럼

배가 불룩해진 배낭 속에 나도 모를 또 다른 무슨 꿍꿍이 속셈이?
피할 새도 없이
배낭 깊숙한 곳에 꽁꽁 묶어놓았던
마음자루 주둥일 풀러 보여주니, 일주문 옆 천석꾼 곳간보다 더 큰
해우소 가는 길부터 일러준다

며칠간 선암사에 묵으며 수행한 체험을 소재로 삼은 시 「선암사 5박6일」 앞 부분이다. 누구든 절로 가는 마음은 경건하고 청정해지게 마련이다. 사특해서 무거운 마음을 비우러 가는 거니까.

그런 절로 가는 마음을 입구에 늘어선 굴참나무와 절 본채보다도 더 크게 보이는 해우소(解憂所)를 통해 실감 있게 전하고 있다. 똥 누듯 마음자루 풀고 근심걱정 싸버리라고.

천년고도(千年古都), 면목 없다
염치없다
평생 죄인처럼 고개 떨구고 사느니
아예 머리통을 깨부숴버린
머리 없는 돌부처 몸뚱이 위에
기름기 잘잘 흐르는 낯짝을 올려놓고
그윽한 표정 짓는
어떤 인간에게
이 가짜야 손들엇, 했더니

경주 남산

등성이 너머에서 누가
일어서고 있다
산보다 큰 어떤 덩치가
손들고 천천히
뭉기적뭉기적 일어서고 있다

천년고도 경주에 가서 널려있는 머리 없는 돌부처들을 보고 쓴 시
「손들엇」 전문이다. 어찌 보면 부유한 사찰과 승려들을 비판한 시로
도 읽힐 수 있지만 앞 시 선암사 일주문 앞에서 마음을 검문 당하는 시
인처럼 자신을 호되게 검문하는 시다.

"손들엇"이란 불시의 명령은 얼굴 없는 부처에 자신의 얼굴, 마음을
올려놓아봤을 때 터져 나온 단발마처럼 들린다. 그렇게 세속의 자신과
마음을 깨부숴버리고 부처님 마음으로 보니 세상이 다시 보이고 일어
서고 있지 않은가. 이처럼 세속의 현실을 직시하면서도 자신의 체험과
불교적 세계에 토대를 두고 있어 이 시인의 시는 실감이 있고 근기가
있다.

어쩌면 이렇게도
불경스런 생각들을 싹싹 핥아서
깨끗이 비워놨을까요
볕 좋은 절집 뜨락에
가부좌 튼 개밥그릇 하나
고요히 반짝입니다

단단하게 박힌

금강(金剛) 말뚝에 묶여 무심히

먼 산을 바라보다가 어슬렁 일어나

앞발로 굴리고 밟고

으르렁 그르렁 물어뜯다가

끌어안고 뒹굴다 찌그러진,

어느 경지에 이르면

저렇게 제 밥그릇을 마음대로

가지고 놀 수 있을까요

테두리에

잘근잘근 씹어 외운

이빨 경전이 시리게 촘촘히

박혀있는, 그 경전

꼼꼼히 읽어내려가다 보면

어느 대목에선가

할 일 없으면

가서 '밥그릇이나 씻어라' 그러는

　　이 시인의 두 번째 시집 『밥그릇 경전』 표제작 전문이다. 절집 뜨락에 묶여 있는 개와 그 앞에 놓인 개밥그릇을 참 재밌고 꼼꼼하게 묘사하고 있다. 그러면서 시 말미 각주에서 밝힌 대로 조주선사와 어느 학인(學人)과의 선문답을 떠올리게 하는 시다.

깨달음을 배우러 온 학인에게 "밥 먹었으면 가서 밥그릇이나 씻어라"고 한 조주선사의 말은 선가는 물론 세간에도 널리 알려진 화두다. 가족의 생계는 물론 삶 그 자체인 밥그릇을 위해 혼신을 다해보지 않고서는 제대로 풀 수 없는 화두를 이 시는 아주 리얼하게, 술술 풀어내고 있다.

해서 많은 사람들에게 제 각각의 경지로 의미 있게 읽히며 불교 대표시 반열에 오르고 있는 시다. 이렇게 삶의 체험과 불교세계에 대한 이해가 뒷받침 된 리얼하고도 뚝심 있는 시로 시단, 특히 불교시세계에서 떠오르고 있는 시인이 이덕규 시인이다.

임효림

구도의 궁극과 합치돼가는 그리움의 서정

바보같이 그저 바보만 같이

반 발자국 반 발자국 뒤에만 서서

하염없이 하염없이 그리워 그리워만 하는구나

꽃같이 꽃만 같이 아름답게 아름답게

뒤에서 뒤에서 따라만 가는구나

2000년 『유심』을 통해 등단한 임효림(1953~) 시인의 데뷔작 「그림자」 전문이다. 임 시인은 실천불교전국승가회 대표를 맡는 등 불교개혁에 앞장서고 있는 승려다.

"본래 나는 내 시가 세상을 뒤엎는 혁명의 언어가 되기를 바랐다"고 말하는 개혁승이면서도 위 시처럼 '그리움'으로 시작했다. 실상과 그림자, 너와 나의 한 짝같이 동어를 반복하는 여여(如如)한 시 형태로 그림자를 그리면서 그리움을 불도의 지극한 지경까지 끌어올리고 있는 시인이 임 시인이다.

> 얼마나 아득히 뻗어나간 번뇌가 있기에
> 저처럼 긴 열두 발 상모를 돌리나
>
> 땅에서 사무친 그리움 한 자락
> 휘돌아 감겨들어 하늘로 뻗어 올라가지만
> 하늘은 너무 멀어 끝 간 데가 없기에
> 다시 휘돌아 땅위로 내리고
>
> 꽹과리 징소리 울리는 마당
> 상모꾼은 모둠발짓으로 뱅뱅이를 돌며
> 소고를 치고 열두 발 상모를 돌린다
> ―「열두발 상모」 전문

불가(佛家)에서의 '번뇌'가 열두 발 상모 자락 풀리듯 속가(俗家)의 '그리움'으로 사무쳐 풀리고 있다. 그렇게 풀리며 번뇌가, 그리움이 참으로 인간적인 모습을 띠고 삶의 마당으로 살갑게 다가오고 있는 시다.

그리움이 '열두 발 상모', '모둠발짓'으로 구체화되고 있다. 땅에서 하늘로 뻗어 올라갔다 다시 휘돌아 내려오곤 하는 상모 자락과 좀 더 가까이 땅과 하늘을 이으려는 상모꾼의 모둠발짓. 땅과 하늘, 현실과 이상, 나와 너, 그리고 그 무엇과 무엇의 어찌해볼 수 없는 간격, 사이가 그리움을 낳는다. 이런 감당할 수 없는 그리움이 임 시인의 시를 데뷔 작부터 이끌며, 그 그리움을 사무치게 파고들며 더욱 깊고 넓은 시세계로 나아가게 하고 있다.

시인이여!
우리는 바람 같이
틈새 사이로만 가자

눈썹이 고운 여인들과
입술이 두툼한 사내들의
그 사랑의 축축한 틈새로 지나가자

마음 하나는 한없이 착한 사람과
시기와 질투만을 잘 하는 사람의
어정쩡한 사이로 가자

아무 생채기도 안내고
꽃밭의 꽃들 사이로 지나가는 바람 같이
향기만 안고 가자

무엇보다 우리는 시인이므로
이 사람 저 사람의 날카로운 말과 말의 사이
그 미묘한 사잇길로

아무 상처도 입지 말고 지나가자
　-「사잇길」 전문

　'시인이여!'라고 시인을 선동하며 '어정쩡한 사이'의 시로 나아가자
고 한다. 역심의, 혁명의 언어가 아니라 "날카로운 말과 말의 사이/그
미묘한 사잇길"의 언어, 시로 나아가자고 한다. 상반된 것의 틈새, 사이
의 길로 나아가자고 한다. 아무에게도 생채기 남기지 않는 미묘한 사랑
의 사잇길에서 상반된 양쪽을 다 포괄하면서 아우르는 불교의 중도(中
道)를 읽을 수 있다. 또 이념으로 갈린 사회와 시 현실의 중도로도 읽을
수 있다. 어쩔 수 없는, 어정쩡한 사이에서 우러나는 그리움을 이렇게
중도적 세계로 승화시켜가고 있는 시인이 임효림 시인이다.

8부

총론 :
불교가
전 방위로 밴
현대시의
양상

"시는 해탈이라서
심상(心象)의 가장 은은한 가지 끝에
빛나는 금속성의 음향과 같은
음향을 들으며
잠시 자불음에 겨운 눈을 붙인다."

- 김춘수 「나목(裸木)과 시」 부분

불교, 우리 현대시사 1백10년의 도반(道伴)

20세기 초 최남선과 이광수 2인문단시대로부터 시인 2만여 명에 이르는 21세기 초까지 주요 시인들의 시 속에 드러난 불교적 양상을 시대 순으로 쭉 살펴봤다. 그 결과 우리 현대시사 1백10년의 흐름과 불교는 괘를 같이 하고 있음이 드러난다.

각 시대 정치, 사회적 흐름과 함께 하고 있음은 물론 신체시, 자유시, 서사시, 산문시 등 우리 현대시 최초의 시 양식 출현도 불교와 무관하지 않음이 드러난다. 초현실주의, 해체주의, 아방가르드 등 새로운 시적 경향도 불교의 자장권 안에 있음을 보았다.

그렇다면 불교가 왜 우리 현대시에 이리 강하게 작용하고 있는가. 불교를 깊이 있게 연구하며 전 방위 문화 활동을 펼친 최남선이 말했듯 직간접적으로 불교의 감화를 받지 않은 우리 문물은 없다. 오래전 토착화된 불교가 우리 문화의 원형처럼 작용하고 있다는 것이다. 여기에 불교와 시의 본질과 방법론상의 친연성 때문이다.

송나라 시인 오가(吳可)는 일종의 시창작법 시 「학시시(學詩詩)」 세 편 모두에서 "시 배우는 것은 참선 배우는 것과 같다(學詩渾似學參禪)"로 시작했다. 스스로 온전히 깨쳐야하고, 시성(詩聖) 두보(杜甫) 같은 전범(典範)에 매이지 말아야 자재롭고 원만함에 이를 수 있다는 점에서 시와 선은 같다는 것이다.

송나라 시론가인 엄우(嚴羽)도 『창랑시화』에서 "선도는 오로지 묘오에 있고, 시도 또한 묘오에 있다(禪道惟在妙悟, 詩道亦在妙悟)"고 했다. 시는 이치에 매이지 않고, 언어의 그물에 빠지지 않는 성정(性情), 본디의 마음을 읊는 것이 최상이라 했다. 이치나 언어의 그물에 걸리지 않는 것이 우리네 본성이고 불성(佛性)이며 그러기에 알듯 하면서도 잡히지 않기에 묘오한 것 아니겠는가.

이렇듯 방법론이나 요체에서 시와 선은 같다. 그래서 오래전부터 선가와 시단에서는 시선일여(詩禪一如)란 말이 통용돼오지 않았겠는가. 그러나 시와 불교의 선은 각기 예술과 종교로서 그 차원이 다르다.

금나라 시인 원호문(元好問)은 "시는 선가에 꽃 비단을 얹어 주었고, 선은 시단에 옥 다듬는 칼을 주었다(詩爲禪客添花錦, 禪是詩家切玉刀)"고 읊으며 서로의 영향관계를 절묘하게 비유했다. 도니 묘오를 전하는 방법론적 차원에서만 같다는 것이다.

명나라 보하(普荷)는 「시선편(詩禪篇)」에서 "선이면서 선이 없을 때야 시가 되고, 시이면서 시가 없을 때야 엄연한 선이 된다(禪而無禪便是詩, 詩而無詩禪儼然)"고 했다. 시와 선은 같아 보이지만 엄연히 다르다는 것이다.

백척간두에 서 시작(詩作)에 용맹정진 한 이형기 시인은 불교시 체험론으로 볼 수 있는 글 「선이면서도 일단은 시여야 한다」는 제목에서부터 선시도 시인만큼 불성(佛性)보다 그 시성(詩性)을 중시했다.

"다른 종교시와 달리 선시에 대한 논의는 불교를 벗어나 시단 일반의 문제다. 선시는 불교에 대한 관심보다는 시 그 자체로 논의되고 있는 것이다. 이것은 선시가 불교라는 종교적 배경을 떠나 시 그 자체로도 충분히 자립할 수 있는 특성을 갖고 있다는 것"이라며.

선을 참구하면서 시작에 임하는 황지우 시인도 "선은 언어라는 사다리를 타고 올라가 깨달음을 얻으면 사다리를 걷어차 버리지만, 시는 도의 경지까지 가버리면 끝나버린다. 시는 도의 경지까지 가면 안 되고 그 근처에서 어른거리다가 다시 내려오고 하는 경계상의 떨림"이라며 시와 선의 차이를 시작 체험으로 분명히 밝히고 있다.

이처럼 시와 불교는 그 동질성과 이질성에 대한 논란이 분분할 정도로 친연성이 강하다. 우리 민족의 심성 기저엔 오래전 토착화된 불교적 세계관이 흐르고 있고 거기에 우리 불교의 주류인 선의 수행과 시 쓰기 방법론이며 그 지향점이 흡사해서다.

그렇다면 우리 현대시사 주요 시인들의 시 속에 불교는 어떻게 배어들어 현대시와 도반(道伴)이 돼오고 있는가. 창작 동기와 착상에서부터 언어와 상상력과 기법의 표현적 차원 등 시 쓰기의 전 과정에서 불교를 어떻게 만나고 활용하며 어떤 효과를 내고 있는가. 앞서 현대시사를 훑으며 살핀 시인들 중 현대시 세 가지 흐름인 서정, 참여, 실험시로 나눠 그 대표시인들의 시세계로 살펴본다.

불교세계를 심미적, 감동적으로 울리는 불교적 서정시

먼저 우리 현대시사에 큰 획을 그었고 현대불교시를 본격적으로 세우고 논의되게 한 만해 한용운 시집 『님의 침묵』을 들여다보자. "나는 해 저문 벌판에서 돌아가는 길을 잃고 헤매는 어린 양이 기루어서 이 시를 쓴다"며 대자대비한 마음으로 대중을 위해 시로 써서 펴낸 시집이 『님의 침묵』이다.

『님의 침묵』은 시집 끝에 밝혀놓았듯 1925년 8월 29일 늦은 밤 백담사 오세암에서 탈고됐다. 직전인 6월 7일 만해는 그곳에서 『십현담주해(十玄談註解)』를 탈고했다.

선의 요체를 시적으로 전한 『십현담』을 독자적으로 비판, 주석하면서 만해 또한 많은 것을 깨달았을 것이다. 『님의 침묵』은 그런 깨달음, 고단위 관념인 선의 형이상학적 경지를 구체적으로 형상화한 시로 무명에 빠진 중생들을 깨우치려 펴낸 시집인 것이다.

"바람도 없는 공중에 수직의 파문을 내이며, 고요히 떨어지는 오동잎은 누구의 발자취입니까./지리한 장마 끝에 서풍에 몰려가는 무서운 검은 구름의 터진 틈으로, 언뜻언뜻 보이는 푸른 하늘은 누구의 얼굴입니까./꽃도 없는 깊은 나무에 푸른 이끼를 거쳐서, 옛 탑 위의 고요한 하늘을 스치는 알 수 없는 향기는 누구의 입김입니까./근원은 알지도 못할 곳에서 나서, 돌부리를 울리고 가늘게 흐르는 적은 시내는 굽이굽이 누구의 노래입니까./연꽃 같은 발꿈치로 가이없는 바다를 밟고, 옥 같은 손으로 끝없는 하늘을 만지면서 떨어지는 날을 곱게 단장하는 저녁놀은 누구의 시입니까./타고 남은 재가 다시 기름이 됩니다, 그칠 줄을 모르고 타는 나의 가슴은 누구의 밤을 지키는 약한 등불입니까."

(「알 수 없어요」 전문)

총 6행으로 된 이 시는 행마다 물음으로 마감하며 시의 반복 효과와 함께 선의 화두를 던지는 효과도 내고 있다. 화두(話頭)란 문자 그대로 말의 머리를 뜻한다. 말문을 여는 말이면서도 말문을 닫아버리게 하는 말이다. '이 뭐꼬?'라 물으며 말문을 열리게 하는 생각마저 끊어버린 이언절려 지경에서 본체며 본성을 스스로 깨치게 하는 말이 화두다.

이 시에서 만해는 선가의 그런 언어도단의 화두를 참 쉽고 아름답고 서정적으로 던지며 사랑하는 연인들의 가슴까지 이심전심 절절이 울리고 있다. 시적으로 보면 우리네 사랑과 그리움을 가이없이, 필설로 표현할 수 없는 경지로까지 승화시켜가고 있는 서정시, 연애시로 지금도 대중들이 많이 읽고 낭송하게 만들고 있다.

다시 찬찬히 읽어보면 시 전체가 질문이면서도 또 우주만물이 다 불법을 드러내고 운항한다는 불교세계관이 답을 하고 있는 시다. 불교세계관이 시에 흔적 없이 녹아들어 불교적 바탕 없이도 널리 읽히는 시가 된 것이다.

표제작인 「님의 침묵」도 그렇고 「나룻배와 행인」 등 대중들이 좋아하는 만해 대표시편들 문면(文面)에는 불교가 표 나게 드러나지 않고 시 자체로 좋은 시들이다. 이처럼 『님의 침묵』은 불교적 깨침을 어리석은 중생들에게 널리 전하려는 의도에서 창작됐다.

언어도단 지경인 깨침의 궁극을 '님'으로 구체적으로 형상화해 만인에게 절절한 연애시 형식으로 전하고 있는 것이다. 시의 전 층위에서 시의 문법에 충실해 불교를 떠나서도 우리 현대시사의 우뚝한 봉우리를 점한 시집이 된 것이다.

승려 출신인 만해가 불교세계관을 대중들에게 널리 알리기 위해 시를 끌어들였다면 불교를 시에 끌어들여 우리 현대시단에 우뚝 선 시인이 미당 서정주다. 원효문 표현대로 시는 만해에게 꽃 비단을 얹어 주었고 불교는 미당에게 옥 다듬는 칼을 준 것이다.

"불경을 읽으면 영생(永生)을 알게 된다. 그것도 막연한 관념으로 서가 아니라 영생의 구체상과 영생을 자각하기 위한 구체적 방법을 알게 된다." "불교에서 배운 특수한 은유법의 매력에 크게 힘입었음을 여기 고백하여 대성(大聖) 석가모니께 다시 한 번 감사를 표한다." 미당은 자신의 영생, 영원의 시세계는 물론 시의 수사법 및 천의무봉의 시작법까지 불교에 힘입은바 크다고 틈만 나면 밝히곤 했다.

"내가/돌이 되면//돌은/연꽃이 되고//연꽃은/호수가 되고,//내가/호수가 되면//호수는/연꽃이 되고//연꽃은/돌이 되고." (「내가 돌이 되면」 전문)

이분법적인 감정이입의 비유나 상징 등의 수사 없이 그저 훤한 시다. '산은 산이요, 물은 물이다'는 어법처럼 자연스럽고 명징하다. 윤회, 법계무진연기(法界無盡緣起)의 이치를 '되고'를 자꾸 반복하는 시작법 자체로 드러내고 있다. 윤회가 시로 육화되며 단순한 반복법을 넘어 자꾸 무언가로 전화(轉化)돼가는 이치의 깊이까지 자연스레 보여주고 있는 것이다.

"내 마음 속 우리 님의 고운 눈썹을/즈믄 밤의 꿈으로 맑게 씻어서/하늘에다 옮기어 심어 놨더니/동지섣달 날으는 매서운 새가/그걸 알고 시늉하며 비끼어 가네." (「동천(冬天)」 전문)

5행의 짧은 시인데도 온 우주를 울리고 있다. 인과관계의 사실적인 이치, 시어 하나하나의 정밀한 선택과 절차탁마, 그리고 행마다 4음보 율격의 변주(變奏)가 자연스레 흐르고 있다. 우리 모국어의 가락과 혼, 거기에 실린 민족의 정한(情恨)을 절도 있게 끊고 이어 울림이 더 큰 시다.

미당은 가슴속에서 꾸밈없이 그대로 솟구쳐 나와 사람의 심장을 울리는 말을 '직정언어(直情言語)'라 부르며, 그런 수식 없는 언어로 '순라(純裸)의 미(美)'를 추구했다. 본성에서 울려오는 말로 삼라만상과 일체가 되어 독자와 법열(法悅)을 함께 느끼자는 게 순라의 시학이다.

「동천」은 한 5년 간 마음속에서 고치고 또 고쳐나간 시다. 나이 마흔 넘어 어떤 여인에 대한 연정의 불을 태우며 그 불을 식히기 위해 한겨울 얼어붙은 마포 서강변을 헤매다 겨울 하늘을 나는 새 한 마리를 보고 착상한 시다. 그러나 그 불타는 핏빛 연정을 우선 몇 년간 차분히 가라앉히다 겨우 다섯 줄로 나왔다고 짧은 산문 「동천 이야기」에서 밝혔다.

미당은 「시를 하려는 사람들에게」란 글에서 "한동안 반성기를 가지고 천천히 그 감동의 흥분을 가라앉혀서 마음을 출렁이다 잔잔히 가라앉은 호수같이 하여서, 잘 안정된 호면의 거울에 시상을 다시 비춰 빈틈없이 살펴볼 수 있도록 까지 되어야한다"며 맑은 본성에서 시가 울려나올 것을 주문했다.

이런 미당의 시어와 순라의 시학, 그리고 시작 자세 역시 불교에서 끌어들인 것이다. 아무 수식이나 형용 없이 마음속에서 솟구친 '직정언어'는 언어도단의 지경에서 터져 나온 불이문자(不離文字)와 같다. 켜켜이 쌓인 의미를 털어버리고 시인과 대상이 의미가 아니라 존재론적 차원에서 만나는 언어다.

달을 가리키는 손가락, 방편 같은 언어를 치워버리고 달의 본질로 직격해 들어가는 시작(詩作) 자세와 순라의 시학도 선승의 자세와 흡사하다. 원래가 불심(佛心)인 자성(自性), 본성을 들여다보기 위해 마음을 백 날 천 날 맑게 닦아놓고 있지 않은가. 그런 자성을 우주 삼라만상 뭇 생령들도 알아차리고 비껴가고 있지 않은가.

이렇게 「동천」을 읽는다면 이 짧은 시 한 편이 팔만대장경의 불교세계를 다 끌어안으며 속세의 임을 향한 그리움을 직정적으로 간절하게, 전율이 일 정도로 서늘하게 전하고 있는 시가 된다. 이렇게 미당은 착상에서부터 시의 전 층위에 불교를 적극적으로 활용하고 있다.

이승훈 시인은 역저 『선과 아방가르드』에서 「동천」을 선시로 보며 "서정주는 망념을 떠나 감정과 욕망을 제거하고 맑은 마음을 보는 이념거정(離念去情)을 강조한다"고 했다. 물론 그리 볼 수도 있으나 '이념거정'은 불교 수행 자세이지 시 자세는 아니다. 언어는 물론 언어에 묻어나는 생각과 인정(人情)을 아주 떠날 수 없는 게 시의 운명이고 그래야만 시로서 엄연할 수 있기 때문이다.

"짐(朕)의 무덤은 푸른 영(嶺) 위의 욕계(欲界) 제2천(第二天),/피 예 있으니, 피 예 있으니, 어쩔 수 없이/구름 엉기고, 비 터 잡는 데―그런 하늘 속.// 내 못 떠난다." 「선덕여왕의 말씀」 마지막 대목이다. 해탈이 아니라 인간적인 사랑, 정이 타오르는 욕계를 떠나지 않겠다는 것이다.

미당은 「내 시와 정신에 영향을 주신 이들」이란 글에서 "마음에서 마음으로 전해져가는 영원의 윤회―이것을 쉬어버리고 해탈하라는 석가모니의 말씀"이지만 "나는 윤회를 조끔 더 해보고 싶다"고 했다. "아직 이 정(情)이, 이것이 속계를 벗어날 수 있는 것이 못 되는 줄을 잘 알고 있으니 말이다"며 정을 강조했다. 만해의 『님의 침묵』이 시집 자체로 우뚝한 것도 이 정, 인간적인 사랑을 끌어들였기 때문이다.

"나는 선사의 설법을 들었습니다./너는 사랑의 쇠사슬에 묶여서 고

통을 받지 말고, 사랑의 줄을 끊어라. 그러면 너의 마음이 즐거우리라.'
고//그 선사는 어지간히 어리석습니다./사랑의 줄에 묶이운 것이 아프
기는 아프지만, 사랑의 줄을 끊으면 죽는 것보다도 더 아픈 줄을 모르
는 말입니다./사랑의 속박은 단단히 얽어매는 것이 풀어 주는 것입니
다./그러므로 대해탈은 속박에서 얻는 것입니다./님이여, 나를 얽은 님
의 사랑의 줄이 약할까 봐서, 나의 님을 사랑하는 줄을 곱들였습니다."

　　『님의 침묵』에 실린 다른 시편들에 비해 비교적 직설적이고 메
시지가 분명한 「선사(禪師)의 설법(說法)」 전문이다. 번뇌의 단초인
"사랑의 쇠사슬"을 끊으라는 것이 선사의 가르침이지만 그 속박의 줄인
사랑, 정을 내려놓지 않겠다는 것이다.

　　만해의 『님의 침묵』과 미당의 시편들이 우리 현대시사의 한 봉
우리를 점하면서도 대중들의 사랑을 받고 있는 이유는 불교세계에 기
초했거나 끌어들였어도 시로서 엄연한데 있다. 불법이나 이치의 궁극
에 따라 생각과 정을 완전히 끊어 해탈하지 않고 생각과 정을 잘 다듬
었기에 선으로 읽힐 수 있으면서도 시로서 엄연한 것이다.

　　만해와 미당에서 드러나듯 불교는 우리 현대 서정시에도 엄연한
영향을 끼치고 있다. 시의 시다움, 시성(詩性)을 갖추고 독자와의 감동
의 소통을 중히 여기는 서정과 민족의 심성에 밴 불교는 끊임없이 교호
하며 불교적 서정시를 낳고 있다.

어두운 시대 중생을 여의지 않는 불교적 참여시

　　"부텨님이 되랴거든/중생을 여의지 마라/극락을 가랴거든/지옥을
피치마라/성불과 왕생의 길은/중생과 지옥" 만해의 「성불(成佛)과 왕

생(往生)」 전문이다. 민족의 핏줄에 흘러든 시조 형식과 불교정신에 입각해 일제하 민족운동을 일깨운 시다. 불교는 이렇게 서정시뿐만 아니라 시대의 어둠과 고통을 걷어내려는 현실 참여시에도 영향을 끼치고 있다.

"그대 약한 자의 벗/맨발 벗고 이 가시밭길을 밟으라/여기 황야에 나를 이끌어/목놓아 울게 하라.//이 세상 더러움/오로다 나로 하여 있는 듯/오늘 신음하는 무리 앞에/진실로 죄로움을//제 눈물로 적시어 씻게 하느니/오오 시(詩)여 빛이여 힘이여!"

조지훈 시인이 1959년 펴낸 4번째 시집 『역사 앞에서』에 실린 시 「그대 형관(荊冠)을 쓰라-미(美)의 사제가 부르는 노래」 후반부다. 이승만 정권 말기의 어둠과 더러움을 시의 빛과 힘으로 밝히고 씻어버리자는 참여시다. 「승무」 등 불교적 서정시 절창을 남긴 조지훈 시인은 이렇게 산문(山門)과 상아탑에서 나와 하화중생(下化衆生), 역사의 현장으로 들어온다.

"푸른 하늘을 제압하는/노고지리가 자유로웠다고/부러워하던/어느 시인의 말은 수정되어야 한다.//자유를 위해서/비상하여본 일이 있는/사람이면 알지/노고지리가/무엇을 보고/노래하는가를/어째서 자유에는/피의 냄새가 섞여있는가를/혁명은/왜 고독한 것인가를//혁명은/왜 고독해야 하는 것인가를"

김수영 시인이 4.19혁명 직후 발표한 「푸른 하늘은」 전문이다. 실천적 혁명의식이 배어있으면서도 서정적으로 잘 갈무리된 시다. 시흐름이 무엇을 물으며 단호하게 자유를 향한 실천을 부추기고 있다. 해방 후 등단한 김 시인은 도시문명과 시민의식을 현대적으로 드러낸 모더니스트로 출발했다. 그러다 이 시처럼 시대의 어둠에 맞서는 혁명,

참여시로 들어왔다.

"통일도 중립도 개좆이다/은밀(隱密)도 심오(深奧)도 학구(學究)도 체면도 인습(因習)도 치안국(治安局)으로 가라/(중략)/일본영사관, 대한민국관리,/아이스크림은 미국놈 좆대강이나 빨아라 그러나/요강, 망건, 장죽, 종묘상, 장전, 구리개 약방, 신전,/피혁점, 곰보, 애꾸, 애 못 낳는 여자, 무식쟁이,/이 모든 무수한 반동(反動)이 좋다/이 땅에 발을 붙이기 위해서는"

1964년 발표한 시 「거대한 뿌리」 부분이다. 잘못된 세상과 시대를 후련하게 꾸짖는 거친 직설화법의 이 시는 기존 시단에 대한 전례 없는 불온한 반동이었다. 현대시사에서 볼 때 이 시 자체로 새로운 시학, 즉 '반시(反詩)' 탄생이 선언됐다. 기성의 것을 부정하며 주체적이고 본질적인 깨달음에 이르려는 선가의 '부처를 만나면 부처를 죽여라'는 말을 떠올리게 하고도 있는 시다.

"시작(詩作)은 '머리'로 하는 것이 아니고, '심장'으로 하는 것도 아니고, '몸'으로 하는 것이다. 온몸으로 밀고 나가는 것이다. 정확하게 말하면, 온몸으로 동시에 밀고나가는 것이다."

김 시인이 시론이랄 수 있는 「시여 침을 뱉어라」에서 한 말이다. 머리나 심장으로 시를 쓰는 어떤 관념이나 감상이 아니라 자신이 세운 위 같은 '온몸의 시학'의 현실감으로 밀고나간 시인이 김수영이다.

"몸부림은 칠 줄 알아야 한다. 그리고 가장 민감하고 세차고 진지하게 몸부림을 쳐야 하는 것이 지식이다. 진지하게라는 말은 가볍게 쓸 수 있는 말이 아니다. 나의 연상에서 진지란 침묵으로 통한다. 가장 진지한 시는 가장 큰 침묵으로 승화되는 시다."

김 시인이 「제 정신을 갖고 사는 사람은 없는가」 라는 산문에서 한 말이다. 관념이 아니라 온몸의 체험으로 진지하게 몸부림쳐야 제 정신을 찾을 수 있고 참사랑을 살 수 있다는 것이다. 그리고 그 '진지함'이란 결국 '침묵'을 부른다는 것이다.

이렇게 김 시인의 제 정신을 갖고 사는 온몸의 시학은 기성의 지식이나 관념을 배제하고 주체적으로, 온몸의 체감과 실천으로 깨닫는 선적 깨달음에 닿아있다. 철저한 부정과 반동의 불굴의 자유의지는 현실적 자유이면서 선가의 묵언정진의 해탈, 무위진인(無位眞人)을 향한 것이었다.

"선에 있어서도, 바깥에서 들리는 소리가 까맣게 안 들렸다가 다시 또 들릴 때 부처가 나타난다고 하는 말이 있는데, 이 음(音)이 바로 헨델의 망각의 음일 것이다. 그는 자기의 작품을 잊어버릴 것이다. 자기의 작품이 남의 귀에 어떻게 들릴까 하고 골백번씩 운산(運算)을 해보지 않아도 되는 그의 현명만이라도 나 같은 우둔파 시인에게는 얼마나 귀중한 '메시아'인지 모르겠다."

"선(禪) 중에서 제일 어려운 것이 누워서 하는 선, 즉 와선(臥禪)이라고 하는 말을 들은 일이 있다"로 시작 되는 산문 「와선」 마지막 대목이다. 김 시인은 와선을 "부처를 천지팔방을 돌아다니면서 구하는 것이 아니라 자기의 골방에 누워서 천장에서 떨어지는 부처나 자기의 몸에서 우러나오는 부처를 기다리는 가장 태만한 버르장머리 없는 선의 태도"라고 평하고 있다.

자신 안에 부처가 있으니 부처나 경전이나 조사에 매이지 말고 성불하라는 '버르장머리 없는' 조사선(祖師禪)의 핵심에 시인도 모르게 가닿은 것이다. 이 글에서 음악 감상에도 조예가 깊은 김 시인은 크리스마스 시즌에 헨델의 「메시아」를 들으며 '와선의 미학'을 떠올리고 있다.

"헨델은 베토벤처럼 인상에 남는 선율을 하나도 남겨주지 않는다. 그의 음(音)은 음이 음을 잡아먹는 음이다"며. 애증이나 운명의 갈등에서 힘차게 우러나는 베토벤의 선율은 그야말로 벅찬 감격의 인상이다. 그에 비해 화성(和聲)에 충실했던 헨델은 천상의 화음처럼 낙천적이지만 인상적 선율은 없는 '망각의 음'이라는 것이다.

그런 헨델의 "음이 음을 잡아먹는 음"을 바깥 소리가 안 들렸다 다시 들려오는 소리, 즉 산은 산이 아니고 물은 물이 아니라고 아무리 부정했지만 결국은 산은 산이요 물은 물이라는 본디의 소리로 선과 잇고 있는 것이다. 그러면서 자신의 작품도, 쓰는 것도, 독자도 계산에 넣지 않을 때 그런 본디의 음, 망각의 음은 들린다며 '온몸의 시학'을 '와선의 시학'과 연결시키고 있음을 볼 수 있다.

"금잔화도 인가도 보이지 않는 밤이 되면/폭포는 곧은 소리를 내며 떨어진다//곧은 소리는 소리이다/곧은 소리는 곧은/소리를 부른다//번개와 같이 떨어지는 물방울은/취할 순간조차 마음에 주지 않고/나타(懶惰)와 안정을 뒤집어놓은 듯이/높이도 폭도 없이/떨어진다"

진보적 이념과 자유, 그리고 참여를 내세운 4.19세대 시인과 평론가들이 금과옥조처럼 여기는 시 「폭포」 후반부다. 곧은 소리를 내며 곧은 소리를 부르는 폭포소리는 자유, 혁명이면서 모든 것이 사상(捨象)된 본디의 소리라 할 수 있다. 해서 뭐라 의미할 수도 규정 할 수도 차별할 수도 없는 선적 직관의 찰나를 폭포에 빗대어 구체화한 시로 읽어도 좋을 시다.

참여시의 비조(鼻祖)격으로 추대되는 김 시인의 시에도 이렇게 불교가 영향을 끼치며 우리 시단에 시대별로 명칭을 달리하며 주류로 흘러든 저항시, 민중시, 노동시 등 참여시 계열에도 불교가 힘 있게 작용하고 있음을 볼 수 있다. 만물이 본디대로 차별 없이 어우러지는 화엄 세상을 이루려는 하화중생의 실천적 수행 덕목과 참여시가 맞닿아 있는 것이다.

아방가르드 최전선에서 선과 만나는 불교적 실험시

"겨울하늘은 어떤 불가사의의 깊이에로 사라져가고,/있는 듯 없는 듯 무한은/무성하던 잎과 열매를 떨어뜨리고/무화과나무를 나체로 서게 하였는데,/그 예민한 가지 끝에/닿을 듯 닿을 듯 하는 것이/시일까//언어는 말을 잃고/잠자는 순간/무한은 미소하며 오는데/무성하던 잎과 열매는 역사의 사건으로 떨어져 가고,/그 예민한 가지 끝에/명멸하는 그것이/시일까."

감상적 서정시로 출발해 이미지즘, 관념시, 존재론적 시, 사물시, 무의미시 등 현대시의 모든 양상을 다 보여주며 시 자체를 통해 해탈에까지 이르려한 시인이 김춘수다. 우리 현대시사를 시와 시론을 통해 이끈 김 시인이 시의 본질, 본디의 진면목에 대해 묻고 있는 시 「나목(裸木)과 시 서장(序章)」 전문이다. 언어를 잃어야 무한 실상을 얻을 수 있다는 것에서 선과 그대로 만나고 있다.

"근원을 바로 잘라버리는 것은 부처님이 인중했으니, 잎을 따고 가지를 찾는 일을 나는 못한다(直截根源佛所印, 摘葉尋枝我不能)". 선객들이 교본처럼 여기는 당나라 영가대사 현각의 『증도가(證道歌)』 한 구절이다.

아무리 번뇌, 윤회에서 벗어나려 해도 그런 망상만 더해가는 마음.

그런 잎과 가지 같은 마음, 그 근원을 바로 잘라버리고 마음을 일으키게 하는 언어도 내려놓는 근본적 처방을 선은 지향한다. 위 시 또한 그런 마음과 언어를 내려놓을 때 비로소 찾아드는 것이 시란 것이다.

"시는 해탈이라서/심상(心象)의 가장 은은한 가지 끝에/빛나는 금속성의 음향과 같은/음향을 들으며/잠시 자불음에 겨운 눈을 붙인다."(「나목과 시」 부분)처럼 해탈에 이르기 위해 언어에서 의미를 버리고 소리로서만 무의미 시세계로 나갔다. 릴케의 순수관념, 하이데거의 실존철학과 현상학 등 서구 시정신과 지성을 두루 섭렵한 김 시인은 이렇게 시를 쓰고 궁구해나가며 선의 언어도단과 만나게 된다.

"불러다오./멕시코는 어디 있는가,/사바다는 사바다, 멕시코는 어디 있는가,/사바다의 누이는 어디 있는가,/말더듬이 일자무식 사바다는 사바다,/멕시코는 어디 있는가,/사바다의 누이는 어디 있는가,/불러다오./멕시코 옥수수는 어디 있는가,"

김 시인이 25년 간 매달려 쓴 장편연작시 「처용단장」 일부다. 언어는 있되 의미가 발붙일 곳 없는 시다. 의미를 철저히 차단해 음향만 남게 한 무의미시의 본보기다. '사바다'는 무엇이고 어떻다는 의미와 형상이 있어야 하는데 "사바다는 사바다"라는 동어반복으로 문맥을 차단하고 의미를 유추할 수 있는 이미지 생성도 차단해 오직 음향만 남은 시다.

"말을 부수고 의미의 분말을 어디론가 날려버리고 이미지를 응고되는 순간 처단해 버린 시", "완전을 꿈꾸고, 영원을 꿈꾸고, 불완전과 역사를 아주 아프게 무시해버린 시"가 무의미시라고 김 시인은 밝혔다. 그런 시를 통해 선적인 해탈을 꿈꾼 것이다.

"뻔한 소리는 하지 말게./차라리 우물 보고 숭늉 달라고 하게./뭉개고 으깨고 짓이기는 그런/떡치는 짓거리는 이제 그만 두게./훌쩍 뛰어넘게/모르는 척/시치미를 딱 떼게./한여름 대낮의 산그늘처럼/품을 줄이게/시는 침묵으로 가는 울림이요/그 자국이니까."

김 시인이 말년에 쓴 「품을 줄이게」 전문이다. 말 많은 후배 시인들을 경계하기 위해 지은 이 시는 알기 쉽게 풀이한 선문답처럼 들린다. 김 시인의 전위적인 시적 실험에는 이렇게 본질세계로 직관(直觀), 직격(直擊)해 들어가 해탈하려는 선의 요체가 가부좌 틀고 있다.

이승훈 시인은 시에서 자아와 대상과 언어를 소거시켜가며 텍스트로서의 시 자체, 시 쓰는 행위만 남게 한 아방가르드의 백척간두에서 선을 만나 선시학을 일궜다. 오규원 시인은 두두물물(頭頭物物)의 실상을 드러내려한 날이미지의 실험에서 선과 만났다. 황지우 시인은 모든 기성의 것들을 해체하는 해체시를 선보이며 가장 시적인 것이 선적 세계임을 보여주고 있다.

이렇게 실험파, 아방가르드는 그 최전선, 백척간두에서 선과 만나고 있다. 자아와 대상과 언어를 지워나가는 방법론에서 시와 선은 운명적으로 맞닥뜨릴 수밖에 없다. 모든 것을 지워나간 영점, 아방가르드의 끄트머리는 소통 부재의 허무, 시로서는 죽음이라는 것을 아방가르드 시인들의 극단적인 시편들은 보여주고도 있다.

그래서 다시 평상심으로 돌아오고 있다. 이 평상심은 이전의 평상심이 아니라 돈오(頓悟) 이후의 평상심시도(平常心是道)다. 인습에 갇힌 상집(常執)의 산과 물을 '아니다'며 철저히 차단하고 부정하고 깨부수는 단집(斷執) 이후에 본 요오(了悟)의 '산은 산이요 물은 물'인 본디 세계로 돌아온 활구(活句)로 시와 세계를 새롭게 되살려내고 있다.

'불교적' 서정, 참여, 실험시 장르가 가능할 불교의 시적 영향

이처럼 우리 현대시의 세 갈래, 서정시와 참여시와 실험시의 대부격인 서정주, 김수영, 김춘수 시인의 시세계에도 불교가 스며들고 운명적으로 선과 만나고 있음을 볼 수 있다. '시선일여'나 '시심이 곧 불심'이라는 말이 우리 현대시사 모든 시대와 경향을 망라하여 두루 통용될 수 있다는 것이다.

대상과 만나 한순간에 터져 나온 감흥을 운문으로 표현한 게 서정시다. 동서고금 시의 강심수로 흐르며 시대에 따라 참여시와 실험시의 격랑을 일으키게도 하는 시의 근본이 서정시다.

나와 대상은 하나라는 '동일성의 시학'과 과거의 회상과 미래의 예감을 포괄하는 한순간의 감흥, 포에지로서의 '순간성의 시학'이 서정의 양대 시학이다. 이런 서정시학은 일즉다 다즉일(一卽多 多卽一) 등 불교세계관, 특히 한순간 문득 깨치는 선의 돈오각성과 연결된다.

애초에 선적 깨달음을 시화한 만해의 『님의 침묵』은 물론이고 미당을 비롯한 서정시 계열의 주요 시인들은 서정시학의 최고봉에 이르기 위해 나름대로 불교에 기대고 있다. 착상은 물론 시의 전 층위에 불교 사상과 선적 방법을 끌어들여 시를 가다듬고 깊이를 주며 불교적 서정세계를 일구고 있는 것이다.

1961년 4.19혁명 이후 시단의 주류로 떠오른 참여시 계열의 현실주의 시에도 불교적 영향이 짙게 드리워져 있다. 만해가 일제하 탄압과 무명에 빠진 중생들을 제도하기 위해 『님의 침묵』을 펴냈듯 불교의 실천적 수행 덕목인 하화중생을 시대의 어둠을 걷기 위해 시로써 적극 따르고 있는 것이다.

기존의 질서, 시로 말하면 기존시의 형태나 문법 등 규율을 파괴, 참신한 시를 선보이려는 실험파는 어느 시대든 시대의 전위에 서고 있다. 인간의 인식에 의해 만들어진 기존의 언어와 양식과 사고방식과 질서 등을 전 방위에서 파괴하고 새롭게 세계의 본질을 드러내려한 아방가르드는 그 절정에서 선과 운명적으로 만나고 있음을 보았다.

이처럼 서정시는 물론이고 참여시, 실험시 계열에도 '불교적'이란 관형어를 붙여 그 계열의 하위 장르로 불러도 될 정도로 불교는 우리 현대시 전반에 두루 영향을 미치고 있음을 알 수 있다.

일초직입여래지(一超直入如來地)하는 선과 선시

그렇다면 불교, 특히 선은 무엇인가? 이 질문은 부처는 누구고, 태어나기 이전 너는 누구고, 법열이며 도는 무엇이냐고 묻는 것과 마찬가지다. 팔만사천의 불경으로도, 평생의 말로써도 다 답할 수 없는 그런 궁극의 지경을 직접 깨달아 체험, 해탈에 이르는 수행이 선이다.

불교에서 열반에 이르기 위한 여섯 가지 실천 덕목인 6바라밀, 즉 보시(布施), 지계(持戒), 인욕(忍辱), 정진(精進), 선정(禪定), 반야(般若) 중 마음을 고요히 하는 선정이 선이다. 달마가 인도에서 중국으로 들어와 면벽 선정에 들면서, 또 노장(老莊)의 도가(道家)와 공맹(孔孟)의 유가(儒家)와 교류하면서 선은 중국불교 특유의 선종으로 발전하게 된다.

석가모니는 깨달은 후 홀로 법열(法悅)에 머물 것인가, 입을 열어 중생들을 깨우칠 것인가 7일간 묵상 후 말하기를 선택했다. 그 뒤 49년간 쉼 없이 설법하면서도 "나는 한 마디도 말한 바 없다"고 열반에 들 때까지 확인시키곤 했다. 설법, 말은 열반의 지경에 오르도록 하는 방편일 뿐이기 때문이다.

설법을 듣기위해 영산에 모여든 대중 앞에 석가모니는 말없이 꽃 한 송이를 들어 올려 보였다. 대중들이 의아해 하는 가운데 마하가섭만이 미소를 지었다. 그걸 보고 석가모니는 "언어에 의존하지 않고 모든 가르침을 넘어선 법을 가섭에게 전한다"고 했다. 염화미소(拈花微笑)로 부처의 법맥을 잇는 첫 제자가 탄생된 순간이다. 이처럼 석가모니는 불립문자, 이심전심의 교외별전(敎外別傳)을 강조했다.

면벽 수행하는 달마에게 혜가가 찾아와 제자 되기를 청했다. 거절하자 혜가는 팔뚝을 싹둑 잘라버리고 고통에 울부짖으며 "마음을 편하게 해달라" 간청했다. "그 아픈 마음을 내게 달라"하니 혜가는 "마음이 어디 있는지 찾을 수 없다"했다. "바로 그것이다. 나는 너의 마음을 이미 편하게 해주었다"는 달마의 말을 듣는 순간 혜가는 깨달음을 얻어 달마의 첫 제자가 되어 선가의 2조(二祖)가 된다.

"깨달음의 나무란 본래 없고, 밝은 거울도 본래 없네.(菩提本無樹, 明鏡亦非臺) 본래 한물건도 없는데, 어디에 때 끼고 먼지 인단 말인가?(本來無一物, 何處惹塵埃)"

조계산 보림사에서 선을 크게 진작시킨 6조 혜능이 5조 홍인으로부터 의발을 전수 받게 한 게송이다. 홍인의 상좌 신수가 스승으로부터 인가받기 위해 지은 "몸은 깨달음의 나무고, 마음은 밝은 거울이네. 무시로 부지런히 닦고 털어서. 때 타거나 먼지 끼지 말도록 하세"란 게송을 보고 지은 것이다.

오언절구 형식을 빈 이 게송들은 선시의 효시로 평가되기도 한다. 또 이 두 게송이 불교에서 동전의 양면과도 같은 선(禪)과 교(敎)의 궁극을 대변하고 있다고도 볼 수 있다.

이 두 게송을 본 홍인은 신수에게 "본성의 문 앞에 이르렀는데 문 안에 들지는 못했다"며 "이 같은 자세로는 위없는 깨달음을 얻을 수 없다"고 내쳤다. 그러면서 본래 한 물건도 없는 지경에 든 혜능에게 의발을 전수한 것이다. 그런 혜능에게 법을 이어받은 신라 유학승들이 조계산에서 돌아와 선맥을 이으며 오늘 한국불교의 주류인 조계종으로 발전했다.

이처럼 선은 위없는 깨달음의 궁극에 이르기 위해 인습과 학습이 켜켜이 밴 언어에서 벗어날 것을 요구한다. 이언절려, 언어를 떠나고 생각도 끊어 본디의 마음과 세상 여래지(如來地)로 들어가는 것이다. 해서 "문자를 세우지 않고, 가르침 밖의 것을 따로 전하며, 사람의 마음을 직접 가리키며, 본성을 들여다보면 성불한다(不立文字, 敎外別傳, 直指人心, 見性成佛)"는 선의 4구게가 나오게 된 것이다.

선시는 선 수행과정과 깨달음을 드러내거나 법통을 전수할 때 짤막한 운문 형식을 사용하면서 비롯됐다. 석가도 입을 열어 설법했듯 불립문자의 선가에서도 악을 써 꾸짖는 할(喝)이나 방망이로 분별심을 내리치는 방(棒)보다 입을 열 수밖에 없을 때가 있다. 불리문자(不離文字)이니 인언현리(因言顯理)요 의언진여(依言眞如)가 선가의 언어다.

그러니 지극히 압축되고 역설적인 반상(反常)의 언어가 될 수밖에 없다. 한 마디 말로 홀연 생사를 잊게 하고(一言之下頓忘生死). 단숨에 초월해 여래의 지경으로 들어가는(一超直入如來地) 언어가 선가의 언어고 게송이다.

그런 선가의 게송들이 당나라에 들어와 완성된 자수와 운율, 형식을 갖춘 정형시인 근체시의 영향을 받으며 시로서도 엄연한 지경에 이르게 됐다. 또 시인들이 그런 선가의 일초직입의 문법과 상상력을 흡수

하면서 시선일여란 말을 낳게 한 것이다.

시는 언어의 예술, 선은 언어도단의 종교

"불립문자, 교외별전, 직지인심, 견성성불-어느 하나를 떼어놓고 바라보아도 언어가 발 디딜 틈은 없다. (중략) 우리는 결국 신(神)을 말 속에서 가지지 못한다는 것이 된다. 그것은 결국 하나의 사물도 말 속에서는 가지지 못한다는 것이 된다. 그런 안타까운 표정이 곧 말일는지도 모른다.

시는 그런 표정의 정수(精粹)일는지도 모른다. 누가 시를 산문을 쓰듯, 자연과학의 논문을 쓰듯 쓰고 있는가? 시는 이리하여 영원한 설레임이요, 섬세한 애매함이 된다."

김춘수 시인이 역저 『시론』에서 선의 4구게를 빌려와 언어와 시를 규정한 말이다. 언어와 시 문법을 끝없이 실험하며 우리 시를 현대화시킨 시 쓰기 체험과 동서양 문예이론을 섭렵하여 내린 나름의 위 결론에서 시와 선의 동질성과 차이점을 읽어낼 수 있다.

언어의 불구성(不具性)을 극복하고, 언어에 의해 차단되고 가려진 본성이며 실재에 도달하려함에서 둘은 한통속이다. 나와 너의 참모습을 직관, 통찰해내려는 시선과 마음에서는 같다.

그러나 선은 불립문자인지라 묵언정진이요 이심전심으로 위없는 깨달음, 훤하고 훤한 본성의 지경으로 들지만 시는 언어로 지은 절집이라서 어떻게든 말로 짓고 전해 주어야하기에 안타까울 수밖에 없다. '영원한 설레임이요, 섬세한 애매함'의 안타까운 표정 그 자체가 시의 정수다.

시는 언어의 예술이요, 선은 언어도단의 종교인 것이다. 시는 그런 불구의 언어로 최상의 시세계에 이르는 예술이지만 불교, 선은 반야의 위없는 깨달음에 들기 위해 언어의 사다리를 치워야하는 도며 법이며 종교인 것이다.

문득 깨우침이 있을 때 불가에서 흔히 말하는 '한 소식'의 진경을 심미적으로 형상화, 감동적으로 전하는 게 시다. 우주 모든 것이 함축된 현현의 순간적 감동, 일상적 언어나 논리적으로 설명될 수 없는 그 감동을 어떻게 독자들에게 온전하게 전해야 할까에서 시의 미학은 나온다.

"진리는 스스로, 그리고 보편타당성 있게 표현되는 것이 아니고 무엇보다도 자아의 심혼과 확연한 생활에서의 타당성 안에 표현되는 것이다. (중략) 감동의 언어 형성을 가능하게하기 위해서는 일회적인 시적 상황의 현재화가 요긴한 것이다."

문예이론가 볼프강 카이저가 『언어예술작품론』에서 한 말이다. '일회적인 시적 상황의 현재화'는 시적 순간의 현재화, 구체화, 육화를 강조한 것으로 볼 수 있다. 바로 지금 여기의 구체적 상황에서 자아와 대상이 교류하며 내적 경험이 구체적으로 결정(結晶)된 것이 시이기에 격언이나 잠언 등 아포리즘의 무시간성, 추상성을 뛰어넘어 감동을 주는 것이다.

수용미학적 관점에서 시를 시로 존재하게 하는 것은 시 텍스트 자체에 있는 게 아니다. 텍스트와 독자 사이의 소통에 의한 수용에 있다. 시 텍스트에서 일상적 의미를 벗어난 난해한 부분이나 침묵의 공간은 텍스트 각 층위의 상호작용에 의해 희미하게라도 제시해주게 마련인 길을 따라 독자들이 그 의미를 구체화할 수 있을 때라야 비로소 시가되는 것이다. 때문에 길은 보여주지 않고 난경(難境)에만 빠뜨리는 선문답 같은 텍스트는 독자와 소통이 안 되기에 시로 볼 수 없다.

　　김춘수 시인이 지적한대로 선의 4구게에는 언어가 발 디딜 틈은 없다. 언어도단과 이심전심의 지경은 시의 영역이 아니라 신과 종교의 영역인 것이다. 그래도 그런 영역을 향해 시는 불구의 언어 탑을 쌓으며 발돋움하고 또 하기에 영원한 설렘이요 섬세한 애매함의 표정이 될 수밖에 없다.

　　그런 시의 표정이 독자들에게 되레 감동적으로 수용, 확산돼 신의 지경까지 들게 하는 게 시다. 해서 서정주 시인도 『시창작법』에서 "불완전한 언어가 우주를 대변하는 것, 언어의 제약이 정신의 비약을 주는 점이 시의 묘처(妙處)"라고 실감으로, 확실히 말하고 있지 않은가.

불심과 시심의 오묘한 조화를 위한 감동의 시적 형상화

　　한국현대시사 1백10년의 시들을 쭉 읽어 내리며 선적 직관과 상상력은 보이나 미적으로 제대로 형상화되지 않았거나 소통이 잘 안 되는 시편들을 많이 봤다. 시에서 개성이며 독창성을 내세우며 자아를 중시하다 보니 '산은 산이 아니요 물은 물이 아니다'며 모든 것을 부정하고 끊는 단집(斷執)에 빠져 주체 못하는 시편들이 허다하다.

　　또 평상심시도라, '산은 산이요 물은 물이다'고 보이는 대로 느낀 대로 쓰는 시편들도 많다. 주객 대립을 초월한 있는 그대로의 세계를 여여(如如)하게 보는 깨달음의 경지를 그저 밋밋하게 흘려버려 안타까운 시편들도 있다.

　　근래 들어 불교시가 시단에 일반화되면서 여행시처럼 불교적 세계가 주제화되지 못하고 그저 풍물적, 소재적 차원에 머물고 마는 시편들도 여전히 많다. 또 다른 편에선 그저 그런 내용이거나 의뭉스런 깨달음을 불교, 선 문법으로 뭉뚱그려놓아 진정성을 의심케 하는 시편들도 눈살을 찌푸리게 한다.

이런 시들의 문제는 불교의 영향을 받았거나 부러 기댔으나 시로서 엄연하지 못한 데 있다. 시의 전 층위에서 심미적으로 형상화되지 못한데 있고 무엇보다 대중들과 소통하려는 따뜻한 정이 없다는 데 문제가 있다.

때문에 날로 우리 시단의 큰 흐름을 이뤄가고 있는 불교시가 시로서도 성공하려면 이제 불교가 눈에 띠게 소재적 차원에서만 머물러서는 안 된다. 소재에서 주제로 흔적 없이 녹아들어야할 것이다.

불교시도 시인 이상 불교나 선의 문법이 아닌 시 문법을 따라야한다. 특히 불교나 선에 조예가 깊을수록 그쪽 문법에 기울어 시를 버리기 십상일 테니 더욱더 시 문법에 따라 형상화해 시로서 엄연해야할 것이다. 속세의 문법과 정을 저버리면 시로 설 수 없음을 우리 현대시사는 보여주고 있지 않은가.

무엇보다 시의 가장 큰 덕목인 감동의 소통에 좀 더 주의해야 할 것이다. 부처님도 홀로 법열에 머물지 않고 어떻게든 중생을 교화하고 구제하려 했듯 시에서도 그러해야할 것임을 우리 현대시사 1백10년 시편들을 읽어가며 실감했다.

"부처님 법은 사부대중들의 실질적인 고민으로 꽉 차 있으며 이를 구체적으로 질문하고 구체적으로 답해주기 때문에 시 언어의 에너지를 증폭시키는 충분한 역할을 한다."

젊은 불교시인을 대표하며 시단에서도 높은 평가를 받고 있는 문태준 시인의 말이다. 실질적인 고민을 구체적으로 풀어주려는 부처님의 설법과 마음이 시의 폭과 깊이, 에너지를 증폭시킨다는 것이다.

지금 우리는 인터넷 공간의 생활화로 글로벌 사이버 신유목시대로 정처 없이 접어들었다. 또 가상현실이나 인공지능이 세를 키우며 인간의 정체성 혼란을 가중시켜 나갈 것이다.

이런 혼란과 혼돈의 시대일수록 우리 사회와 인간의 정처와 정체성을 찾기 위해 불교가 더 긴요해질 것이다. 실제로 21세기 들어 더 많은 젊은 시인들이 불교에서 새롭게 시적 에너지를 찾고 있고 또 신춘문예나 문예지 등단작 중 불교적 에너지가 충만한 작품들을 적잖게 볼 수 있다.

해서 앞으로 불교시가 시단에 더 큰 흐름을 이뤄나갈 것은 불을 보듯 뻔하다. 이런 흐름 속에서 불교시는 부처님의 마음, 불심과 그것을 대중에게 어떻게든 펴려는 따뜻한 인간적인 마음, 시심의 오묘한 접점을 나름으로 찾아 시로 들어가야 시로서도 우뚝할 것이다.

이문열 《아우와의 만남》
이문열의 소설을 다 읽었다 해도 이 책에 수록된 작품들을 읽지 않고는 결코 이문열 문학을 논할 수 없다!

박범신 《겨울강 하늬바람》
영원한 청년 작가 박범신이 혼신의 힘을 다해서 쓴 이 소설에는 시대의 아픔을 껴안는 그의 문학 정신이 녹아 있다.

이청준 《날개의 집》
초기작부터 최근작에 이르기까지, 이청준 문학의 큰 흐름을 형성하는 소설 중에서 가장 중요한 작품들을 엄선했다.

이승우 《에리직톤의 초상》
'스물두 살의 천재'라는 찬사를 들으며 화려하게 등단한 이래 관념을 소설화하는 독특한 작품세계를 펼쳐 온 이승우의 대표작!

박영한 《왕룽일가》
서울 근교의 우묵배미라는 농촌을 삶의 무대로 살아가는 사람들의 슬프지만 우스꽝스런 이야기들을 형상화한 박영한의 대표작!

윤흥길 《낫》
일본에서 먼저 출간되어 대단한 화제를 불러일으킨 이 작품은 윤흥길 소설만이 갖고 있는 특별한 매력을 물씬 풍기고 있다.

전상국 《유정의 사랑》
전형적인 사랑 이야기와 김유정의 평전이 자연스레 녹아 한 편의 퓨전 소설 형식을 취하며 문학의 새 지평을 연 놀라운 작품이다

윤후명 《무지개를 오르는 발걸음》
윤후명이 아니면 도저히 쓸 수 없는 특유의 문체
와 독특한 작품 분위기, 그리고 각별한 재미!

이순원 《램프 속의 여자》
전방위 작가 이순원이 외롭고 슬픈 한 여자를 통
해 우리가 살아온 각 시대의 성의 사회사를 살펴
본 탁월한 소설이다.

고은주 《아름다운 여름》
아나운서인 여자와 우울증 환자인 남자의 이야기
를 통해 '진짜' 당신을 만날 수 있게 해주는 '오늘의
작가 상' 수상작.

이호철 《판문점》
분단 문학을 새로운 차원으로 끌어올린 이호철의
대 표작 중 미국과 프랑스에서 출간되어 호평 받
은 작 품만을 엄선했다.

서영은 《시간의 얼굴》
'너를 진정으로 사랑하여 나를 부수고 다른 나로
태 어나려는' 주인공의 열망을 심정적으로 온전
히 치른 역작.

김원우 《짐승의 시간》
유니크한 작품세계를 구축하고 있는 김원우 문학
의 원형을 보여주는, 젊은 시절의 열정을 고스란
히 바 친 첫 번째 장편소설.

한승원 《아버지와 아들》
토속적인 세계와 역사의식을 통해 민족적인 비극
과 한을 소설화하면서 독보적인 세계를 구축한
한승원 의 '기리야마 환태평양 도서상' 수상작.

송영 《금지된 시간》
미국 펜클럽 기관지에 소설이 소개되어 새롭게
주목받은 송영이 심혈을 기울여서 쓴 한 몽상가
의 이야기.

조성기 《우리 시대의 사랑》
성과 사랑의 경계에 대한 질문을 던지며 많은 화
제를 모았던 이 작품은 조성기를 인기 소설가로
만들어준 출세작이다.

구효서 《낯선 여름》
다양한 주제를 섭렵하면서 독특한 자기 세계를
구축하고 있는 우리 시대의 중요한 소설가 구효
서의 야심작.

한수산 《푸른 수첩》
짙은 감성과 화려한 문체로 한 시대를 풍미했던
한 수산이 전성기 때의 문학적 열정으로 그려낸
빛나는 언어의 축제.

문순태 《징소리》
향토색 짙은 작품으로 우리 소설의 한 축을 굳게
지키고 있는 문순태는 이 작품에서 한에 대한 미
학의 극치를 보여준다.

김주영 《즐거운 우리집》
한국 문단의 탁월한 이야기꾼 김주영의 주옥같은
작 품들을 한자리에 묶은 대표작 모음집.

조정래 《유형의 땅》
'네티즌이 선정한 2005 대한민국 대표작가' 조정
래의 문학적 뿌리는 이 책에 수록된 빛나는 단편
소설이다.